書下ろし

夕《ゆう》影《かげ》

風の市兵衛⑮

辻堂 魁

目次

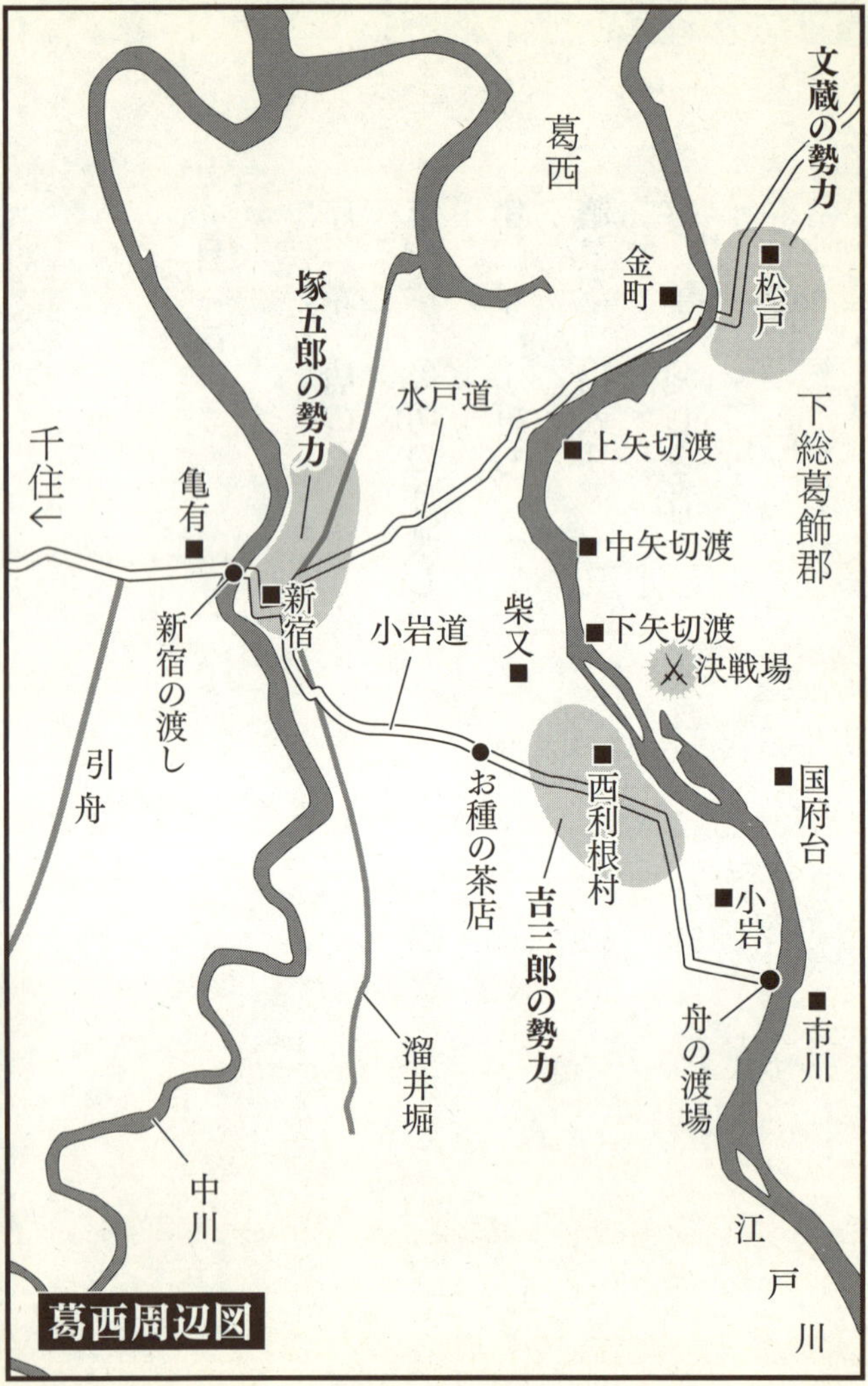

葛西周辺図
文蔵の勢力
葛西
金町
松戸
塚五郎の勢力
水戸道
下総葛飾郡
上矢切渡
千住←
亀有
中矢切渡
新宿
新宿の渡し
小岩道
柴又
下矢切渡
決戦場
お種の茶店
西利根村
国府台
引舟
吉三郎の勢力
小岩
市川
舟の渡場
溜井堀
中川
江戸川

北
東
南
西
千住
新宿の渡し
新宿
中川
吾妻橋（大川橋）
向島
浅草
浅草寺
北十間川
蔵前
横川
本所
亀戸村
両国橋
神田川
小料理屋「薄墨」（鎌倉河岸）
不忍池
市兵衛の長屋（雉子町）
口入れ屋「宰領屋」（三河町）
日本橋
薬研堀
竪川
新大橋
横十間川
小名木川
大川
江戸城
北町奉行所
南町奉行所
柳井宗秀の診療所（柳町）
永代橋
一膳飯屋「喜楽亭」（深川油堀）
深川

『夕影』の舞台

地図作成／三潮社

序章　唐《から》の女

男の心地よげな寝息が、二階から聞こえている。

女が古びた板階段を軋《きし》ませるたびに、緋《ひ》の長襦袢《ながじゅばん》の裾《すそ》が割れ、白く長い素足《すあし》がのぞいた。鹿のように細い足首と引き締《し》まった脛《すね》、その上の白磁《はくじ》の光沢を放つ腿《もも》がはだけ、爪に塗《ぬ》った爪紅《つめべに》が、踏み締める足下に血のようにしたたって見えた。

腰まで届く黒髪が、緋の襦袢の肩にかかり、背中へ流れ落ちている。

女は、襦袢の乱れを気に留めなかった。人ひとりが通れるほどの狭い階段を息を殺し、足音を忍ばせ、柳刃包丁《やなぎばぼうちょう》の柄《え》に細く長い指をからめなおした。

階段を上がり、少し開けておいた一枚襖《ふすま》の隙間《すきま》から、部屋をのぞいた。

四畳半の部屋は、男を楽しませたあと、路地側の片引き窓の明障子《あかりしょうじ》を、これも風通しに少しすかしておいたので、涼《すず》しい風が流れていた。

男は布団《ふとん》から素裸の上体を出し、横向きになって寝息をたてていた。

夕七ツ（午後四時頃）前の遅い午後の明るみが、障子紙や障子戸の隙間を透《す》かして、男の分厚い胸や盛り上がった肩の肉、広い額《ひたい》の下の窪《くぼ》んだ眼窩《がんか》、骨張った頬骨《ほおぼね》と顎《あご》、ひしゃげた獅子鼻《ししばな》と顔を裂《さ》いたような大きな口、総髪に乗せた小さな髷《まげ》を淡《あわ》く照らしていた。

障子戸を透かした間に、空にたなびく白い雲が見えた。路地をいき違う住人の交《か》わす声が聞こえた。近所の犬が、不機嫌そうに吠《ほ》えていた。

女は一枚襖を、そろ、そろ、と引いた。

踏み出した足の下で、畳《たたみ》がやわらかく撓《たわ》んだ。男は目を覚《さ》まさなかった。褐色の肌が寝息に合わせて静かにゆれている。

そっと近づき、背を向けた男の枕元へ白磁の腿もあらわに片膝をついた。

柳刃包丁をにぎった右の手首に左手をしっかりと添えた。男のうなじを狙って、包丁をかざした。翠《すい》と楊《よう》の面影が脳裡《のうり》をよぎり、胸に残った古い疵跡《きずあと》がうずいた。

束《つか》の間、男を哀《あわ》れに思った。そのとき、

「それでおれを、刺すのか」

と、背を向けた男が、ぼそとした声を寄こした。

女は、うっ、と息をつめ、咄嗟《とっさ》に包丁を突きこんだ。

だが、それよりも早く男の腕がのび、毛の生えた長く太い五指が、女の右手首と添えた左手の両方をくるんだのだった。

もがいたが、ひた、とも包丁を動かせなくなった。掌《たなごころ》の中の女の手首を、くるんだ五指が潰《つぶ》すように締めつけた。手首の骨が、ぎり、と軋《きし》んだ。怪力だった。

「はあぁ」

思わず、かすかな悲鳴をもらした。

手首を締めつけたまま、男は五尺《しゃく》（約一・五メートル）少々の岩塊《がんかい》のような短《たん》軀《く》を、ぐるりと女へ向きなおらせた。分厚い大きな唇の間に、瓦《かわら》をも嚙《か》みくだきそうな白い歯並を見せた。

「青《せい》、おまえの顔を、忘れたことはなかったぞ」

男は、短軀の身体と比べて異様に長い一方の腕を青の首に巻きつかせ、覆《おお》いかぶさって押し倒した。そして、巻きつかせた太い腕を、鶴《つる》のように長い首が軋むほどの怪力で締め上げた。

青は首が今にもへし折られそうになるのを、歯を食《く》い縛《しば》って耐えた。

「放せ。ね、姉さんの、仇《かたき》……」

ようやく声を絞《しぼ》り出した。

上体を怪力によって押さえつけられ、青は身動きがとれなかった。両足を折り曲げ、岩塊のごとき短軀を突き退《の》けようとあがいた。

「姉さんの？　ああ、翠も楊も覚えているぞ。この悪党の手先めらが。唐《から》で鍛えた恐ろしい技で、たくさん人を殺したな。はは、青、おれを覚えていたのか」

「返弥陀ノ介《かえりみだのすけ》……お、おまえが楊姉さんを、斬《き》った。翠姉さんを、斬ったのは、か、唐木市兵衛《からきいちべえ》……おまえらは、片岡信正《かたおかのぶまさ》の子分だ。おまえら三人を、殺す。弥陀ノ介、ど、退《ど》け」

「こんな物騒な物をふり廻《まわ》されては、退くわけにはいかんな」

さらに、弥陀ノ介は腕を締め上げた。

青の小さな悲鳴が、またもれた。青の足が懸命《けんめい》に突き退けるが、汗ばんだ下腹部の肌に足が滑《すべ》り、弥陀ノ助の身体が両脚の間に、するりと割りこんだ。

「退け。み、弥陀ノ介。男らしく、勝負しろ」

のしかかる弥陀ノ介に懸命に抗《あらが》い、腰をふり、突き上げた。

「心配するな。おまえを捕《とら》えにきたのでも、成敗にきたのでもない。おまえと勝負する気などないが、おれたちが斬りたければ、いつでもこい」

弥陀ノ介は、自分の身体がどうなっているかを気づかず、声を凄《すご》ませた。

「おまえがこんなところにひそんでいたとは、知らなかった。偶然、見かけた。無性に懐かしくてな。客になってやったのだ。ほかに狙いはない。ありがたく思え。あは……」

そのとき、青の抵抗が弱まり、「あ、ど、退け……」と、言った口調が甘くなった。

それで弥陀ノ介は、自分の状態にようやく気がついた。

「あ？ どうした。ああ」

と、途端《とたん》に弥陀ノ助の声の調子も変わった。

「退けぇ……」

青がまた言った。

「おお……」

弥陀ノ介が吠えると、青の白磁の光沢を放つ長い足が弥陀ノ助の褐色の岩塊に巻きついた。右手の柳刃包丁が、ぽと、と黄ばんだ畳にこぼれ落ちた。

出格子の手すりにとまった数羽の雀《すずめ》が、明障子の隙間より弥陀ノ介と青のあり様をのぞき見して、ひそひそと鳴いた。近所の犬は、まだ不機嫌そうに吠えていた。

四《よ》ツ目《め》橋の河岸《かし》には、葛西《かさい》方面より毎朝運ばれてくる前栽物《せんざいもの》（青物や野菜など）の市場がある。

その四ツ目橋に近い深川北松代町《ふかがわきたまつしろちょう》の豊九郎店《とよくろうだな》に、横川《よこがわ》の時の鐘が夕六ツ（午後六時頃）を報《しら》せてほどなくのことだった。

七人の着流しの男が、豊九郎店の路地のどぶ板に雪駄《せった》をけたたましく鳴らした。顔つきはみな険《けわ》しく、路地をうろついていた犬が、慌《あわ》てて逃げ出した。

雪駄の音が通りすぎてから、数人の店の住人が「何事だい」と、顔を出した。住人は、男らの一団が二階に出格子窓がつらなる割長屋《わりながや》の一軒の前にきて、目配せを交わし合っている不穏《ふおん》な様子を見守った。

「兄い、この店でやす」

先頭の若い男が、後ろの男に言った。「兄い」と呼ばれたこれも若い男が頷《うなず》き、

「さっさと済まそうぜ」

と、周《まわ》りの男らへ顎で指図した。「へい」と、声をそろえたひとりが表戸へ進

み、腰高障子を、たん、と宵闇《よいやみ》に包まれた路地に鳴らした。

入口に一間《けん》（約一・八メートル）の土間があり、土間の一画に竈《かまど》と流し場が並んでいた。土間続きに三畳ほどの板敷があった。板敷の竈のそばで、店の主人の左与吉《さよきち》と青が向き合い、かちゃかちゃと碗《わん》を鳴らし、晩飯を食っていた。

左与吉は胡坐《あぐら》をかき、青は腰まである長い髪を束《たば》ね髪にして、緋の長襦袢に縞《しま》の小袖を着けた背中へ垂らし、片膝だちの恰好《かっこう》だった。

一灯の行灯《あんどん》の薄明かりが、二人を丸くくるんでいた。

二人は箸を止め、薄明かりの中から戸口の男らへ見かえった。

「やい、お青。てめえ、こんなところで何をしていやがる。そんなにお仕置きが、されてえのかい」

戸を引き開けた男が、板敷の青へ甲走《かんばし》った声を飛ばした。

左与吉は啞然《あぜん》として、固まった。

だが、青は男らへ一瞥《いちべつ》を投げたばかりで、すぐにつまらなそうに向きなおった。また茶碗をかちゃかちゃと鳴らし、箸を動かした。

「てめえ、唐の女《あま》っこだからご当地の仕きたりは存じませんってかい。ざけんじゃねえぜ。天下の江戸で生娘《きむすめ》みてえな言い逃れは通用しねえんだ。てめえのやってることをてめえがわからねえんなら、身体にわからせるしかねえな」

男が雪駄を土間に鳴らした。続いて、兄いともうひとりが土間に入り、入りきれない四人は戸口を囲んで路地をふさいだ。

「おめえ、亭主の左与吉だな。この地獄宿は長《なげ》えのかい」

男が睨《にら》みつけ、左与吉は茶碗と箸を手にしたまま、ぶるぶると震え始めた。

地獄宿とは、普通の裏店《うらだな》の二階などで女に客をとらせる、岡場所より下級な私《し》娼窟《しょうくつ》である。地獄、とも言った。裏店の家主は、店が地獄であることを承知しているが、知らぬふりをしている。

「い、い、いいえ、あの、あ、あっしは、お青さんに、はは、話を持ちかけられ、ちょ、ちょいと、手伝いを、しているだけで……」

青と男を交互に見て、左与吉は震え声でこたえた。

「兄い、左与吉はどうしやす」

男が後ろをふりかえった。

兄いが後ろから左与吉へ、これは低い声を凄ませた。

「左与吉、おめえ、何をやってるか、承知してるんだろう？　まあ、親分が、大人しく言うことを聞くなら許してやれと仰《おっしゃ》ってる。今日のところは見逃してやる。けど、次はねえぞ。舐《な》めたことをしやがると、本物の地獄へいくことになるぜ」

左与吉は「へ、へえ……」と、震える身体をいっそう縮めた。

それでも青は、男らを気にかける様子はなく、茶碗を鳴らし、箸を使っている。

「お青、さっさとしやがれ。ぐずぐずすんな。引きずり出すぞ」

甲走った怒声を、なおも青へ浴びせた。すると、

「おまえらの言いなりになる気はない。おまえらは平気で嘘《うそ》を吐《つ》く。仕事が汚い。江戸の男はみんなそうか。おまえらの親分もおまえらも、顔を見たくない」

と、箸を止めずに青はかえした。

「ちっちっち……まったく、唐の女っこは呑《の》みこみが悪いぜ。そんな勝手な真似《まね》がとおると、本気で思っていやがるのかい」

「白湯《さゆ》をくれ」

と、青は立てた膝に箸をにぎった手をだらりとおき、茶碗を左与吉へ差し出した。

「はいはい、お青さん、ささ、白湯、だね」

左与吉が傍《かたわ》らの黒い鉄瓶《てつびん》を、震える手で持ち上げた。

男が雪駄のまま板敷に上がり、荒々しく踏み鳴らした。青の髪を鷲《わし》づかみ、

「すかしやがって。面倒臭《めんどうくせ》え女《あま》っこだぜ」

と、差し出した茶碗を蹴り飛ばした。

茶碗が店の板壁にあたってくだけた。青は見る見る青ざめてゆく顔で、髪をつかんだ男を見上げた。

男は顔をしかめ、髪を引っ張り上げた。引っ張り上げられた青は、男より一寸《すん》(約三センチ)以上、背が高かった。男へ青ざめた顔を向けていた。

「おらおら、世話焼かすんじゃねえ」

顔面へ、張り手を浴《ひ》びせかけた。

二つ三つ引っ叩《ぱた》いてやりゃあ、くそ生意気な女っこも言いなりになるぜ、と手をかざした瞬間、叫び声を上げたのは男のほうだった。

男は青の髪を放し、放した手を抱えるように宙に泳がせ、激しく震わせた。二の腕の内側に、箸が二本共に深々と突きたち、一本は折れていた。

「何しやがる。ああ、痛え、痛え……」

喚《わめ》きながら、どたどたっと青から離れた。

「汚い手で、触るな」

正拳が、男の顔面を貫《つらぬ》いた。数本の歯が、ぱちんと飛び散った。男は土間へ転がり落ち、外の四人がとり巻く路地へさらにひと回転した。

「われえっ」

兄いの隣の男が板敷に飛び上がって、呑んでいた匕首《あいくち》を抜き放った。

青が流し場の柳刃包丁をつかんだ。同時に、路地の四人が倒れた男を飛び越え、土間になだれこんだ。ただ、腰高障子が片側一枚の戸口にはばまれ、男らはひとりずつ突き進む形になった。

板敷に飛び上がった男が匕首をふりかざした途端、柳刃包丁が男の胸から首筋へ一閃《いっせん》した。

ぴゅう……

と、首筋に血が噴《ふ》いた。

男は悲鳴のまじった吐息を吐き、板敷の隅《すみ》で身を縮めている左与吉へ覆いかぶさっていった。左与吉は、血を噴きながらかぶさってきた男を突き退け、板敷続きの横六畳へ四《よ》つん這《ば》いになって逃げた。

次の男が駆け上がって、匕首を斬りつける。それを、ちゃりん、と払った。素早く柳刃包丁をかえし、頬から鼻まで斬り裂いた。男はひと声叫んで、顔を手で覆って伏せた。

そこへ、白磁の長い足がしなやかな弧を描き、伏せた顔面をひと薙《な》ぎにした。男は土間へ蹴り飛ばされ、流し場の下の水瓶《みずがめ》へ頭から突っこんだ。水瓶がくだけて、土間はたちまち水浸しになった。

蹴り飛ばした男の後ろから、今度は二人が匕首をふり廻して襲いかかった。青は、右、左、と刃《やいば》を躱《かわ》して行灯のそばまで退き、行灯を片方へ放り投げる。男は、行灯を土間へ叩《たた》き落とした。水浸しの土間に落ちた行灯は、一瞬、覆いが燃えかけて周りを明るくしたが、すぐに消えた。

店は暗がりにくるまれ、板敷を踏み荒らす音と、男の喚声と悲鳴、さらに刃と刃の打ち合う音がもつれ合った。

青は行灯を放り投げたとき、もう一方のふり廻す匕首に浅く疵を受けた。しかし、即座に男の股座《またぐら》へ容赦ない蹴りを見舞っていた。男は奇妙なうめき声を吐いて匕首を落とし、身体を折り畳んで板敷へ木偶《でく》のように横転した。

すかさず身体をひねり、片方の打ちかかる匕首を、かちっ、と受けとめた。刃をがりがりと嚙み合わせたまま、左へ廻りこんで、男のわきへ組みついた。

そして長い腕を男の首に巻きつけ、ふりほどこうとする間も与えず、耳たぶに咬《か》みつき、咬みちぎったのだった。

「ぎゃあっ」

男は顔をそむけ怯《ひる》んだ。

そのわき腹へ包丁を突き入れ、叫び声を発して倒れこんでゆく男を竈へ押しつけ、さらにもう一度突き入れた。竈にかけた鍋がひっくりかえり、竈の残り火に汁がこぼれ、灰と煙が店中にもうもうと舞い上がった。

そのとき、背中に兄いが、どん、と突きあたった。

「あいやあっ」

と、青は乱戦が始まり、初めて声をたてた。咬みちぎった耳たぶが、血まみれの口からこぼれ落ちた。兄いの匕首が、青の背中に突きこまれたのだった。

「てめえ、ぶち殺す。どうだあっ」

兄いが喚いた。

青は顔だけをひねり、兄いを睨んで、ぷっ、と血を吐き捨てた。そして、組みついた男のわき腹から柳刃包丁を抜きとると、そのままの体勢で、さらに突きこもうとする背後の顔面へ、肘《ひじ》をしたたかに喰《く》らわせた。

ぐしゃ、と鼻柱の潰《つぶ》れる音がして、兄いの顔面が後ろに折れ曲った。

顔が戻ってきたところへ、もう一撃、続けて二撃を見舞うと、兄いの目つきの獰猛《どうもう》さが失《う》せた。匕首を青の背中に残し、もうろうとなって退いた。

青は、土間のほうへよろめいた兄いの首筋へ柳刃包丁を叩き落とした。首筋が鈍い音をたてた。

「あ、痛、痛う……」

首をすくめ、兄いは包丁をにぎった青の手首をつかんだ。

かまわず、顔面を物《もの》の怪《け》のように歪《ゆが》め、削《そ》ぐように包丁をすべらせた。

血が噴きこぼれ、兄いは悲鳴を上げた。血を垂らしながら、土間へ下りたところで、堪《こら》えきれずに跪《ひざまず》いた。そして、店の壁に凭《もた》れ、倒れるのを防いだ。

もうひとり、若い衆が残っていた。その男に手を差しのべ、

「助けて、助けて……くれ」

と、喘《あえ》ぎ声を絞り出した。

だが若い衆はたじろぎ、路地の戸の陰で足をすくませていた。目の前で繰り広げられた凄まじい光景に、ただ怯《おび》えて震えていた。

何かを喚いたが、恐怖に引きつった声は言葉にならなかった。

兄いは、土間の壁にすがって身を起こした。青が兄いの髷をつかんで、顔を仰《あお》のけにした。「助けて……」と、兄いは喘ぎ声で言った。

「おまえらは、汚い。汚い死に方、させてやる」

言いながら、髷を引いて顔を仰のけにしたまま、包丁を背中へ突き入れた。

兄いは、夕空に響きわたる烏《からす》の鳴き声に似《に》た声をもらし、壁に爪をたてた。

さらに突き入れ、包丁が壁に刺さると、髻《もとどり》が乱れてざんばら髪になった恰好で壁に貼りつけられ、四肢をぶるると震わせた。

青は、背中に刺さったままの匕首を、長い手を蔦《つた》のようにねじって、そろそろと引き抜いた。それから、戸口で震えている若い男へ向いた。

「おまえ、どうする？　こいつと一緒に死ぬか、逃げるか……」

血まみれの匕首をだらりと垂らし、言った。

そのひと言で、男はわれにかえった。叫び声を上げ、どぶ板を鳴らし、路地から逃げ去っていった。家主の豊九郎と店の住人は、路地の遠くから様子をうかがっているが、あまりの凄惨《せいさん》さに寄ってくる者はいなかった。

「左与吉、頼みがある」

青は台所の徳利《とっくり》をつかんで六畳へいき、怯えている左与吉に言った。

「な、なんだい、お青さん」

「ここには、いられない。旅に出る。おまえの着物を、借りる。それから晒《さらし》を、出せ」

片膝づきになって、匕首を、ぐさ、と畳に刺した。

おどおどと見守っている左与吉の前で帯を解《ほど》き、着物も襦袢も脱ぎ捨てていった。

左与吉は暗がりの中でも、青が一糸まとわぬ裸身になったことがわかった。するど、白磁の光沢を放つ艶やかな肌が、青の周りを薄《うっす》らとした明るみに包んだ。まるで、裸身が淡い光を放つかのようにだ。

寸分の歪みもない長い手足と裸身が、恐いほどの強い眼差《まなざ》しや尖《とが》った鼻、燃える赤い唇や作り物のような細く長い首の下に、惜《お》しげもなく曝《さら》された。その見事な裸身の丸い二つの乳房の間に走る、ひと筋の古く不気味な疵跡さえもがわかった。

左与吉は呆然《ぼうぜん》とし、物の怪を見ているのだと思った。

「左与吉、ぐずぐずするな。すぐに、用意しろ」

青は長い腕を蔦のようにねじって、徳利の酒を背中の疵に垂らしつつ鋭く命じた。

「ああ、い、今すぐ用意するよ、お青さん」

左与吉は震える手で、簞笥《たんす》の金具をからからと鳴らした。

青は左与吉に手伝わせ、晒を何重にもきつく巻いて背中の疵を覆った。手甲脚絆《てっこうきゃはん》と素足に草鞋《わらじ》をつけ、菅笠《すげがさ》に引き廻《まわ》し合羽《がっぱ》を羽織ると、男のような旅拵《たびごしら》えになった。

脱ぎ捨てた着物の袖を裂いて匕首の血をぬぐい、手拭でぐるぐる巻きにして懐《ふところ》にねじこんだ。そして言った。

「左与吉、稼ぎの分け前を寄こせ」

左与吉が四ツ目の通りや竪川《たてかわ》沿いで客引きをし、青が客を遊ばせる。稼ぎのとり分は、左与吉が八分で、青は二分だった。

三度の飯代と店の場所代を払うと、青の手元には幾らも残らなかった。

店は、左与吉が借主だったし、左与吉は家主の豊九郎に、商売に気づかぬふりをするように、口止め料を出さねばならない。

それでも青にとっては、雨露がしのげるだけましだった。

四ツ目の地獄の、唐の女は凄い、というひそかな評判が流れていた。

「ど、どこへいくんだい」

　左与吉が、分け前を渡して言った。

　青にこたえられるわけがなかった。ただ、背中の疵のうずきと、心の荒涼に耐えつつ、黙ってわずかな分け前を懐に仕舞ったばかりだった。

「ゆくあてがないなら、東へゆくといい。その疵じゃあ、遠くへはいけない。中《なか》川《がわ》を越えて、葛西の小岩《こいわ》村から柴又《しばまた》村へゆく途中の江戸《えど》川《がわ》沿いに、西利根《にしとね》村がある。そこの吉三郎《きちさぶろう》親分を頼るといい。柴又から西利根、小岩を縄張りにする貸元だが、情の篤《あつ》い人だ。本所四ツ目の左与吉から聞いたと言えば、きっと力になってくれる。それから、お青さん。あっしの分も、もも、持っていきな」

　左与吉は強欲な男だった。だが、あまりの惨劇を目《ま》のあたりにし、動転した。青が無性に哀れに思えてならず、自分のとり分まで差し出した。

　青は暗がりの中で小さく頷き、「謝謝」と言った。

　路地へ出たとき、店の住人や家主の豊九郎のほかに、知らせを受けた町役人らが路地をふさいでいた。

　しかし、渡世人のように引き廻し合羽を翻《ひるがえ》す旅拵えと、言うに言われぬ不気味な気配に気圧《けお》され、足早に路地を出てゆく青を止めることはできなかった。

半刻《はんとき》（約一時間）後、北町奉行所の同心が、検視《けんし》に現われた。

町方の御用提灯《ごようちょうちん》を提《さ》げた紺《こん》看板（法被《はっぴ》）に梵天帯《ぼんてんおび》の中間《ちゅうげん》と、黒羽織に白衣の同心、その後ろにひょろりと背の高い手先が十手《じって》を提げて、路地のどぶ板を踏み鳴らした。

路地に住人の姿は少なくなっていた。左与吉の店の前に、町役人や自身番の当番らが、自身番の提灯をかざしてたむろしていた。

「どいたどいた……」

提灯をかざした中間が言い、住人らは路地を開けた。

同心は、浅草《あさくさ》や上野《うえの》、本所《ほんじょ》、深川の盛り場を牛耳《ぎゅうじ》る顔役や貸元らが、「あいつが現われると、闇の鬼さえ渋面《しぶづら》になるぜ」と言い出して、江戸市中の地廻りややくざらの間で《鬼しぶ》と綽名《あだな》のついた渋面を、路地の先の町役人らへ向けていた。

三人に気づいた町役人らは、「ご苦労さまでございます」と声をそろえた。

「あ、これは渋井《しぶい》さまがわざわざのご検視で……」

町役人のひとりが北町奉行所定町廻《じょうまちまわ》り方同心・渋井鬼三次《きさじ》を見知っていて、

店の前にきた渋井に改めて腰を折った。

「ここかい。なんだかな、死人の臭いがぷんぷんするぜ」

「はい。仏さんが三体、ひどい怪我《けが》で動けない者が三人、奥の六畳に寝かして、今、医者を呼びにやらせております」

「仏さんと怪我人の、合わせて六人を、女郎がひとりでやったってえのかい。驚いたね。そいつは化物かなんかが、女郎に化けてたのかい」

渋井がちぐはぐな目に八文字眉の渋面を不機嫌そうに歪め、戯言《ざれごと》を言った。それから町役人に囲まれ、肩を落としている二人を睨み、

「こっちは、ここの住人か」

と、骨張った肩をゆすった。

「こちらの家主の豊九郎と、住人の左与吉です」

町役人が言い、二人は渋井へ頭《こうべ》を垂れた。

「おめえ、それはかえり血だな」

渋井は、左与吉の顔や着物に飛んだ血を見廻して言った。

左与吉は「へえ」と頷いた。

「おめえがこの店で、地獄宿を営んでいた。で、家主のおめえは、この地獄宿に

「知らぬ顔の半兵衛だった。それが、こんなことになっちまったってえわけだな」

豊九郎と左与吉は、両肩に首がめりこみそうなほどに身を縮めた。

「心配すんねえ。地獄宿ごときで野暮は言わねえよ。亡骸《なきがら》に触れちゃあいねえな。よかろう。検視を始めるぜ。左与吉は一緒にこい。豊九郎もあとで話しを訊《き》くから、おめえは自身番で待ってろ。助弥《すけや》、入《へ》えるぜ」

へい——と、ひょろりと背の高い助弥が腕まくりをした。

提灯を提げた中間、渋井、助弥が左与吉の肩を押しながら続いた。店に入った途端、亡骸の検視に慣れているはずの中間が、「わあ、こいつはひどい」と、声を張り上げた。

第一章　矢切《やぎり》の舟渡し

一

つくつくぼうしが、庭のたち木で賑《にぎ》やかに秋の到来を告げていた。

もう秋だが、まだまだ暑い日は続いていた。

その日の午後、庭に面した客座敷の、床《とこ》の間と床わきを前にして、古い紺羽織と細縞《ほそじま》の平袴《ひらばかま》の侍が、ひとりぽつねんと端座《たんざ》していた。

古びてはいても火熨斗《のし》をかけた袴の右わきに黒鞘《くろざや》の大刀を寝かせ、裾《すそ》からは、白い足袋《たび》がわずかにのぞいている。

坐《すわ》っていながら、高い上背《うわぜい》を思わせる痩軀《そうく》の背筋がのび、肩幅は広い。

一文字に結《ゆ》った髷《まげ》と艶《つや》やかな総髪の下に、額が広く頬は締まっている。だが、目尻の尖《とが》った奥二重《おくぶたえ》の強い眼差《まなざ》しを、やや下がり気味の眉がやわらげていて、侍の面差《おもざ》しは、険《けわ》しいと言うより、どこかしら純朴《じゅんぼく》で柔和《にゅうわ》に見えた。

侍は、黒光りのする板縁を隔《へだ》てた先の、午後の日の降る庭へ、その面差しをのどかに遊ばせていたが、ふと、やわらかな笑みを浮かべた。

鼻梁《びりょう》のやや高いすっとした鼻筋と、不釣り合いな大きめの唇を微笑《ほほえ》ませた様子が、つくつくぼうしの告げる秋の気配を感じとっている風情《ふぜい》に思われた。

歳《とし》は四十前だが、十ほど年配に見えたし、また十ほど若くも見えた。

侍の名は……

襖《ふすま》側の廊下に足音がした、

「失礼いたします。主《あるじ》がまいりました」

襖ごしに、若党の声が聞こえた。

侍は、正面に向きなおり、畳に手をついた。襖が開き、主の三宅庄九郎《みやけしょうくろう》と用人の小野寺右京《おのでらうきょう》と思われる二人の羽織袴姿が、手をついた先に見えた。

主が床の間を背に着座し、用人は若党が閉じた襖を背に控えた。

「どうぞ、手を上げてくだされ」

三宅が、少々しゃがれた声で言った。

「唐木市兵衛でございます。お初にお目にかかります」

侍は、手をついたまま改めて名乗った。手を上げ、幾ぶん血の気が薄い相貌《そうぼう》を、わずかにはにかませた。

「三宅庄九郎にござる。ご足労いただき、礼を申します。この者は小野寺と申し、わが家の用人を務めております」

「小野寺右京でございます。本日はわざわざのおこし、畏《おそ》れ入ります」

三宅は髪に白いものが目だち、六十近い年ごろに見えた。ゆっくりとしたひと呼吸の間、市兵衛を見つめ、穏やかにきり出した。

「以前、片岡信正どのに十五歳、年下のご実弟がおられると人伝《ひとづ》てにうかがっておりました。唐木どのがそうだったのですな。信正どのの弟の重文《しげふみ》どの、妹の千恵《ちえ》どのは、むろん、存じております。片岡家は、先代の片岡賢斎《けんさい》さまは申すまでもなく、現当主の公儀十人目付《じゅうにんめつけ》筆頭の信正どのを始め、ご兄弟がみな優秀であることはわかっております。唐木どのも同じ片岡家の……」

「わたくしは、父の片岡賢斎が四十をすぎて迎えた後添えの子です。母はわたくしを産んですぐに亡くなり、わたくしは母を知りません。母の父、すなわちわが祖父は、父に仕えておりました唐木忠左衛門《ちゅうざえもん》と申す足軽です。子供のころは賢斎の子のひとりとして、父の下で暮らしましたが、兄や姉とは母が違っております」

「ほう、足軽の唐木家、ですか。では、ご祖父の唐木家を継がれたのですな」

市兵衛は、表情をやわらげて首肯《しゅこう》した。

「父が身まかりました十三歳のとき、唐木市兵衛を名乗り諏訪坂《すわざか》の屋敷を出ました。思うところがあって、わが一存で、片岡家を出る道を選んだのです」

「片岡どのは、凡庸な器量の方ではない。その片岡どのが、片岡家の四人の中で市兵衛どのがもっとも優れている、と唐木さんの才を惜《お》しんでおられた。片岡どのに言わしめるのですから、唐木どのが秀《ひい》でていないわけがない」

「兄はわたくしの、長所短所、得手不得手を知っており、長所や得手を褒《ほ》め、短所や不得手を、優れたところばかりでは人はつまらぬ、それでよい、と笑ってくれます。よきように見れば、人はみな優れていると、兄は言っているのです」

「いやいや、そういうことではないと思うが。だとしても、名門・片岡一門の者として、御公儀に仕《つか》える道を、求めることができたのではござらぬか？」

「片岡家を出たとき、自分の思うところのほかに考えるゆとりはありませんでした。それは今もなお、そうです。この道が、わが道ですので……」

ふむ、と三宅は小野寺へ頷《うなず》きかけた。

「片岡家を出られて、上方《かみがた》へおひとりで上られたのですね。大坂《おおさか》で商いの修業をつまれ、その折りに身につけられた算盤《そろばん》の技を生かし、今は主に、渡りで用人の仕事を請け負《お》っておられるとか。それが唐木どのの思う道だったので？」

五十すぎに思われる小野寺が、少し前へ上体をかしげて訊《き》いた。

「そうそう、唐木どのは十三歳で上方に上り、大坂の前に奈良の興福寺《こうふくじ》に入山し、剣の修行をつまれたともうかがっておる。何ゆえ、興福寺だったのでござるか」

三宅が言い添えた。

「あの折りは手探りでした。そうするしかないと思ったのです。一歩道を進むと次の道が見え、その道を進むとまた次の道が見え、そのように次々と歩んできました。興福寺で送った日々も大坂ですぎた《とき》も、二十数年の《とき》をへて、今の自分があるようにあった。それ以外に語る言葉は、未だ見つかりません」

市兵衛は、二人に微笑みかけた。

「興福寺では何流を、修行なされたのでござるか」

と、三宅がさらに訊《たず》ねるのを、「何とぞ、それまでに……」と、頭《こうべ》を垂れて制した。

若党が茶を運んできた。市兵衛は暖かい茶を一服し、茶碗《ちゃわん》を戻した。

「今朝、諏訪坂の兄を訪ね、三宅さまのご子息がお亡くなりになられ、亡くなられた事情を探る務めと、あらましを聞いております。ご子息が亡くなられたとは、まことに由々しき事態です。務めの向きについて、今一度、詳しくお聞かせください。わたくしにできることであれば、お引き受けいたします」

「ああ、そうでした。こちらがお願いいたす身でありながら、つまらぬ詮索《せんさく》だてを、お許し願いたい」

三宅は頷き、目を伏せた。

「昨日、城中の御廊下で片岡どのにお会いし、御目付役筆頭にあってなお、武門の情義を失わぬ片岡どのならばと、相談をいたした次第でござる。ただし、これはわが三宅一門の面目《めんぼく》にかかわることとゆえ、表沙汰《おもてざた》にならぬようにしたい。ここだけの話、ということにしていただきたい」

「どなたにでも相談できる事柄ではありません。そこはご承知いただきますように、お願いいたします」

三宅に続いて、小野寺が心なしかしつこく念を押した。

「三宅家の面目を失わぬよう、この場限りの事と、お約束いたします。ご懸念《けねん》なく、お話しください」

市兵衛は平静な眼差しを、小野寺から三宅へ移した。

三宅は、物思わしげに沈黙した。咳《せき》払いをひとつし、それから、

「辰助《たつすけ》という、末の倅《せがれ》のことです」

ときり出した。

「わが子供らは、兄弟姉妹が五人おり、辰助は、われら夫婦が三十代の半ばをすぎて生まれた末息子です。五人目という気のゆるみや、跡継ぎの長男のほうに気が向いていたことなどもあって、辰助のことは、甘やかしたのではなくあまり気にかけなかった。と言うより、ほったらかしにした。それがよくなかった。十二、三のころから粗暴な仲間らと交《あ》わりを持ち、悪しき素行が見え始めておりました」

小野寺は、三宅の言葉に一々頷いている。

「それがわかったとき、性根を正すべきだった。ですが、親としてなすべきとり計らいを怠り、厳しく言い聞かせもせず、若いうちにはありがちなこと、年を重

ねればいずれ収まるだろうと、高をくっていたつけが廻《まわ》ってきたと言わざるを得ませんでした。わずか数年がたつうち、辰助の喧嘩《けんか》、狼藉《ろうぜき》などの無頼《ぶらい》なふる舞いや、酒、博奕《ばくち》、女遊びの放蕩《ほうとう》が目にあまってきたのです」

三宅は、言いにくそうに、咳払いをまたひとつした。

「われら夫婦も、辰助のふる舞いをこのままにしておいてはまずいと気づき、十六の歳に元服《げんぷく》をさせ、侍らしく身を正せと戒《いまし》めたつもりでした……しかし、あれの無頼なふる舞いや放蕩は、収まらなかったのです」

辰助が十八のとき、新堀《しんぼり》の岡場所で女郎を巡《めぐ》って辰助らの仲間と別の客同士が諍《いさか》いになり、刀をふりかざした辰助が相手に大怪我《けが》を負わせる騒ぎが起こった。

相手は浅草御蔵《おくら》の札差《ふださし》の若旦那と気の荒い手代らで、怪我を負ったのは若旦那だった。

札差の主は、女郎を巡って客同士の埒《らち》もない喧嘩の末とは言え、倅の若旦那が大怪我を負わされては捨ててはおけないと、辰助の厳しい断罪を求めた。

「しかし、その一件については、幸い相手の若旦那は一命をとり留め、当方より相応の方を取扱人にたて、詫《わ》び代《しろ》を支払うことで和談が整《ととの》い、相手は訴えをとり下げ、表だっては事なきを得たのです。ただ、旗本や御家人が札差に頭の上がらぬこの時代、札差の気の荒い手代らの中には、旗本がなんだ、このまま引きさがるわけにはいかないと、若旦那の仕かえしを目《もく》ろむ者の噂《うわさ》などが、聞こえておりました」

と、三宅は続けた。

「それゆえ、辰助をこのままにしておいてまた面倒な事が起これば、次は辰助の身のみならず、わが三宅家に累《るい》がおよびかねないと憂慮《ゆうりょ》いたしました。そこで、この小野寺の助言に従い、無頼なふる舞いと放蕩な暮らしをきっぱりと断つため、下《しも》総小金《うさこがね》の一月寺《いちがつじ》において普化《ふけ》宗に入宗させることにしたのでござる」

「普化僧、ですね」

市兵衛は言った。

「さよう、虚無僧《こむそう》です。旦那さまと奥方さまは、辰助さまが遅くお生まれになった末のお子さまゆえ、甘やかされたと申しますか、辰助さまが悪童らの仲間に加わって粗暴な素行を見せ始められた少年のころに、親として咎《とが》めなかったことを後ろめたく思っておられました。そのため、いずれ素行が改まれば、部屋住みではあっても辰助さまの身のたつように図る意向を、お持ちでございました」

小野寺が膝に手をそろえ、肩をすぼめて言った。

「ご存じでしょうが、普化宗は普化禅宗という臨済《りんざい》宗の支流で、普化僧は諸士以上に限られ、武士道上、よんどころない事情があれば入宗が許されます。何よりいつでも還俗《げんぞく》ができるゆえ、普化僧として仏道を願い、施物《せもつ》を乞《こ》い受ける厳しき行乞《ぎょうこつ》によって身を清め、心を鍛錬させたのち、ほとぼりの冷めるころ合いを見計らって還俗させ、辰助さまの行く末を図られては、とお勧めいたしました」

　普化宗、すなわち虚無僧は、髷《まげ》ではないが有髪《うはつ》が許され、紺黒の袈裟《けさ》に天蓋《てんがい》をかぶり、尺八を手にし、諸士以上のための刀を佩《お》びていた。しかも、いつでも還俗でき、武家の一時の隠家とも考えられていた。

「……小野寺の申す通り、辰助を一月寺へ向かわせ、ほとぼりが冷めるまでと、身を隠させたのでござる。丸三年と少々、足かけ四年前の春のことでござる」

「あのときはわたくしが下総へ辰助さまのお供をし、入宗証文を差し出しました。聞くところによりますと、辰助さまは普化僧に姿を変えられ、江戸川の東、葛飾《かっしか》郡の国分寺《こくぶんじ》山麓《ふもと》の蒲寺《がまでら》という末寺にて、施物を乞う廻行を始められたようでございます」

「便りがないのは無事の便り、と思っておったのでござる。丸三年がたったこの春、そろそろ還俗させる相談を、妻と小野寺の三人でいたしたが、今しばらく普化宗の僧として修行をつませ、心身を鍛錬させたほうが辰助のためになると考え、還俗を許さなかった。あのとき還俗させておれば、と悔《く》やまれてならぬ。妻にもだいぶ、責められました」

「旦那さま、まだ噂にすぎません」

「噂と申しますと……」

市兵衛は質《ただ》した。

「お屋敷の汲《く》みとりを定めた汲取人に、葛西の者がおります。定めた者にお屋敷の下肥《しもごえ》を無料で汲みとらせ、謝礼として毎月野菜を持参してくるとり決めにいたしております。何分、下肥の始末ですので、旦那さまのお手数をかけぬよう、わたくしが差配いたしております。三日前のことでございます。いつものように汲みとりにきた直八《なおはち》という汲取人が、つかぬ事をうかがいますが、と辰助さまの事情を訊ねたのです」

うな垂れた三宅は眉間《みけん》に深い皺《しわ》を刻んだ。

「身を隠すのですから、辰助さまが普化宗に入宗なされたことは、旦那さまと奥方さまとわたくしのほかには、ご兄弟のみなさまにさえお知らせしておりません。葛西に運んだ下肥は、各河岸の下肥を売りさばく世話人をとおして、村々へ配られます。中川の飯塚《いいづか》村には、下肥売捌人《うりさばきにん》の会所《かいしょ》もございます。新宿《にいじゅく》に時《とき》右衛門《えもん》という世話人がおり、直八はその時右衛門から辰助さまの噂を聞いたと申しておりました」

小野寺はそこまで言って、ひと呼吸をおいた。

「時右衛門から聞いた噂によれば、普化僧の辰助さまがこの夏の初めごろ、葛東《かっとう》の蒲寺という一月寺の末寺で病死したらしい、これはお知らせしたほうがよいのでは、と時右衛門は直八が当屋敷に出入りしていることを知っているので言ったそうです。噂にすぎませんが、事実であれば誠に以《も》って一大事。放ってはおけず、早急に真偽を確かめねばなりません」

「病死？　それだけですか」

「さよう。ただそれだけでござる」

すると、三宅が言った。

「一月寺に書状を送り、問い質す手だても考えた。だが、書状の遣《や》りとりではどれほどときがかかるかわからない。倅の生死にかかわる事柄ゆえ、わたしが自らいって確かめるべきだが、下総の国の葛飾郡までさしたる遠方ではないものの、まだまだ暑さの残るこの季節、六十近いわが身では心もとない」

三宅は、白い日が降りそそぎ、木だちでつくつくぼうしが鳴き騒ぐ庭へ、髷に白髪のまじった顔を向けた。小野寺が、肩をすぼめて言った。

「わたくしが旦那さまに代わって、葛飾までいけばよろしいのですが、はなはだ面目ないことに、鬼の霍乱《かくらん》と申しますか、この夏の暑さにやられたらしく、腹の具合がよろしくありません。この調子では、葛飾までは無理なのです」

「小野寺には、用人の役目もあっていかせられん。若くて元気な奉公人はおるが、若い奉公人に倅の生死の事柄を扱わせるのは荷が重いし、何よりも、身内には今はまだ知らせないほうがよいと考え、三宅家とかかわりのない御目付役の片岡どのならと、ご相談した次第でござる。で、唐木どのが見えられた」

市兵衛は三宅と小野寺へ、穏やかに頷いた。

「ご依頼の一件、承知いたしました。明日、葛飾に出かけます」

「承知してくださるか。ありがたい。よろしくお願いいたす」

「辰助どのの安否を確かめるのですから、さほど手間はかからぬと思われます。ですが、蒲寺へいく前に、念のため、新宿の時右衛門という世話人に、噂について訊いておきたいことがあります。それで、事を速《すみ》やかに進めるため、三宅さまの添状をいただければ、ありがたいのですが……」

「相わかった。すぐに認《したた》める。それから路銀と礼金も用意させ……」

「その前に今ひとつ、おうかがいいたします」

ふむ、と三宅は鼻を鳴らした。

「辰助どのの生死が明らかになりましたうえは、いかようにとり計らいますか。ただ生死を確かめるだけでよろしいのですか。それとも……」

「そうでしたな。そのこともお願いせねば」

三宅は重たそうなため息を、ひとつこぼした。

「噂は偽りで、辰助の身がつつがないのであれば、辰助に伝えていただきたい。すぐに還俗して江戸に戻ってくるようにと。父も母も待っておると」

「お伝え、いたします」

「もし噂が真《まこと》であったならば……」

庭のつくつくぼうしが賑やかに鳴き騒ぎ、午後の白い日が降っている。

「倅の病、最期の様子、普化宗ではどのように埋葬されたのか、知っておきたい。入宗の折り、寺に納めた倅の両刀や所持していた品があるはずでござる。それを持ち帰っていただけぬか。改めて、わが菩提寺《ぼだいじ》で弔《とむら》ってやりたい。不肖《ふしょう》の倅であっても、せめてそれぐらいの事はしてやりたいと、妻が泣いて申しましてな」

二

翌朝、市兵衛はまだ暗いうちに旅支度《たびじたく》を調《ととの》えていた。肌着に紺木綿の単衣《ひとえ》、黒の細袴、手甲脚絆《てっこうきゃはん》、黒足袋。背に少々の荷物をくくり、菅笠《すげがさ》をかぶった。上がり端《はな》に腰かけて草鞋《わらじ》をつけていると、ほとほと、と腰高障子が叩《たた》かれた。

「市兵衛、いるか。おれだ。弥陀ノ介だ」

「おう、弥陀ノ介か。入れ」

市兵衛は、草鞋の紐《ひも》をくくりながら言った。

まだ暗い路地に、弥陀ノ助の岩塊のような影が現われた。

薄《うつす》らと青味を帯び始めた夜明け前の空が、路地の向かいの屋根の上に見えた。払暁《ふつぎょう》の空に、烏《からす》が鳴き渡っている。

「おお、間に合った。赤坂御門《あかさかごもん》外から急ぎに急いできた。汗をかいた」

弥陀ノ助の組屋敷は、赤坂御門外一《ひと》ツ木《ぎ》町の往来を、西へ折れた黒鍬谷《くろくわだに》にある。

市兵衛は草鞋をつけ終わり、弥陀ノ介へ笑みを投げた。

「水なら、勝手に呑《の》んでくれ」

「いただく。秋なのに、暑い日が続くな」

弥陀ノ介は、流し場の下の水瓶《みずがめ》から柄杓《ひしゃく》で水を汲み、太い喉《のど》を震わせた。

「これから仕事で出かける。あまり長いときはとれぬが。用向きはなんだ」

市兵衛は土間に立ち、黒鞘の大刀を佩びた。

「お頭《かしら》から聞いた。下総の葛飾へゆくのだろう」

「そうだ。ある事を調べにゆく。どのような事かは、話せぬが」

「ある方のお家の事情らしいな。お頭がその方から相談を受け、市兵衛に無理に頼んだと仰《おっしゃ》っていた。むずかしい仕事か」

「むずかしい仕事とは思えぬ。上手《うま》くゆけば、明日には戻ってこられるし、長くても三、四日で済むだろう。弥陀ノ助の用を言え」

弥陀ノ介は、ふむ、と吐息を吐《つ》いた。

「市兵衛をそこまで見送る。おれは大した用ではない。歩きながら話す」

「よかろう。ではいこう」

暗い路地に出た。店《たな》はまだ、寝静まっている。

神田雉子町《かんだきじちょう》の八郎店《はちろうだな》より浅草御門、神田川《かんだ》を越えて浅草へとった。浅草川に架かる大川橋《おおかわばし》を渡るころ、空の明るみは次第にまし、東の空の端がひと筋の赤味を帯び始めていた。

水戸《みと》家下屋敷わきより小梅《こうめ》村の用水に沿い、田畑の中の一条《いちじょう》の縄手《なわて》（あぜ道）をとった。たち木が道につらなり、折り重なる田畑の彼方に、鬱蒼《うっそう》とした森影が眺《なが》められた。

弥陀ノ介は、歩きながら話すはずが、どこまでいっても、きり出さなかった。市兵衛の傍《かたわ》らに五尺（約一・五メートル）少々の短軀《たんく》を力強く歩ませつつ、沈黙を守っていた。

わずかに伏せた菅笠が、弥陀ノ助の歩みに合わせてゆれていた。

道の傍らに牓示《ぼうじ》がたてられていた。朝焼けが東の空に燃え、田畑の中に、早や野良の仕事にかかる百姓の姿が見えた。

牓示には、《右江戸大川橋へ三十丁《ちょう》　左新宿松戸《まつど》へ弐里《にり》》と記されている。

「弥陀ノ介、どこまで送ってくれるのだ。急いできたのに、用を話さぬつもりか」

「ふむ、肝心《かんじん》の話をせねば、ならぬのだが……」

弥陀ノ介は、明るさをますます田園の景色を見わたして言った。

「兄上との仕事にかかわることか。それともおぬしひとりのことか」

「お頭に、かかわりはない。おれの話だ。身勝手なおれのな」

言うまでもなく、市兵衛の兄上とは、公儀十人目付筆頭格の片岡信正であり、小人目付《こびとめつけ》の弥陀ノ介は、信正の配下である。弥陀ノ介は信正を、《お頭《かしら》》と呼んでいる。

二人は、縄手を再び歩み始めた。

「わたしに話すのだ。身勝手でいいではないか」

弥陀ノ介は、それでもなおためらい、沈黙した。だが、

「市兵衛はおれを、愚《おろ》かだと、責めるか笑うのだろうな」

と、やおら言った。

「話によってはな。責められたり、笑われたりするのはいやか」

「いやではない。むしろ、愚かなおれを、責めてほしい。笑ってほしい。おぬしがおれなら、おれはおぬしの話を聞いて、間違いなく責めるし、笑ってやる」

「話が始まる前から、持って廻った言い方をして笑わせるな。日が昇るぞ」

朝焼けの空に、顔を出し始めた日が真紅の輝きを放った。

「おう、なんと神々《こうごう》しい。拝《おが》みたくなる」

「美しく、清々《すがすが》しいな。命の始まりを感じる」

「青という唐《から》の女がいる。市兵衛、覚えているか」

弥陀ノ介が、菅笠をゆらして言った。

「覚えている。翠、楊、青。唐からきた三人の凄腕《すごうで》の女始末人だ。三人共に、異国を思わせる激しさを湛《たた》えた目と、あの昇る日のように燃える唇をした、妖しく美しい女たちだった。薬種問屋の柳屋稲左衛門《やなぎやとうざえもん》が長崎の唐人《とうじん》屋敷であの女たちを買い求め、江戸へともなってきた。旗本の石井彦十郎《いしいひこじゅうろう》に、慰《なぐさ》み者《もの》として献上した」

「翠が一番年上の姉、楊が二番目、青が一番下の妹らしい。唐の女のことだ。本当の姉妹かどうかは、わからぬ。柳屋稲左衛門らが逃亡を謀《はか》ったとき、川越《かわごえ》の東《とう》明寺橋《みょうじ》でわれらは稲左衛門らの逃亡をはばんだ。東明寺橋で翠と楊と青とわれらは戦った。市兵衛が姉の翠を倒し、おれが楊と青を斬った」

「だがあのとき、妹の青だけが、赤間《あかま》川に転落して命をとり留めたのだった」

「妹の青だけが疵《きず》つきながら逃亡した。早いな。もう二年近く前になる」

「稲左衛門の一件で、弥陀ノ介の知己《ちき》を得た。初めておぬしと顔を合わせたときは、なんと恐ろしげな男だと、震えたぞ」

「それはこちらも同じだ。妙にすかした男だと、尻の穴が痒《かゆ》くなったわ」

あは……

と、二人は笑い声を夜明けの田野にまいた。

「青に、遇《あ》ったのか？」

弥陀ノ介は笑い声をかき消し、初心《うぶ》な童《わらし》のように頷いた。

「どこで遇った」

「本所四ツ目の、地獄宿でだ。半月前」

「地獄宿……客になったのか」

「たまたま見かけた。われらとは妙な因縁が絡んで、青は不届きにもお頭の命すら狙った。二年前の東明寺橋と、お頭を狙った一年半前のその折りの二度、刃《やいば》を交わした。以来、青はどこかへ姿をくらまし、お頭は放っておけと、仰っておられた。忘れていたのではないが、追ってはいなかった。地獄宿の青を偶然見かけたとき、捕えるつもりも斬るつもりもなかった。ただ、無性に哀《あわ》れに思えた」

やがて、東の空に朝日は昇りきり、地の果てから離れた。弥陀ノ介の菅笠と照り映える黒鞘の長刀が、赤々とゆれている。

「青はおれのことを覚えていた。この面《つら》だ。忘れるはずはない。お頭のことも市兵衛のことも、覚えていた。姉の翠と楊の仇《かたき》と、われらを深く恨んでいた。地獄宿では、あやうく命をとられるところだった。だから、悪党の手先め、姉の仇を討ちたくばいつでもこい、と言ってやった」

「それでいいのか」

「いいわけがない。おれのふる舞いは、咎《とが》められてしかるべきだ。お頭のお叱りを受けるだけでは済まぬかもしれぬ。市兵衛、おれを愚かだと責めてくれ。馬鹿だと笑ってくれ。だが、放っておけなかったのだ」

「責めも笑いもせぬ。女たちは異国の地で身を買われ、命ぜられるままに男の慰み者となり、命ぜられるままに人を斬ってきた。疵ついて追われる青が、われらに恨みを抱きながら、異国の地でどこへ逃げのびたとて、安住の場所などなかっただろう。翠も楊も青も恐ろしい女たちだった。しかし、可哀想《かわいそう》な女たちだったと思う」

「そう思うか」

「思うとも」

「地獄宿の主人は左与吉という男だった。青の亭主ではない。青を二階に住まわせ、昼は一切り二百文、泊りは二朱《しゅ》で客をとらせていた。代金の七、八割は左与吉が持っていく。むごい話だ。そんな地獄宿しか青の生きのびる場所はなかった。先日、地獄宿へもう一度いった。するとな、青は姿を消していたのだ。おれに見つかったために姿をくらましたのではないぞ」

弥陀ノ介は、眼窩《がんか》の奥に光る目を市兵衛へ向けた。

「左与吉が言うには、おれが青と遇った日の夕刻、深川の岡場所のやくざらが、青を追って宿に踏みこんできた。やくざらは七人だった。どうやら青は、その岡場所から逃げ出してきたらしい。やくざらを嘘《うそ》つきと罵《のの》しり、柳刃包丁をつかんで、ひとりでやくざらにたち向かった。七人のうちの三人を殺し、三人を瀕死の目に遭わせた」

「ひとりで、三人を殺し、三人を瀕死の目にか。凄《すさ》まじいな」

「凄まじい。ただ青も疵を負った。相当な深手のようだ。左与吉に、ここにはいられないと言ったが、疵ついた青に逃げるあてはなかった。左与吉は、青が気の毒になって、葛西の西利根村の吉三郎親分を頼れ、吉三郎親分は情の篤い男だから力になってくれる、と教えた。あの疵では遠くにはいけない、たぶん、青は西利根村へ逃げたのではないか、と左与吉は言っている。西利根村は……」

「江戸川の対岸は、葛飾郡の国府台《こうのだい》だな」

二人は酒飯を商う数戸の亭が並ぶ四つ辻《つじ》をすぎ、用水に架かった橋を渡って四《よ》ツ木《ぎ》村に入っていた。

朝の青空が広がり、残暑の厳しさを思わせる一日が始まっていた。

さらに、木だちのつらなる用水沿いをいき、茶店が二戸ある《二軒茶屋》にきた。《二軒茶屋》から《四ツ木の引船》を使い、亀有《かめあり》まで二十四銭《せん》でいける。

朝の日の降る船着場に、五、六艘《そう》の小舟が浮かんでいた。青い用水が、田面《たづら》の中をまっすぐ北のほうへ貫《つらぬ》いている。船着場の船頭に訊くと、

「もうすぐ次の引船が出やす。お客さん、船に乗るか、茶店で待っていてくだせえ。出すときに声をかけやす」

と、船頭は言った。

刀をはずし緋毛氈《ひもうせん》を敷《し》いた茶店の長腰掛に腰をおろした。

「市兵衛、おれはここまでだ。勤めがある。戻らねばならん」

「わざわざの見送り、礼を言う。だが、弥陀ノ介、肝心の用をまだ言っていないぞ」

赤襷《あかたすき》の茶屋の女が、二人に煎茶《せんちゃ》を運んできた。弥陀ノ介は湯気のたつ煎茶を

含み、言うのをためらっていた。引船には、すでに四人の乗客が乗りこんで出発を待っていた。馬を牽《ひ》いた百姓が、用水の対岸を通っている。

「葛飾郡へのいきか戻りに、葛西の西利根村に寄ってもらえぬか」

弥陀ノ介はやっと言った。

「吉三郎親分を訪ね、青が世話になっているかどうか、もし世話になっていたら、あれの疵の具合を、安否を確かめてはくれぬか。途中で力つきて、たどり着けなかったかもしれぬが……」

「青が生きていたら、どうする。青の安否を確かめて、それからどうするのだ」

「それからどうするか、わからん。わからんが、ただ……そうだ、おれが疵を案じていたと、それを伝えてくれ」

「それだけでいいのか。ほかに伝えることはないのか」

「そ、それだけでいい」

「青は凄腕の女始末人だぞ。斬ることになるかもしれぬぞ」

「市兵衛が斬るなら、仕方がない。そうなれば、仕方はない……」

弥陀ノ介の菅笠が俯《うつむ》き、大きな両の掌《てのひら》の中で茶碗をもじもじと玩《もてあそ》んだ。分厚い肩を、まるで子供のようにしおれさせていた。

「なぜ弥陀ノ介がゆかぬ」

「おれはいけぬ。勤めがあるし……この礼はする」

「礼などいらん。なぜおぬしがゆかぬのだ」

「勤めがある身だ。つまらぬ事をついでに頼んで、す、済まぬと思っている」

「弥陀ノ介、なぜゆかぬのだ」

「だからあ……」

弥陀ノ介が、大声を出して顔を上げた。

その声に、茶店の女や客や船着場の船頭や乗客らが、いっせいにふり向いた。木だちの鳥が、ばさばさと飛びたった。

弥陀ノ介の苦しげな眼差しと市兵衛の穏やかな笑みが、交錯した。

はっ、と弥陀ノ介が戸惑いを見せた。

「承知したぞ、弥陀ノ介。必ず西利根村にいき、青に会ってくる。弥陀ノ介の思いを青に伝える」

「あの女は市兵衛に、恨みをはらそうとするかもしれぬ。そうなれば、容赦《ようしゃ》なく斬り捨てろ。容赦なく……」

「いいとも。容赦なく斬り捨てる」

市兵衛は、笑みを向けたまま言った。腰掛から立ち、黒鞘の大刀を佩びた。

「兄上に伝えてくれ。市兵衛は今朝、発《た》ちました。せいぜい、三、四日のうちには、首尾のご報告にまいりますと」

「わかった。伝える。気をつけてな」

市兵衛は、堤から引船の歩みの板を踏んだ。その途中、ふと、思い出したようにふりかえり、堤に佇《たたず》む弥陀ノ介に言った。

「弥陀ノ介、日は昇ったばかりだ。まだときはある。おぬしにもわたしにもな」

朝の日射しの下で弥陀ノ介の菅笠が、うん、と頷いた。市兵衛が乗りこむと、

「いくぜ」

と、船頭が棹《さお》を突き、堤の船曳《ふなひき》らが綱を引き始めた。綱は、ぴしゃ、と音をたてて真っすぐに張り、引船はゆるやかに船着場を離れた。

三

四ツ木村から亀有村まで、およそ二十八丁（約三キロメートル）である。

亀有にもある《二軒茶屋》の岸へ上がって、村内を東へ七丁（約七六三メート

ル）ほどの渡し場から中川を渡った。中川を渡ると、葛西の新宿である。
新宿は水戸道、すなわち水戸佐倉《さくら》道の二百戸ほどの宿駅《しゆくえき》である。中川の畔《ほとり》を上宿、それより東へ中宿、下宿と呼んでいる。

ただ、大名の宿泊は千住《せんじゆ》か松戸と決められており、新宿に本陣や脇本陣はなく、往来に休み処《どころ》の茶店の軒が並び、六軒ほどの旅籠《はたご》があるばかりだった。

新宿より北東に水戸道をゆき、金町《かなまち》の関所から江戸川を渡り松戸宿。南東に小岩村への道をとれば、小岩市川《いちかわ》の関へ出られる。

まだ、四ツ（午前十時頃）をすぎたばかりの刻限だった。

市兵衛は、下宿から南東の小岩村への道をとった。

山林の高低のない葛西の地は、青々とした田面がはるばると続き、果てしない空の下に数里彼方《かなた》まで一望できた。

葛西の《下肥売捌人》の時右衛門の店は、新宿村山王社の近くにあった。

柘植《つげ》の生垣に囲われた、大きな住まいだった。広い庭に椎《しい》の大木があり、濃い緑の葉陰でつくつくぼうしが鳴いていた。主屋は、両開きの大きな表戸も、縁廊《えんろう》下《か》のある上の部屋や下の部屋の障子戸も、すべて開け放ってある。

軒庇《のきびさし》の下の表戸をくぐり、広い内庭へ声をかけた。

店の後ろの土間のほうから、襷《たすき》がけの使用人らしき太った女が、濡《ぬ》れた手をぬぐいつつ現われた。市兵衛は一礼して名乗った。

「わたくしは、御公儀小納戸衆旗本《こなんどしゅう》・三宅庄九郎さまのご用命を受け、こちらのご主人の時右衛門どのにお目にかかりたく……」

これが三宅庄九郎さまの――と、添状を差し出すと、女は目を丸くして、「へえ」と添状を押しいただき、広い庭に面した座敷に市兵衛を案内した。

透かしの欄間《らんま》があり、襖には襖絵が描かれた裕福そうな造りの座敷だった。

「旦那さまは、河岸場にいらっしゃいますので、至急、呼んでまいります。少々お待ちを願います」

「河岸場は遠いのですか」

「いえ。溜井堀《ためいぼり》の河岸場ですので、ほんのひとっ走りで」

女が茶を出してから、それでも四半刻《しはんとき》（約三十分）近くかかって、主の時右衛門が、内庭の土間に下駄《げた》をからからと鳴らしたのが聞こえた。

時右衛門は、四十代半ばの、涼《すず》しそうな絽《ろ》の羽織を着けた恰幅《かっぷく》のいい男だった。

「これは遠路はるばる、おこしいただき……」

「唐木市兵衛と申します。江戸の旗本・三宅庄九郎さまのご依頼により、本日は時右衛門どのをお訪ねいたしました」

市兵衛は早速、訪ねた用件を伝えた。

「三宅辰助さまを、直《じか》に存じ上げているのではございません。ただ、江戸の身分の高いお旗本のご子息であり、お血筋の正しき方が、わけあって普化宗に入宗なされ、蒲寺という普化宗の末寺で、厳しい修行と、村から村へと廻り托鉢《たくはつ》をなされていると、ちら、と噂にうかがい、おいたわしいことで、と思っておりましたほどのことでございます」

時右衛門は、神妙な顔つきになって言った。

「厳しき修行を積まれておられましても、托鉢の行で村々を廻られるうちに、村の百姓とも言葉を交わすこともございますから、なんとはなしに、三宅さまがどういう素性のお方か、などということも知れわたったのでございましょう。確か、三宅さまは、普化宗では真景《しんけい》と名を改められておられたようでございます」

「いつ、なんの病で、辰助どのは亡くなられたのですか」

「三宅さまが亡くなられた噂を聞きましたのは、半月ばかり前でございます。いつごろ、どういう病でというのは、詳しくは存じません。ただ、二、三カ月前らしいよ、とか、風邪《かぜ》でもこじらせたのか、苦労知らずのお旗本の若さまに托鉢の行はつらいだろう、とか、世話人の寄合の折りに噂話に出たことはございます。ではございますが、あくまで噂話でございますから、確かな事は……」

庭の椎の木でつくつくぼうしが、おおし、おおし、と鳴き騒いでいた。

「とも角、三宅さまの噂を聞いたあと、直八が江戸の三宅さまのお屋敷の汲取人をやっているると存じておりましたので、三宅さまが普化宗に入宗なされている事情に首を突っこむ気はないが、事が事だから、そういう噂があると、念のためお伝えした方がいいのではないか、と教えたのでございます。直八は噂を知らなかったらしく、次に汲取りにうかがう折りにでも、と申しておりました次第で」

「蒲寺については、ご存じでしょうか」

「下総小金の一月寺の末寺でございます。江戸川の東、葛飾郡の国分寺山の麓にございまして、蒲寺に遣わされた普化僧は、葛飾郡の上、中、下の矢切村から栗《くり》山《やま》、市川、江戸川を越えた葛西の小岩、西利根、柴又、などの江戸川沿いの村々を、托鉢に廻っておりますようで。ただ……」

これも噂にすぎませんが——と、時右衛門は続けた。

「蒲寺の普化僧は性質《たち》がよくない、無頼なふる舞いをする宗縁の者も多くいるらしい、とあまりいい評判は聞きません。天蓋をかぶり尺八を手にして修行の体《てい》を拵《こしら》えておりましても、百姓にねだりがましき事柄を申しかけ、不法狼藉をしばしば働いておるようでございます。じつは、江戸川周辺の村の者らは、蒲寺をみだりにうるさいひき蛙《がえる》の蝦蟇《がま》にかけて、蝦蟇寺と呼んでおるとか」

宗縁とは、入宗をせず吹笛修行だけを望む侍に本則《ほんそく》を付与《ふよ》し、その日限りに印鑑や天蓋をわたし、普化僧に従って廻行させる、ということが行なわれていた。《助吹》とも呼んだ。

普化僧は侍に限られているが、宗縁の名を借り、無頼の徒が普化僧の姿に似せ、在方《ざいかた》に無法なたかり強請《ゆすり》におよぶ、というふる舞いがしばしば見られた。公儀は、総本山番所で形《なり》を忍ばせる子細を糺《ただ》した者のほかは、普化宗寺院で入宗させて僧侶人別に入れてはならぬ、と命じてはいた。

しかし、普化僧は寺社奉行支配下であり、村方では支配違いの陣屋が、普化僧や宗縁の者らの狼藉をとり締まることはむずかしかった。

「そのため、村それぞれに策を講じておるのでございます。策と申しましても、事情があって普化僧、すなわち虚無僧となり形を忍ばれ修行をなされているのですから、無下《むげ》に扱うこともはばかりがございます」

時右衛門は、考えを確かめるように一重《ひとえ》の目を宙へ泳がした。

「たとえば、わたしども新宿周辺の村では、普化僧が村へたびたび現われ、村人に狼藉を働くことがないように、あらかじめ、近在の普化僧の寺院と談合をいたし、一カ年の施物をおよそ何程と代銭によって定め、年に一度、寺の遣わした用《よう》達役《たしやく》に廻行の施物として差し出して受けとり証をもらうとり決めにいたしております。そのようにいたしておけば、普化僧が村に殆《ほとん》どこなくなり、乱暴や狼藉を防げますので」

「蒲寺の住職は……」

「蒲寺は、有髪の看主の巡景《じゆんけい》さまが住持でございます。蒲寺の看主に就《つ》かれましたのは、七年ばかり前でございます。巡景さまは宗門に身をおかれながら俗事に関心がお強いようで、看主に就かれてから、入宗された普化僧のほかに、宗縁のご浪人方や用達役の俗人のお家来衆を大勢寺に住まわせておられます」

そして、市兵衛へ小さく頭を垂れた。

「そういう方々が、殊《こと》に江戸川より西の葛西では、蒲寺の普化僧は性質が悪いと、評判を損《そこ》ねておるのでございます。あの、何とぞ、誤解なきようにお願いいたします。三宅さまが、たかり強請まがいのふる舞いをなさっていた、というような噂を聞いた覚えはございません。あくまで、中にはそういう普化僧や宗縁の方々もおられる、ということでございますので」

「蒲寺も托鉢をする村方と、施物の代銭をとり決めていたのでしょうか」

「間違いなく、とり決めておりました。そのように、聞いておりました。ただ、一昨年のことでございます」

時右衛門が、声を落とした。

「葛西の村々の施物の代銭が安い、これでは修行がままならぬ、もっと出せと、蒲寺の性質の悪い普化僧と宗縁の者らが、小岩や西利根、柴又の村々を托鉢と称して廻り、村の百姓らにねだりがましき事や無理難題を、しばしば申しかけたのでございます。蒲寺と代銭のとり決めをしているのに、こんな狼藉をされては困る、と村役人らが看主の巡景さまにかけ合い、とり締まりを求めたのでございますが……」

と、そこで眉をひそめた。

「巡景さまは、僧侶人別にあっても修行半ばの者もおり、すべての普化僧や宗縁の者に目がいき届かぬこともいたし方ないと、むしろ、放任なさるようなご様子で、埒《らち》が明かぬのでございましたそうで。折りも折り、徒党を組んだ蒲寺の普化僧らが、旅宿を申しつけた柴又村の百姓家で、宿が粗末だ、飯がまずいと暴れ、その家の娘にまで乱暴を働くという一件が出来《しゅったい》いたしたのでございます」

「普化僧らが、娘に乱暴をですか」

市兵衛は、辰助がそういう寺で修行をしていたことを訝《いぶか》しく思った。

「その一件は、名主ら村役人が陣屋に訴え出る前に巡景さまに厳罰を求め、巡景さまが乱暴を働いた普化僧らを袈裟天蓋をはぎ追放という処罰をくだし、落着したのでございます。ですが、村人を困らせる蒲寺の普化僧らにこれ以上勝手な真似《まね》はさせられない、以後、葛西の小岩、西利根、柴又のどの村にも蒲寺の普化僧らを出入りさせるわけにはいかないと、吉三郎親分が立ち上がったのでございます」

「吉三郎親分？　葛西の貸元の吉三郎さんですか」

吉三郎の名が出て、市兵衛は思わず訊きかえした。

「ほう、吉三郎親分をご存じでございましたか。はい。江戸川沿いの葛西の、小岩、西利根、柴又の三つの村を縄張りにしている貸元の、吉三郎親分でございます。ご陣屋より十手《じって》を持つことを許され、村人の信頼も篤く、葛西の者は江戸川の古名にちなんで《太日《ふとい》の吉三郎》と呼んでおりました。名主さまや村役人らは、吉三郎親分がやってくれるなら親分にやらせよう、任せようじゃないか、ということになったようでございます」

「吉三郎さんが、蒲寺の普化僧らの村への出入りをさせなくしたのですね」

「さようでございます。普化僧らの乱暴狼藉に困らされていた村人らは、胸をなでおろしました。しかし、村に出入りできなくなった蒲寺の普化僧らは、博徒のやくざごときがと息巻いて、今にも普化僧らと吉三郎一家の争いが起こりかねないあり様でございました。ただ、普化宗の僧籍にある者らがやくざと出入りまがいの争いを起こせば、お上からどんな咎めを受けるかわかりません」

「総本山の一月寺にも、寺社奉行の咎めがおよぶと思われます」

時右衛門は、こくり、と頷いた。

「でございますので、蒲寺の普化僧らと吉三郎一家とが険悪な睨《にら》み合いになり、じつはそれが、一昨年から今も続いておるのでございます」

「つまり、吉三郎親分が村への出入りをさせないため、とり決めの施物の代銭も渡されていないのですね」

「そのとおりでございます。蒲寺の者は、誰も村に入ることができません。一昨年に去年、おそらく今年もと言われております。名主さまや村役人らは、吉三郎親分の考えに従う意向のようですし。これには巡景さまが相当ご立腹らしく、噂では、松戸の貸元の文蔵《もんぞう》親分にしばしば相談なさっている、という物騒な話さえ聞こえております。やくざにはやくざを、ということなのでございましょうか」

「普化僧の施物の代銭を巡って、やくざにはやくざを？　それは怪しい」

「まことに。と申しますのも、松戸の文蔵親分は、ここ数年来、葛飾から江戸川を越えて葛西にまで縄張りを広げようと狙っているとの評判がたっておりました。巡景さまは、吉三郎親分の縄張りを文蔵親分の力を借りて潰しにかかっていると、少々芝居じみた推量がささやかれておりますようで。もっとも、蒲寺の普化僧はわたしどもの村にはまいりませんので、あまり余所《よそ》の事情をとやかく申せませんが」

「吉三郎さんは、一徹な親分なのですね」

「やくざながら、なかなかにできた人物でございました。村の名主さま方にも一目おかれておられましたし、わたしども世話人らも、下肥の捌きでもめ事が起こった折りに吉三郎親分の仲裁を頼んだことがございます。あの、唐木さまは吉三郎親分とは、なんぞご縁がおありなのでございますか」

「縁というほどではありません。三宅辰助どのの事とは別件で、葛西の吉三郎さんをお訪ねする用があるのです。このあと、吉三郎さんを訪ねるつもりでおります。吉三郎さんの住まいは、西利根村と聞いております」

「唐木さまは吉三郎親分の一件を、ご存じではないのでございますか」

「一件を？」

市兵衛は、時右衛門を見つめた。

「吉三郎親分は、この夏の初め、お亡くなりになられたのでございますよ」

時右衛門が言った。市兵衛は言葉がなかった。

ふと、青はどうしているのか、と思った。

おおしつくつく、おおしつくつく、と庭のつくつくぼうしの鳴き声が騒がしかった。

「……という事情で、陣屋の手代が出張って調べたのでございますが、誰が吉三郎親分を闇討ちにしたのか、今なお明らかにはなっておりません。吉三郎親分は蒲寺の普化僧らの恨みを買っておりましたので、寺社奉行を通じて調べがなされたようですが、蒲寺の者の仕業《しわざ》でないことは明らかになったと聞いております」

四ツ木の船着場で別れた弥陀ノ介の姿が、脳裡《のうり》をよぎった。

「気の毒なのは、残された三人の娘らでございます。長女のお高《たか》が二十二、次女のお登茂《とも》が二十歳、末娘のお由《よし》が十七。三姉妹が残されたのでございます」

おおしつくつく、おおしつくつく……

四

時右衛門に昼飯を勧《すす》められたが、丁重《ていちょう》に辞し、屋敷を出た。遠くの寺で、昼九ツ（正午頃）を報《しら》せる梵鐘《ぼんしょう》が、青い稲穂が空濶《くうかつ》と広がる田面に響き渡った。

溜井堀に架かる木橋を渡り、東南に小岩村への道をとった。

道をしばらくいって、東に折れると西利根村に出られます、と時右衛門に教えられた三叉路《さんさろ》に出た。

道端の大きな楢《なら》の木の下に、掛小屋の茶店があった。強い日射しが照りつけ、楢の木ではまだみんみん蟬《ぜみ》が鳴いていた。

休み処とまんじゅうの旗がだらりと垂れ、竈《かまど》のそばに店番の女がいた。

「弁当を使いたい。茶を頼む」

「へえ、おいでなさいませ」

市兵衛は莫蓙《ござ》を敷いた長腰掛に坐り、背中の荷物をといた。今朝、塩気を効かせたにぎり飯を拵《こしら》えてきた。日陰に入ると、日照りは厳しくみんみん蟬は鳴いていても、汗ばんだ身体をかすかに涼しい秋の気配がくるんだ。

「どうぞ」

女が茶碗を盆に載せて運んできた。ほかに客もいないので、市兵衛はにぎり飯を食いながら、「女将《おかみ》さん……」と話しかけた。

「西利根村は、この道でいいのかい」

「へえ、あの森を抜けて数丁いけば、西利根村の集落が見えてまいります」

女は、三叉路を東へ折れた縄手の彼方の森を指して言った。

「西利根村の吉三郎さんを訪ねるのだ。吉三郎さんの店《たな》を知っているかい」

「そりゃあもう。ここら辺の者は、みんな知っておりますよ。けど、お客さん、吉三郎親分さんは、この夏の初め、お気の毒にお亡くなりになったんですよ」

「そうらしいね。わたしも聞いて、驚いている。殺されたそうだね。誰が手をかけたか、未だ不明とも聞いた」

「本当に、物騒な事でございます。あの親分さんを一体誰が、とよく話しに出ます」

「評判のいい親分だったのかい」

「へえ、お人柄のいい、よくできた親分さんでございました」

女は、市兵衛を怪しむ様子もなく、のどかに話し始めた。

「小岩から西利根と柴又を縄張りにして、遊び人や博徒相手に賭場を開いていらっしゃいます。けど、子分の若い衆らには、堅気《かたぎ》の者が賭場にきても決して無体《むたい》な事をしちゃあいけない、自分らは堅気のお陰でおまんまが食えているんだとわきまえさせ、近在からくる遊び人や博徒らにも、村では絶対に粗暴なふる舞いをさせないようにと、目を光らせていらっしゃいましてね」

「だが、よくできた親分と言っても、所詮《しょせん》は、やくざではないのかい」

「でもね、お客さん。葛西の者は働き者が多く、糞《くそ》がつくほど真面目《まじめ》でしてね。真面目に働くだけでは気が持ちません。ときには、羽目をはずしたくなることもございます。そういうとき、ここら辺の者が遊びにいく場所は松戸か新宿、遠いところでは千住、まれに船で江戸へ出て、深川や本所で気ばらしをする者もおります。そういう気ばらしができる者はよろしゅうございますが、できない者もおります」

「それは、そうだ」

「ですから、ここら辺の名主さまも、村人がほどほどの手慰《てなぐさ》みで息抜きをするぐらいならよかろうと、表向きはご法度《はっと》でも、わきまえのある吉三郎親分さんの賭場に目をつぶっていらっしゃるんでございます。その代わり、親分さんの縄張りの村が、無事に治まるように気をつける役割を負わせていらっしゃいました」

市兵衛はにぎり飯を頬張り、頷いた。

「何しろ、ここらあたりは北に水戸道と南に佐倉への街道があり、金町の番所と小岩市川の番所がございます。江戸を逃れた不逞《ふてい》の者が、番所を通れず江戸にも戻れず、関内のここら辺をうろつくことが多いんでございますよ。そう、二年ほど前までは、蒲寺の性質の悪い虚無僧らが、ここら辺の村に現われ、ねだりがましい事を申しかけてくることもございましてね。その折りも吉三郎親分さんのお陰で……」

女は蒲寺の普化僧の話を、聞かせた。

「でございますから、吉三郎の親分さんは貸元でも、ご陣屋より十手を持つことも許されていたんでございます」

「なるほど。持ちつ持たれつの、十手持ちの親分だったんだね」

「へえ。それが十手持ちの親分さんを、とんでもないことでございます。吉三郎親分さんの重しがとれて、また蒲寺の性質の悪い虚無僧らがくるとか、松戸の文

蔵という貸元が、吉三郎一家の縄張りを狙っているとかの不穏な噂もございます
し。一体誰の仕業なのか、こんなことになって、親分さんがお気の毒なだけでは
なく、わたしら村の者も、これから何が起こるのか、少々不安なんでございます
よ」

市兵衛は、疵ついた青が葛西までこられたとしても、頼る吉三郎はすでにな
く、見知らぬ土地でどんな目に遭ったのだろうかと、気が重くなった。

「吉三郎親分には、娘たちがいると聞いた。今はその娘たちが、一家の縄張りを
守っているのかい」

「へえ。お高さんとお登茂さんとお由さん、三人いらっしゃいます。吉三郎親分
さんがご自慢だった葛西一と評判の美人三姉妹で、姉娘のお高さんを一家の女貸
元にたて、お登茂さんとお由さんが懸命に支え、三人力を合わせて縄張りをけな
気に守っていらっしゃいます」

「三人姉妹に、ご亭主は……」

「三人共にいい年ごろなんですけれど、今はご亭主を迎えるとか嫁にいくとか、
それどころじゃありませんもの。ただ、女名前ではむずかしい事が多うございま
すので、せめてお高さんに、しっかりしたご亭主を迎えられるとよろしいのでご

ざいますけれどね。あの、それではお侍さまは、お高さんをお訪ねでございますか」

「吉三郎親分の世話になっている、という者に会うためにきたのだ。吉三郎親分がそんな事とは知らなかった。少々様子が変わって戸惑っている」

「さようでございましたか。でもお高さんは、吉三郎親分さんの気性を受け継がれ、気だてのいいしっかりした方ですので、お高さんならきちんとなさっていると評判がいいんです。お高さんをお訪ねになれば……」

旅の行商風体の客が茶店に入ってきたのを機に、市兵衛は茶代を払い、季節はずれのみんみん蟬が鳴き騒ぎ、日照りがいっそう厳しくなった三叉路に出た。

四半刻後、西利根村の集落の近くまできた。

青い田んぼの間をゆく縄手の松の高木がたち並ぶ下に、石の地蔵が祭られている。

折り重なる田面の彼方に畑が絵模様のように見え、木々の繁《しげ》る小さな森や林、散在する村の家々が眺められた。

通りかかった村人に訊ねると、「ああ、お高さんの……」と、村人は侍の市兵衛に不審を見せず、親切に教えてくれた。

その店は、江戸川沿いにつらなる樹木の見える、集落のはずれにあった。

塀《へい》や垣根はなく、庭の片側に荒壁の土蔵が建ち、片側は糸瓜《へちま》棚の先に、商家の寮のような茅葺屋根《かやぶきやね》の二階家が建っていた。

周辺は、午睡《ごすい》をしているふうな静けさに包まれていた。

往来より庭へ折れると、土蔵の腰高障子を開けたままの戸口から、帷子《かたびら》を尻端《しりは》折《しょ》りにした二人が小走りに出てきた。

ひとりは月代《さかやき》を綺麗《きれい》に剃《そ》り、日焼けした若い衆で、もうひとりは前髪をまだ落としていない、十二、三の色白の小僧だった。

「お侍さん、おいでなさいやし。お暑い中わざわざのおこし、畏《おそ》れ入りやす。お名前とご用件を、おうかがいいたしやす」

若い衆が、歯ぎれよく言った。

「唐木市兵衛と申します。こちらのご主人にお訊ねいたす事情があって、江戸よりまいりました。何とぞおとり次願いたい」

「どちらの唐木市兵衛さんで、ござんすか。また、どのような事情があって姉御をお訊ねか、お聞かせ願《ねげ》えやす」

姉御とは、吉三郎の長女のお高に違いなかった。

「主に仕えておる者ではありません。浪々の身です。わが知人に、公儀の御小人目付役の者がおり、その者の依頼によってうかがいました。その者が申しますには、江戸は本所四ツ目の左与吉という男の勧めで、吉三郎親分を頼ってこちらのご厄介になっている女がおるゆえ、その者より女への伝言を託《ことづか》ってまいったのです」

「女？」

「さよう。年若い……」

唐の女、とは言わなかった。

「先代の親分は、もう、おられやせん。先だって、お亡くなりになられやした」

「こちらにきて、吉三郎親分がご不幸に遭われた事情をうかがい、驚いております。伝言を託《ことづ》けた者も、おそらく四ツ目の左与吉という者も、吉三郎親分の一件は、知らなかったものと思われます。今、ご一家は、吉三郎親分のご長女のお高さんが率《ひき》いておられる、とうかがいました。何とぞ、お高さんにおとり次を願います」

若い衆と小僧が、訝《いぶか》しげな眼差しを交わした。「兄《あに》さん……」と小僧がささやきかけ、若い衆が小さく頷いた。

「あ、姉御はお出かけでやすが、ちょいとお待ちくだせえ」

若い衆と小僧が、素早く踵《きびす》をかえして、静かな主屋へ駆け戻った。

市兵衛は、庭の日射しの下に待たされた。

すると黒猫が、納屋のほうから糸瓜棚のほうへ、市兵衛の目の前の庭先を、足早に横ぎっていった。暑さをさけて、青空に飛び交う鳥の姿もなかった。主屋の二階の窓に、ふっ、と人の気配がよぎったように思われた。

ほどもなく、若い衆らが駆けこんで開け放したままの表戸から、若い女が若い衆と小僧を従え現われた。女は艶やかな黒髪を島田に結い、明るい草色の小袖をほっそりとした身体にまとい、地味ではあっても丸帯をきゅっと結んだ扮装《いでたち》が若々しい。

降りそそぐ光が、女の瑞々《みずみず》しい白い肌に撥《は》ねかえされていた。

黒めがちな大きな目が、若い好奇心を湛《たた》えて市兵衛を見つめていた。

「唐木市兵衛さんですか」

女は無邪気に近づき、若やいだ声で言った。

さようです――と、市兵衛は腰を折り、改めて名乗った。

「わたしは由、と言います。お高姉さんとお登茂姉さんの、妹です。姉さんたちは小菅《こすげ》のご陣屋に出かけ、わたしだけなんです。姉さんの代わりに、わたしがご用件をうかがいます」

お由の口調は少々すげなかった。

「葛西一の美人三姉妹と評判の、一番下の妹のお由さんでしたか。お名前はうかがっております。これは、評判以上です。お初にお目にかかります」

市兵衛は、お由のすげない口調に少し戯《ざ》れた。

「あら、そんなお上手を言ったって、だめですよ。何も出ませんから。お高姉さんに言われているんです。知らない人には気をつけなさいって」

「見ず知らずの者がいきなりお訪ねし、不審に思われるのはごもっともです。知らなかったとは申せ、吉三郎親分の一件があってさほど日もたたぬこのようなときに、心苦しく思っております。なるべくお邪魔にならぬよう、用件が済み次第、速やかに退散いたします。そちらの若い衆と小僧さんに申しましたが……」

お由は、顔を少し斜《しゃ》にして市兵衛を横睨みにし、草色の袖を、考え事をするかのようにゆらした。後ろの若い衆と小僧が、お由を見守りつつ、ちら、ちら、と市兵衛へ好奇の目を寄こした。

「うちを頼ってきた女の人を？　その人を探して、どうするんですか？」

「はい。その女に会い、わが知人より託った言葉を、伝えます」

お由は、草色の袖をゆらしている。

「知人の方って、御公儀の何とか目付？　どんな言葉を、託っていらっしゃったんですか」

「それは、当の女に、直に伝えるべき言葉と思われますゆえ……」

草色の袖が、忙《せわ》しなくゆれた。

「うちには、そんな女の人はいらっしゃいません。もしいらっしゃったとしても、お高姉さんとお登茂姉さんのいないときに、知らない人を勝手にうちに入れると、叱られますから、どうぞ、今日のところはお引きとりください」

お由が、少し挑むような目つきを見せ、若い衆と小僧が、うむ、と肩をすぼめた。

市兵衛は、さっき人の気配がよぎった主屋の二階の窓を見上げた。障子戸が開けられた窓に、人の気配はなかった。

「さようですか。いないのであれば、いたし方ありません。それではひとまず、退散いたします……」

笑みを投げると、お由はその笑みをそらし白い頰をかすかに染めた。

お由さん――と、真顔になって呼びかけた。

「はい？」

急に呼びかけられ、思わずというふうに、頰を薄桃色に染めて童女の面影を残した顔を上げた。

「その女の名は、お青と申します。もし、お青がこちらへきましたなら、おそらく、ひどい怪我を負っていると思われます。そのときは何とぞ、哀れな女にご一家のみなさまのお慈悲を、恵んでやっていただきたいのです。そして、唐木市兵衛という者がきて、お青の身を案じている者の伝言を託ってきた、これはお上の御用ではなく、その者の一存であり、決して案ずることはないと、お伝えいただきたいのです」

お由は、赤い唇をきゅっと結び、こくり、とあどけなく頷いた。

後ろの若い衆と小僧が、お由にならって、大きく首をふって見せた。

主屋の表戸を開け放った薄暗がりに、数人の人影がたむろし、庭の様子をうかがっているのがわかった。

一家の者らが、見知らぬ侍が突然現われたので、お由の身を案じている。

「それから、お由さん。わたしはこれより、江戸川を渡って葛飾へいく用があります。このあたりに矢切の渡し場があると聞いています。矢切の渡し場は、北の方角でよろしいのでしょうか」

「は、はい。往来へ出たところにすぐ、北へとる道があります。田畑の間を道なりにしばらくゆくと、柴又村に出ます。柴又村に見えるひときわ大きな御堂の屋根が、帝釈天《たいしやくてん》さまです。帝釈天さまの山門の前をすぎ、最初の道を江戸川のほうへ折れて土手に出れば、河原に矢切の渡し場が見えます」

お由は、無邪気にこたえた。

「でも、ここから江戸川の土手に出て、土手道を北へまっすぐにいっても、柴又村の帝釈天さまの屋根が見えるあたりの河原に、渡し場があるのがわかります。そうだ、多吉《たきち》、文五《ぶんご》、唐木さんを矢切の渡し場まで案内しておあげ」

へい――若衆と小僧が、元気な声をそろえた。

「いえ。それにはおよびません。お気遣い、ありがとうございます」

市兵衛は多吉と文五へ手をかざして、一礼して踵をかえした。

「お高姉さんとお登茂姉さんは、夕刻、戻ってきます。そのころに……」

お由が、市兵衛の背中に声をかけた。

市兵衛は菅笠を上げてお由へふりかえり、頭を垂れた。そのとき、二階の窓を再びちらりと見上げたが、やはり、人の気配は兆《きざ》さなかった。

五

江戸川の土手道に出た。

土手から蘆荻《ろてき》に覆われたなだらかな河原が広がり、対岸のやはり蘆荻の繁る河原の間に、群青色《ぐんじょう》に染まった江戸川の豊かな水流が南へくだっていた。

秋の雲がたなびく大空の下に、流れはわずかに東へとりつつ、はるか下流で西へゆったりと方角を変え、姿を消していた。流れが消えたあたりに、小岩と市川の渡し場があるはずである。

右手下流の対岸に、鬱蒼《うっそう》とした森がせり上がったような丘陵が見えている。江戸川に迫った崖《がけ》に繁る樹林が、土手道を覆い隠していた。丘陵は、戦国の世の古い合戦場として知られている国府台である。

市兵衛は、土手道を北へとった。

左手に西利根から柴又への田面、右手に蘆荻の生い茂る河原と江戸川の流れ。

葛西の地が霞《かす》む北の空の果てには、青空を遮《さえぎ》る鉛色の雲の帯が望まれた。汗ばむ首筋を、涼しい川風がかすかに癒《いや》した。

土手道から河原へくだり、深い蘆荻の間を進んだ。

蘆荻の間を抜け、猫柳や藤空木《ふじうつぎ》の低木の間に、歩みの板が流れへくだっていて、川面《かわも》の杭《くい》に繋《つな》いだ渡し船が見えた。

川縁に、生木の柱に葭簀《よしず》をたて廻したばかりの掛小屋があり、小屋の中に長腰掛と自在鉤《じざいかぎ》に鉄瓶《てつびん》をかけた粗末な炉《ろ》があった。炉のそばにかがみ、頰かむりの船頭が煙管《きせる》を吹かしていた。

船を頼むと、船頭は「へえ、ようがす」と、煙管の雁首《がんくび》を炉の石にあてて吸殻を落とし、頰かむりの上に編笠を着け、歩みの板をくだっていった。

渡し船は、柴又村の河原から下矢切村の河原へ渡す。

袖なしの半着から太い腕を出した船頭が、艫《とも》で櫓《ろ》を軋《きし》ませた。

川の流れは穏やかだった。土手から眺めた群青色の川面は、間近に見ると青く透きとおっていた。涼しい川風が流れ、客は市兵衛ひとりである。

「船頭さん、国分寺山の麓までいきたいのだが、道は遠いかい」

「下矢切村を、すぎたところでがす。近くはねえが、そう遠くでもねえ。お侍さん、国分寺山のどちらまでいかれやす」

船頭が、さな（舟底）に坐った市兵衛へのどかにかえした。

「国分寺山の麓の、蒲寺を訪ねるのだ」

「ああ、蒲寺でやすか」

「知っているかい」

「ここら辺で、知らねえ者はおりやせん。水辺に生える蒲じゃなく、沼地にもつれるひき蛙にかけて蝦蟇寺と呼ぶ者もおりやす。噂の多い虚無僧寺でやす」

「虚無僧寺か。それはいい噂かい。それとも悪い噂かね」

「いろいろでやす。いいか悪いか、あっしにはなんとも……」

市兵衛は、川面に笑い声を投げた。

「虚無僧になるために、いくのではない。ある武家の倅が普化宗の門弟になって修行を積んでいたが、病を得て亡くなったそうだ。武家に頼まれ、事実かそうでないかを確かめ、事実ならば遺品を貰《もら》い受ける。そういう噂を、聞いてはいないかね」

「お侍さん、江戸のお役人でがすか」

「暇な浪人者だ。暇だから、そういう仕事を引き受けた」

今度は、船頭が櫓を軋ませながら、笑い声をまいた。

「何か聞いた噂が、あるのかい」

市兵衛が艫へ顔を廻《めぐ》らすと、船頭はおっとりとした風情《ふぜい》で櫓を漕《こ》いでいた。

「亡くなったのは、いつのことでがす？」

「三月《みつき》ばかり前らしい。定かにはわからないのだ」

「お侍さんのお訊ねの、倅のことは知らねえが、三月前の夏の初めごろ、蝦蟇寺の虚無僧がひとり、亡くなった噂は聞いた覚えがありやす。あっしが聞いた噂は、病気じゃねえ。だから、お侍さんのお訊ねの倅とは別人かもしれねえ」

「どんな噂だね」

「なんでも、蝦蟇寺の若い虚無僧になんぞ粗相があったとかで、看主の巡景さまの逆鱗《げきりん》に触れ、法中のもっとも厳しいお仕置きを受けたとかで。どんな仕置きかまでは、わからねえが」

「お仕置きで、虚無僧が亡くなったのか」

「噂でがす。確かな話じゃありやせん。ちょうど、西利根村の吉三郎親分が誰ぞの闇討ちに遭って命を落とし、大騒ぎになったころでやした。それで覚えておりやす。お侍さん、吉三郎親分をご存じでやすか」

「吉三郎という西利根村の親分が、斬られた一件なら聞いている」

「へえ、その一件でがす。吉三郎親分が、蝦蟇寺の虚無僧らが乱暴を働くので、縄張りの葛西の村に出入りを禁じ、そのため施物の代銭が蝦蟇寺に入らなくなっちまった。吉三郎親分は、蝦蟇寺の看主の巡景さまの恨みを買い、もしかして、吉三郎親分の闇討ちは蝦蟇寺の看主さまが虚無僧らに命じたんじゃねえか、と罰あたりな事を言う者もおりやした」

「蒲寺の施物の代銭をめぐるもめ事の話も、聞いた。陣屋の調べでは、吉三郎親分殺しは誰の仕業かは、まだわからぬそうだな」

「ええ、まあね。けど、陣屋のお役人方が、どこまで本気で調べたんでやすかね。蝦蟇寺は陣屋のお役人の支配違《ちげ》えだから、調べたからと言って、あてにはならねえと、もっぱらの評判でやすが」

船頭は、腹に何かありそうな笑みを浮かべていた。

「蝦蟇寺が怪しい、とかなんとか勝手な推量をしていたとき、あそこの看主さまはとても恐い方で、つい先だっても粗相をした配下の虚無僧にお仕置きをして、そいつがおっ死《ち》んじまったと、仲間の虚無僧らが話していた、と言う者がおりやした。なんでも虚無僧寺では、指をつめたり鼻や耳を削《そ》ぎ落としたり、焼き鉄《がね》を額にあてたりする、おっかねえお仕置きがあるそうでやす。お侍さん、ご存じでやすか」

「ふむ。普化宗法中の仕置きは、奉行所に届けなくても許されている。だが、死にいたる仕置きは昔のことで、今はもう許されてはいないはずだが」

「へえ、そうなんでやすか」

　もし辰助が仕置きによって死にいたらしめられたとしたら、とうに総本山より知らせが江戸の三宅家へ入っている。やはり別人か……。

「亡くなった虚無僧の噂は、ほかに聞いていないのかい」

「ただ、噂がある、というだけで、どこの馬の骨かも知れねえ虚無僧がお仕置きになっておっ死んじまったからって、気になりやせんでした。それより、そんなおっかねえ看主さまなら、吉三郎親分をばらしちまえと言いかねねえとか、罰あたりな噂話で持ちきりだったもんで、へえ」

「蒲寺の巡景という看主は、松戸の文蔵という貸元とつながりがあるらしいな」

「お侍さん、よくご存じで。それも、ここら辺ではよく知られていることでがす。だから、文蔵親分が看主さまに頼まれ、手下に吉三郎親分を襲わせたんじゃねえかと、そんな噂もねえことはねえ。あはは……」

「松戸の文蔵とは、どんな親分だね」

「松戸宿を根城《ねじろ》に、葛飾を縄張りにする貸元でがす。白葱《しろねぎ》の文蔵と言いやして、元は小金のほうの小百姓の倅だったのが、札つきの悪餓鬼《わるがき》で、十六のとき勘当されて松戸の貸元の手下になった。度胸が据《す》わって腕もたち、二十代から頭角を現わし、三十歳で松戸の貸元。それから、周辺の親分衆の縄張りを強引に次々と奪って、四十代半ばの今じゃあ、葛飾の押しも押されもせぬ大親分でがす」

「文蔵が、葛飾から江戸川を越えて葛西へ縄張りを広げることを狙っている話も聞いた。知っているか」

「知っているも何も、文蔵親分が江戸川を越えて葛西を狙っている話は、ずい分前から聞きやした。葛西は米がよく穫《と》れ、豊かな村が多いからね。文蔵親分としちゃあ、喉《のど》から手が出るほどほしい縄張りに違えねえ。けど、口実もねえのに、無理やり喧嘩を仕かけるわけにもいかねえ。文蔵親分も容易に手が出せなかったところへ、おととし、吉三郎親分と蝦蟇寺の間に施物の代銭を廻るもめ事が起こったんでがす」

櫓を漕ぐ船頭の、むき出しの太い腕に力がこもった。

「文蔵親分の葛西に縄張りを広げる狙いと、蝦蟇寺の看主さまの思わくが同じなら、看主さまと手を結び、もめ事の仲裁を口実に、吉三郎親分の縄張りに食指を動かした。まずは吉三郎親分の、小岩から西利根、柴又の江戸川沿いの縄張りを手に入れ、それを足がかりに葛西一帯へ縄張りを広げていくってわけでさあ」

「仲裁に応じないなら、顔をつぶされて引きさがるわけにはいかない、腕ずくで縄張りをとってやるから覚悟しろ、という文蔵親分の狙いと、やくざはやくざに始末をつけさせる、という蒲寺の看主の思わくが符合したのだな」

「じゃねえかと。けどね、お侍さん。吉三郎親分はご陣屋より十手を持つことを許された葛西の顔役のひとりでがす。そんな顔役に顔をつぶされた、どうしてくれる、とけちな因縁をつけるわけにはいきやせん。だから、吉三郎親分が邪魔だった。西利根村の吉三郎親分の重しが、消えてなくなりゃあ……」

なるほど——と、市兵衛は頷いた。

「その符合がまことなら、吉三郎親分を失って、吉三郎一家と文蔵一家は、このままでは済みそうにないな」

「きな臭《くせ》え、とここら辺の気の利いた者は、わけ知りに噂しておりやす。何しろ、吉三郎親分の重しが消えて都合がいいのは蝦蟇寺の看主さまと文蔵親分だってえのは、みな知っていやすからね。もっとも、所詮はやくざ同士の喧嘩でがす。あっしら堅気には、かかわりのねえことで」

「所詮はやくざ同士か……」

と、市兵衛はくりかえしながら、ふと、不審を覚えた。

高々、蒲寺の施物の代銭のもめ事を、貸元の縄張り争いの口実にするのが、物足りなく思われた。やくざにも渡世の面目がある。面目を施《ほどこ》せなければ、俠客《きようかく》の男だてはすたる。やくざとて、世間に顔向けができなければ、無頼の徒党にすぎない。

もしかしたら後ろ盾《だて》が、文蔵にあるのか……

そう思った途端、ずん、と舳《へさき》が水辺の堤にあたった。

「お侍さん、着きやした」

艫の船頭が櫓をおいて、棹をにぎって言った。

六

蒲寺は、深い木々に覆われた国分寺山の山裾《やますそ》にあった。

欅《けやき》や楢、椎などの木だちの繁る間を縫った坂道の先に、荒壁の土塀と茅葺屋根の古びた小さな山門があった。山門の扁額《へんがく》に、《鷲獄山《しゆうごくさん》》の文字が読めた。

矢切の渡し場から、日射しを殆《ほとん》ど遮《さえぎ》るもののない野面の道を四半刻以上歩いて、市兵衛の身体は汗ばんでいた。山門の前でひと息吐き、高い木だちを見上げると、木々の上に青空と流れる雲が見えた。

山門をくぐり、苔《こけ》むした境内《けいだい》を緑色に錆《さ》びた銅板葺屋根の本堂の前にきた。

本堂は回廊が廻り、これも古びた板戸で閉じられていた。本堂の一方に渡り廊下が通り、廊下の奥に僧房と庫裡《くり》の、これは茅葺屋根の棟が木だちを背に建っていた。

庫裡の戸が境内へ向いて開かれ、薄暗い中に土間が見えた。

托鉢に出かけているのか、境内に普化僧らの姿はなかった。

鳥の声もなく、息をひそめたような重たい静寂に、境内は包まれていた。

市兵衛は庫裡の前まできて菅笠をとり、薄暗い戸内へ、「お頼み申します」

と、数度、声をかけた。

「どなたか」

しばらくして、土間の暗がりの奥から人影が下駄《げた》を鳴らして戸口へ歩んできた。男は、外の明かりが届くところで歩みを止めた。

浅黒く頰のこけた顔面の、眼の下から唇に、大きな傷跡があった。総髪を束《たば》ね、小柄な体軀の背に垂らしていた。くくり袴の裾から素足を出し、素足につけた下駄が薄汚れていた。

男は、戸口の外に立った市兵衛へ、一重の白い目を冷やかに投げた。

市兵衛は辞宜《じぎ》をして名乗り、静かな境内を乱さぬように言った。

「……江戸の旗本、三宅庄九郎さまの使いの者にて、当山の看主・巡景さまにお目通りをお願いいたすため、不束《ふつつか》ながら、参上いたしました。これは三宅さまの添状でございます。どうぞ、お改めください」

頭を伏せたまま土間へ進み入り、男に添状を差し出した。

男は、添状を無造作に受けとり、ためらいなくその場で開いた。さっと目を通しただけで、すぐにぞんざいに畳みながら、

「で、ご用は何か」

と、この紙きれが何か、というふうな素ぶりを見せ、添状を差しかえした。

「三宅庄九郎さまより、看主さまにお訊ねいたしたき儀がございます。看主さまにおとり次を、願います」

「看主さまはおられぬ。代わりに、お訊ねの儀をうかがっておく。看主さまが戻

られたら、お伝えする。後日、まいられよ」

「畏れ入りますが、そこもとさまのお名前を、お訊ねいたします」

「それがしは、西平段造《にしひらだんぞう》と申す。当山の用達役として、看主・巡景さまにお仕えしておる。ただし、普化宗の僧ではない。用達役ではご不満か」

「いえ。そのような事はございません」

「昼間は普化僧らも、廻行のために出払っておる。われらだけだ。どうなさる」

束の間をおき、西平と名乗った用達役を見つめた。

「申し上げます」

と、市兵衛は、蒲寺を訪ねた事情を語った。

その間、西平は一重の瞼《まぶた》をまばたきもさせず、まるで木偶《でく》のような空虚《くうきょ》な顔つきを浮かべ、市兵衛の前に佇んでいた。

話の途中、土間奥の大きな竈が三つ並んだ暗がりから男が二人、土間に下駄の音を不審げに鳴らし、西平の後ろへゆっくりと近づいてきた。

土間の片側が広い板敷になった奥の、少し開いた舞良戸《まいらど》の隙間に、数個の人影が見え、市兵衛と西平の様子をうかがっていた。

すると、境内でも、本堂のほうよりひとり、僧房のほうからは二人の、これは上着に袴を着け、寺院にはそぐわぬ両刀を佩びたいかにも侍風体の男らが、庫裡の戸口を遠巻きにし始めた。

境内のひとりは坊主頭で、ほかは月代ののびた有髪の者ばかりだった。侍に限られた普化僧は、剃髪にはせず、有髪を長くのばして背に垂らし、髷を結わなかった。普化宗の寺の剃髪の住持《じゅうじ》を住職、有髪の住持を看主、と言った。

明らかに、この者らもみな看主に仕える俗人、しかも侍に違いなかった。これほどの数の侍を雇う理由が、知れなかった。まるで、寺の傭兵のようだった。

「ああ、三宅辰助とは、真景のことですな」

市兵衛が用を伝え終わると、西平は薄笑いを浮かべて言った。

「はい。公儀小納戸衆旗本・三宅庄九郎さまのご子息です。仔細があっておよそ三年前、下総小金の一月寺にて入宗なされたのです」

「ふん、仔細があってとは傍《かたは》ら痛い。血筋正しき旗本のできの悪い倅も、無頼の浪人者も、みな仔細があって入宗し、形《なり》を変えて身を隠す。正しき血筋も不逞《ふてい》の輩《やから》も、どちらも同じ煩悩《ぼんのう》にまみれた人であることが、この寺にいるとよくわかる。もっとも、そういう煩悩にまみれた人の世だからこそ、われらは飢えもせず、この務めが得られておるのですがな」

西平は嘲笑を浮かべ、周りを見廻した。そして、

「唐木さん、あんたも浪人だろう。その口だ。あは……」

と、市兵衛に嘲笑を投げつけた。頰の疵跡が、笑うと模様のように歪んだ。

「では、看主さまにお伝えください。明日、出直してまいります」

市兵衛は踵をかえした。その背中に、西平が言った。

「出直さなくとも、真景のことなら、看主さまに訊ねるまでもない」

市兵衛は足を止めた。

「真景は病死ではない。三月前、寺から逃げ出した。行方を探っているが、今もって不明だ。粗忽《そこつ》なふる舞いが多く、看主さまのお叱りを受けることがあって、お叱りを恐れて逃げ出したのだ。それでも元侍で、今は仏に仕える身か、と言いたくなるくらい惰弱《だじゃく》な普化僧であった。病死と噂になっているとは、知らなかった。もしかしたらどこぞで野垂《のた》れ死にし、病死と伝わったのかもしれぬ」

「看主さまのお叱りを受けるとは、法中のお仕置きのことでございましょうか」

市兵衛は、ふりかえった。

「まあ、そういうことなのだろうな」

「辰助どのに、どのようなふる舞いがあったのでございますか」

「ふむ？　そうあれは、廻行しておる村で村人にねだりがましき申しかけをいたし、聞き入れられぬと、乱暴狼藉を働いた。看主さまが日ごろより、厳格に戒めておられるふる舞い、もっとも嫌っておられるふる舞いに、およんだのだ」

「それは、どこの村でのことでしょうか」

「ふん、逃げ出した者のことなど、一々覚えてはおられぬ。当人を捜し出し、ご自分で訊かれることですな。とも角、真景は病死ではない」

西平の言い方には、辰助への侮りがにじんでいた。西平のそんな言い方が、かえって訝しかった。

「どこの村かは覚えていないが、何をやったかは、覚えておられるのですね。それでは、本山の一月寺には、三宅辰助どのが蒲寺から姿を消された事情は、すでに報告されているのでしょうね」

「まだだ。そのうち悔い改めて戻ってくるかもしれぬゆえ、と看主さまのお慈悲で猶予《ゆうよ》をおいておった。病死の噂が出ておるようでは、もうだめですかな」

「さようですか。わかりました。しかし、人の生死にかかわることですから、やはり看主さまご本人より、直におうかがいすべきかと思われます」

「好きになされよ」

「明日は、看主さまはおられますか」

「どうかな。いろいろと、宗門のためにお忙しく働いておられますゆえ」

にべもない物言いに、市兵衛は、ふと思いついたかのような素ぶりを見せた。

「つかぬ事を、おうかがいいたします。よろしいでしょうか」

ふむ、と西平は頷いた。

「こちらへうかがう途中、妙な噂を耳にいたしました。辰助どのがこちらから姿を消された同じ三月ほど前のころ、蒲寺において、若い普化僧がひとり、法中のお仕置きを受け、命を落としたという噂です。それは真でしょうか」

「真だろうとなかろうと、それは、唐木さんにはかかわりのない事だ」

「確かに、かかわりはございません。しかし、真ならば、蒲寺の二人の若い普化僧が、この夏の初め、ひとりはお仕置きを受けて落命し、ひとりは三宅辰助どので、お仕置きを恐れて逃げ出したことになります。同じころに若い普化僧が二人も、当寺より消えたとは真に由々しき事態と、余所事《よそごと》ながら、申さざるを得ません。この夏の初め当寺では、一体、何があったのでしょうか」

市兵衛は、穏やかさをくずさず西平を見つめた。

「そうそう、これもまたこちらへうかがう前に知ったのでございますが、葛西の西利根村の吉三郎という貸元が、三月ほど前の夏の初め、何者かの闇討ちに遭い、命を落としたそうですね。むろん、これは噂ではなく実事のようですが……」

「だから？」

「気になります。気になりませんか」

「なるわけがない。法中の仕置きで若い普化僧が落命した実事は、当蒲寺に、これまでも、またこれからもない。根も葉もない噂にすぎぬ。愚かな者らが、ありもしない事柄をあるかのごとく言いたて、蒲寺の評判を貶《おとし》めようとしておるのか、あるいは、真景の一件の噂を、愚か者らが勝手に推量し、誇張し、絵空事の別件を新たに仕たて上げただけではござらぬか」

西平は、嘲笑を浮かべ、そこから語調を変えた。

「ご存じないようだから、教えて進ぜる。法中の御仕置刑は五カ条あって、奉行所に届けずともよいとされておる。追い払い、中指切り、鼻削ぎ、焼き鉄当て、耳削ぎ、など五カ条だ。ただし、死にいたらしめる仕置きはその五カ条に含まれておらぬ。昔はね、生きたまま棺に入れて土中に埋める仕置きが、じつはあったのだがね。つまり、生き埋めにして死にいたらしめる仕置きだ。しかし、今はそういう仕置きはできない。許されておらぬ」

「許されておらぬのなら、たとえそのような仕置きが行なわれていても、そのような実事はない、根も葉もない噂にすぎぬ、と仰るのでしょうな」

西平は嘲笑を消し、眉をひそめた。

そのとき、建物の奥の僧房のほうより、尺八の音が静かな響きをたて、庫裡の薄暗い土間に流れてきた。

吐息が尺八の管に吹きつけられ、響きがさざ波のようにゆれた。

「あれは、古伝三曲《こでんさんきょく》の《虚空》ですね」

市兵衛は、尺八の音が流れる庫裡の暗がりへ目を遊ばせた。

「知って、おるのか」

「曲だけですが。普化僧は、読経の代わりに吹奏をすると、昔、旅の宿で言葉を交わした普化僧に、教えられました」

西平は市兵衛の言葉に、にやにやと皮肉な薄笑いを寄こした。

「埒《らち》もない事を、申しました。お許しを……」

山門を出て、木漏《こも》れ日の降る林道をゆく市兵衛の背に、忍びやかな虚空の音が、どこまでもからみついた。

その音が樹林の陰に消えたころ、前方より、紺黒の袈裟に天蓋をかぶった普化僧の行列が近づいてくるのが見えた。

行列は、前に五、六人、後ろに十数人の普化僧がざわざわと草履を鳴らし、菅笠の駕籠《かご》かきが担ぐ駕籠の前後を固めていた。

駕籠は、貴人が乗るような網代《あじろ》に黒塗りの乗物で、左右にひとりずつ、菅笠と羽織袴に両刀を佩びた、これは侍風体が警護役についていた。

木々の間より落ちる西日が、黒塗りの駕籠を斑《まだら》に光らせた。

市兵衛は道端によけ、行列が通りすぎるのを待った。

天蓋をかぶった普化僧らは、黙々と歩んでいたが、網代の駕籠が市兵衛の前を通るとき、警護役の菅笠の侍が、ちら、と一瞥《いちべつ》を投げた。そして、駕籠の窓がわずかに開けられ、中の黒い人影が見えた。

市兵衛はその人影へ、小さく頭を垂れた。

七

国分寺山の麓から松戸宿へ、およそ一里（約四キロ）ほどの道のりである。

松戸から葛西の金町へ江戸川を渡り、水戸道を新宿まで戻って、新宿の旅籠で今宵《こよい》の宿をとるつもりでいた。

松戸に出た、さしたる理由はなかった。

葛西の小岩、西利根、柴又を縄張りにする貸元の吉三郎が、三月前、不慮の死をとげた。吉三郎なきあとの縄張りを、松戸の貸元・白葱の文蔵が狙っているという、もっともらしい噂を耳にした。

やくざ渡世の縄張り争いにかかわりはないが、しかしながら、三人姉妹の下に青が身を寄せているかもしれず、それが市兵衛は気になったのである。

文蔵が縄張りにしている松戸宿の賑わいを、見ておきたかった。文蔵とは、どれほどの男なのだ。しいて言えば、それだけの理由だった。

松戸宿は、脇往還の水戸道と江戸川を起点にして、下総と武蔵にまたがる葛飾郡の舟運と金融商業の中心地である。宿場の往来の両側に、荷馬の継ぎたて問屋、呉服問屋や米問屋、銭屋に質屋、高利貸し、造り酒屋、飯盛のいる旅籠、酒亭や茶屋、料理屋、そのほか種々の問屋や小店が、甍《いらか》を高く造り並べていた。

民戸はおよそ四百戸ほどで、本陣も脇本陣もある。

江戸川の渡し場の南側には、川魚の会所が建てられ、周辺で獲《と》れる魚はすべて会所を通して、その日のうちに江戸へ運ばれ、売りさばかれた。

そして、松戸と対岸の金町を結ぶ渡し船が、多くの旅人を乗せて、両岸より次々と漕ぎ出し、川中でいき交い、西へ渡れば金町から千住、江戸、東へ渡れば、松戸から水戸へ街道をゆくのである。

日が西の空にだいぶ傾いた夕七ツ前の刻限、市兵衛は松戸の渡し場より葛西の金町へ江戸川を渡った。

金町の船着場には、番所がある。

番所から蘆荻の覆う河原の中をゆく道を土手に出て、用水に架かる橋を渡るころ、あたりには日盛りがすぎた気配がたちこめ、涼しい川風にほつれ毛がそよいだ。

左手に江戸川と広い河原、右手に葛西の田野を見わたす土手道をいき、やがて香取明神《かとりみょうじん》、金町村を抜け、田面の美しい夕景が果てしなく広がる道をたどった。

市兵衛がひと組の男女といき合ったのは、入り日が西の端に近づき、男女のはるか後方には新宿の町影が赤く染まり、人も田面も木々も空に飛び交う鳥も、すべてが赤く燃える刻限だった。

前に二人の女、後ろに二人の男が一列を作り、男女は黙々と歩んでいた。

編笠を目深にかぶった前の女は、濃い藍《あい》色に白い模様をあしらった着物に黒と白の合わせ帯を隙《すき》なく締めていた。胸元に携えた黒い風呂敷包みに真っ白な両手を添え、翻る裾の赤い蹴出《けだ》しから、白い脚絆、白足袋草鞋履きの拵えが見えた。前の後ろの女の着物の淡い 橙《だいだい》 の地に紺の縞模様が、夕日に照り映えていた。前の女と同じ編笠に隠れた顔の、なだらかな色白の顎と真紅の唇がのぞいていた。続く二人の男は三度笠をかぶっており、濃《こ》い鼠《ねず》や渋茶《しぶちゃ》の着物を尻端折りにして、素足に黒の脚絆と草鞋をつけた、博徒を思わせる風体だった。

市兵衛との間が縮まるにつれ、前の二人の女が編笠の下から市兵衛に黒目がちの眼差しを投げた。艶めく愁《うれ》いと若さの瑞々《みずみず》しさをひとつにした、はっとするほどに美しい顔だちだった。

二人は姉と妹に見えた。しかし、三人姉妹の末のお由とは、顔だちは少し違っていた。お由は、まだ童女の面影を残している。

お高とお登茂か。そんな気はした。むろん、声をかけず、いきすぎた。

後ろの男たちは、市兵衛の様子に訝しさを覚えたのか、三度笠の縁をとって、一瞥を投げるような仕種《しぐさ》を見せ、通りすぎていった。

四人とすれ違ってしばらくいってから、さり気なくふりかえった。

黙々とゆく四人の背に、夕日が赤々と降り、長い影が街道に落ちていた。

「姉さん、さっき通りすぎた旅のお侍、あたしたちのほうを、変な目で見ていたよ。なんだか、怪しいと思わない？　気がついた？」

お登茂が姉のお高の背中に、声をかけた。

お高はお登茂へ顔をかしげるように、ふ、と小さく微笑んだ。

「気がついていたよ。でも、こっちも見ていたからさ。あのお侍も、さっきの女たちは変な目で見ていたなと、思っているかも知れないね」

お高は、おかしそうに言った。

「そんなんじゃなかった。姉さんに何か、質《ただ》しそうな素ぶりに見えたもの。ちょっと変よ。おかしいわよ。金次郎《きんじろう》、おまえは気づかなかった？」

お登茂は、後ろの金次郎に言った。

金次郎は数十年も吉三郎に従ってきた一家の長老で、吉三郎なきあと、お高が率いる一家を、わきで支える代貸だった。

丸くなった背中に、老いた俠客の言葉ならぬ慈愛に満ちた穏やかな眼差しが、お高とお登茂を見守っているかのようだった。

お高を《姉御》、次女のお登茂は《姉さま》、末のお由は《お嬢》と呼んでいる。

「ええ、ええ。さっきのお侍は姉御と姉さまを、妙な目つきで見ておりやした。何やら訝しげでやした。だが、険しい顔つきじゃなかったんで、姉御や姉さまの器量よしに見惚《みと》れていたんだろうと思い、打《う》っ遣《ちゃ》っておきやした」

金次郎はお登茂に微笑んだ。

「あっしも、気づきやした。あっしは、初めは姉御や姉さまのご存じの方かと思いやした。そうじゃなかったみてえで、姉御や姉さまが器量よしだからって、あんなふうに見るなんて、ずうずうしい野郎だ」

金次郎の後ろから、若い周助《しゅうすけ》がこれはちょっと尖《と》んがって言った。周助は背が高く、痩せているが、瑞々しい力が若い風貌に漲《みなぎ》っていた。

「それだけ? おまえたちは、怪しいお侍だと思わなかったのかい」

「まあ、怪しいと言やあ怪しいが、あれしきの怪しさに一々目角《めかど》をたてていちゃあ、怪しいやつだらけになっちまいやすぜ」

「それに、ずうずうしい野郎だが、見栄《みば》えのするお侍でやした」

「あはは……男のおめえでも、そう思ったかい」

金次郎が笑った。

「そう言えば、ちょっと姿のいいお侍だったわね」

お登茂が口調を変えて、道の後方へふりかえった。

「水戸さまのご家中が、江戸へいく途中でやしょうか。お供もいないから、きっと身分の低いお侍なんだろうな」

周助が言うと、お登茂が「浪人さんよ」とかえした。

「着物が安物の単衣《ひとえ》だったし。水戸さまのご家中だったら、もうちょっといい物を着ているわよ」

西の端に日が沈みかけ、お登茂は目を細めて見やった。だが、安物の単衣の侍の姿は、もうわからなかった。すると、

「強そうなお侍には見えなかった。少し、頼りなさそうだったね。腰の刀が、重たそうに見えたたし」

と、お高が前を向いたまま、かすかな笑みを浮かべた。

「すれ違うとき、お侍が会釈しそうに見えたので、あれ、誰だったたっけ、とじつは思ったんだよ。勘違いかなという気がして、会釈しそびれた……」

「あら、そうだったの。だったら、姉さんのほうから、どなたさまでしたたっけっ

て、訊けばよかったのに」

お登茂が無邪気に言ったので、後ろの金次郎と周助がそろって笑った。

「いやだよ。気になるのはあんたでしょう。あんたが声をかければよかったのよ」

「気にはならないけど、誰よって、ちょっと心配になっただけ」

うふ——と、お高は小さく笑った。そして、

「さあ、急ぐよ。西利根に着くころは、暗くなる……」

と、急に明るさを失っていく空を見上げた。

「周助、提灯《ちょうちん》の用意をしておけ」

金次郎が後ろの周助に命じ、「へい」と周助がこたえた。

暗くなってから、西利根村の店に着いた。

庭の片側の土蔵や主屋の窓に、薄明かりが差していた。糸瓜棚のほうから、虫の声が寂しく聞こえてきた。

周助が先に庭を走り、土蔵や主屋の腰高障子を開け放ち、

「戻ったぜ。姉御と姉さまのお戻りだよ」

と、若い声を張り上げて廻った。

すぐに、二十名近い若い衆が草履をざわざわと鳴らし、主屋や土蔵から出てきて雁首《がんくび》をそろえ、お高ら四人を出迎えた。頭だったひとりが言った。

「姉御、姉さま、お戻りなさいやし。お疲れさんでござんした」

「お疲れさんでござんした」

男らがいっせいに復唱した。

そこへ、少し遅れてお由が走り出てきた。

「お高姉さん、お登茂姉さん、お帰りぃ」

「うん、戻ったよ。留守中に変わったことはなかったかい」

「変わった事はなかったけど、今日の昼ごろ、変なお侍が姉さんを訪ねてきたわ。金次郎、周助、お疲れさんでした」

「へえ、お嬢、戻りやした」

「お嬢、ただ今、帰《け》えりやした」

金次郎と周助が、お由に笑いかけた。

お高とお登茂が並んで内庭の土間に入り、お由、金次郎、周助が続いた。姉御のお高が戻ってきて、ひっそりしていた店が賑やかになった。

内庭の後ろの竈が並ぶ土間には、三人の下働きの女たちと、父親の吉三郎の若いころより働いている老僕の雁平《がんぺい》が、「お戻りなさいやし」と、お高らを迎えた。

「ああ、家に戻ってくるとほっとする。みんな、ご苦労さん。勝手の用をすませて、今日は早めに休んでおくれ」

「若い衆らの夕飯は済んでおりやす。姉御らの膳の支度も、調えておりやすが、風呂になさいやすか。それとも飯が先でやすか」

雁平が言った。

「ありがとう。あとは自分たちでやるから、もういいよ。金次郎、周助、疲れているだろうけれど、先に今日の話をしなけりゃいけない。着替えを済ませたら、部屋にみんなを集めておくれ」

「承知、いたしやした」

金次郎がこたえると、お高はお由へ向きなおった。

「で、お侍があたしを訪ねてきたのかい」

「そう。姉さんにおとり次を願いますって。……を捜してきたみたい」

お由が指をたてて、天井を指した。

「変なお侍って、名前は？」

「唐木、市兵衛って、名乗ったわ。江戸からきた旅の浪人みたい。なんとか目付の伝言を、お青さんに伝えるために託ってきたとかなんとか……」

「なんとか目付の？」

「そう。御公儀のなんとか目付。でもお上の御用じゃないって」

「唐木市兵衛って江戸からきた浪人が、どんなふうに変だったの」

「どんなふうにって言うか、紺の単衣に黒の細袴で、上等な着物じゃなかったけど、身綺麗に拵えていたわ。それに、背が高くて、ちょっと男前だった」

お高とお登茂は、意外そうに顔を見合わせた。

「それだけ？」

「うん、それだけ」

「それじゃあ別に、変じゃないわね」

お高は言い、お登茂が、ぷっ、と噴いた。

三人の居間に入って、お高とお登茂が旅の拵えを解くのをお由が手伝った。

「唐木市兵衛というお侍が、なんとか目付の伝言を託って、お青さんを捜して家にきたんだね。それでどうしたの」

「お青さんはうちにはいません。もしいたとしても、お高姉さんとお登茂姉さんのいないときに、知らない人を勝手にうちに入れると、叱られますから、今日の

ところはお引きとり願いますって、言ってやったの。諦めて引き上げたわ。そう
そう、矢切の渡し場を訊いたから、葛飾にも、何か用があったみたい」

三人は、そろって廊下に出て、廊下の奥にある狭い階段をのぼった。

「お青さんは、どう言ったの」

「それでいい。唐木市兵衛には会いたくない。あいつは、恐ろしい男だって……」

「まあ、恐ろしい男ですって？」

と、お登茂が言った。先をいくお高がふり向き、お登茂とまた意外そうに顔を見合わせた。お由がすかさず言った。

「ほら、だからやっぱり変なお侍じゃない？　涼しげな様子の男前でも、性根はきっとひどい男なのよ。男なんて、見た目がよくったって、信用ならないわ」

階段をのぼり、二階の部屋の襖ごしにお高が声をかけた。

「お青さん、入るよ。いいかい」

はい――と、すぐに低い声がかえってきた。

青は浴衣《ゆかた》の上に薄衣《うすぎぬ》を、袖を通さず肩にかけ、慣れぬ仕種で布団の上に居ずまいを正した。束ね髪にして薄衣の背に垂らした長い黒髪が、布団にまで届いてい

た。

三人姉妹は、青の枕元に坐った。

青はお高らへ、坐ったまま上体を折り、叩頭《こうとう》した。

「そんなこと、しなくていいの。楽にして。疵の具合は、だいぶいいようね」

「楽になった。もう起きても、大丈夫。お世話になりました」

「まだまだ、疵がちゃんと癒《い》えるまで、静かに養生《ようじょう》していなきゃあ、だめよ。うちに気がねは、いらないからね」

「あら、あんなところに黒がいる」

と、お由が突然言った。

部屋は庭へ向いた窓の障子戸が開かれており、虫の声が聞こえていた。蚊遣《かやり》が焚《た》かれ、一台の行灯《あんどん》が女たちの周りを薄明かりにくるんでいた。

その薄明かりの届かない部屋の隅に、黒猫の目がじっと光っていた。

「本当だ。黒がいるわ」

お登茂が、暗い部屋の隅をのぞきこんだ。

「黒、こっちへおいで」

お由が呼んだが、黒は動かなかった。

「憎らしい。ちっとも言うことを聞きやしない」

「黒は、亡くなったお父っつあんのほかは、みんな余所の人と思っているのよ。自分をお父っつあんの次に、この家で偉いと思っているのよ」

そう言ってお登茂は、黒の光る目を見つめている。

「ずっとあそこにいる。あの猫は動かない。ただ見てるだけ。変な猫だ……」

青はおかしそうな、しかし、少し不思議そうな顔つきになった。

「お青さん、お由から聞いたけど、昼間、唐木市兵衛というお侍が江戸からきたそうね。お青さんへの伝言を、誰かから託っているのでしょう。また、唐木市兵衛という人がきたら、どうするの。会わないでいいの。追いかえしちゃって、いい」

お高は、日暮前、水戸道ですれ違った旅の侍の風貌を思い出していた。菅笠の下の夕日に染まった顔が、お高へ向けられていた。

「いい。あいつは、あたしを斬る。斬らなければ、あたしがあいつを斬る。二年前、唐木市兵衛と返弥陀ノ介のために、翠と楊が斬られた。あたしのここにも、あいつらに斬られた疵が、ある」

と、青は浴衣の上から胸を押さえた。

三人は、青の思いがけない言葉に、思わず眼差しを交わした。

「あいつらは恐い。あたしは、勝てない。けど、あいつらは翠と楊の仇。あたしはもっと強くなって、恨みはらす。あいつらを指図している、もっと、もっと恐ろしい役人がいる。そいつが一番、恐い男だ」

「お、お役人に、追われているの？」

お登茂が言うと、青は小さく頷いた。

「でも、唐木市兵衛というお侍は、お上の御用じゃなく、伝言を託けた人の一存だから案ずることはないって、言っていたわ」

「あの男は、嘘をつかない。真っすぐな心を、持っている。本当の侍だ。一番恐い役人の弟。だから恐い。けど、市兵衛はこの家に悪いことはしない。市兵衛が追っているのは、あたしだけだから。この家は、大丈夫……」

「いいのよ。うちのことを気にしなくても」

お高は、青に真顔になって言った。

「二年前、お翠さんと、お楊さんが、唐木市兵衛と返弥陀ノ介という恐いお役人の手先に斬られ、お青さんもそのとき、疵つけられたのね。そのうえ今度は、江戸のやくざと喧嘩があって、また疵つき、やっと逃げてきた。唐木という人は、そんなお青さんを追って、斬りにきたの？」

「たぶん、そう」

「可哀想に。ひどいのね。でも、市兵衛さんは……」

と、お由はつい「市兵衛さん」と言っていた。

「誰かの伝言を託って、お青さんに伝えにきたんでしょう。あたしたちがお青さんを守るから、市兵衛さんに会って、誰のどんな伝言か、聞くだけ聞いてみたら」

「それもそうね。悪い伝言とは、限らないもの」

「お翠さんとお楊さんは、お青さんの、どういう人たちなの？」

お高は訊いた。

「あたしの、姉さんたちだ。あたしたち、買われて海を渡るとき、船の中で姉妹の契りを、結んだ。長崎から、また買われて江戸にきた。江戸の侍を守る仕事と、侍の慰み者になる仕事を、主人に命令された。主人と侍は、罪を犯して逃げた。一番恐い役人と弟の唐木市兵衛と手先の返弥陀ノ介が、追ってきた。あたしたち、主人と侍を守るために戦った。三人共、斬られ、あたしだけが生きのびた」

まあ――と、お登茂とお由が声を発した。しかし、お高は即座に言った。

「お青さんがどんな事情があってこの国にきて、どんなふうに生きてきたか、あたしらにかかわりはない。ただね、疵ついたお青さんがお父っつあんを頼ってきた。あたしらにはそれだけが、大事なのさ。お青さんは、すっかり回復するまで、うちでちゃんと養生してもらうよ。こうすることが、お父っつあんのあたしら娘への言いつけでね。あたしらは、お父っつあんの言いつけを、守らなきゃあいけないのさ」

うな垂れた青の長いまつ毛が震え、こぼれる雫《しずく》が膝の浴衣に染みを作った。

「謝謝……」

そう言った青へ、部屋の隅の黒猫が光る目をじっと投げていた。

八

注連縄《しめなわ》に四手《しで》をさげた神棚が、上の部屋の壁に祭ってある。

神棚の下に、お高を挟んでお登茂とお由の三人が着座し、三人の左手の廊下側の襖を背に、一家の長老であり代貸である金次郎が坐っている。右手には、糸瓜棚の黒い影が浮かぶ庭を背に、若頭の巳吉《みきち》が頰骨の高い顔つきを険しく曇らせていた。

十二畳ある上の部屋に、一家の若い衆ら全員が三姉妹の前に顔をそろえていた。部屋に入りきれない数名が、襖を両開きにした四畳半の下の部屋に集まっていた。

十八歳の若い衆の多吉や十三歳の小僧の文五、それに一家の男衆ではないものの、下働きの老僕の雁平が、四畳半の一番離れたところに畏《かしこ》まっていた。

男たちは、お高の話が始まるのを待っていた。

糸瓜棚から寂しい虫の声が聞こえ、とき折り、男たちの咳が起こった。

「ふむ、みなそろったな。では、姉御……」

金次郎が部屋を見廻してから、お高を促した。

あい――と、お高はかえし、神妙な若い衆をきれ長の二重の目で見廻した。

「今日、ご陣屋の手附・波岡森蔵《なみおかしんぞう》さまのお呼び出しがあって、小菅にいってきたことは、みな知っているね」

若い衆がいっせいに頷いた。

「波岡さまの呼び出しは、うちだけじゃなかった。松戸の文蔵も一緒だった」

文蔵と聞いて、途端にざわめきが広がり、声が飛んだ。

「じゃあ、ほかの親分衆もでやすか」

「姉御と、文蔵だけだ」

金次郎が若い衆に言った。

「お役所のお庭ではなく、波岡さまのお長屋に呼ばれてね。こっちは、あたしとお登茂と金次郎と周助の四人、文蔵は竹矢《たけや》という代貸と二人で、波岡さまが間に入って、これからのことの話し合いになった」

お高は胸をゆっくりとはずませ、ひと呼吸をおいた。

「波岡さまが仰るには、双方言い分はあるだろうが、松戸の文蔵一家と、お父っつあん亡きあとのうちが、これ以上いがみ合いや争い事を続けるのは、良民にとって迷惑であるから、早急にいがみ合い争い事を収め、葛東と葛西の親分衆を中《ちゅう》人《にん》にたて、手打ちをし、双方の縄張りはこれまでどおりにして、縄張りの良民の暮らしを安らかに保つようにすべし、というお達しだったんだよ」

若い衆のざわめきがまた起こり、「そいつは、おかしいんじゃねえんでやすか」

と、ひとりが言った。

「吉三郎親分が亡くなってから、文蔵一家の者らが徒党を組んで、江戸川を越え、柴又、西利根、小岩の、うちの縄張りに押しかけ、賭場で言いがかりをつけ、喧嘩を吹っかけ、賭場の客に些細《ささい》な事で因縁をつけ、嫌がらせをするから、あっしらといがみ合いや争い事になってるんですぜ。あっしらは一度だって、文蔵一家の縄張りに乗りこんで無法なふる舞いをしたことは、ありやせんぜ」

「文蔵一家とのいがみ合いや争い事は、全部うちの縄張りで起こっている事じゃねえですか。文蔵が、余所の縄張りに手を出すなと、子分らに命じりゃ、済むことじゃねえんですか」

　もうひとりが言うと、「そうだそうだ」「こっちからは何もしてねえぜ」「なんで手打ちをしなきゃあ、ならねえんでやすか」と、ばらばらと声がかかった。

　お高は、眉をひそめて、若い衆らが静かになるのを待った。お登茂とお由が、お高の隣ではらはらした。

　若頭の巳吉は腕組みをして、むっつりと黙りこんでいる。

「静かにしねえか。好き勝手に喋《しゃべ》ったら、姉御が話せねえだろう」

　金次郎がたしなめた。

「お父っつあんが亡くなってから、文蔵がうちの縄張りを狙っているんじゃないか、今にうちと文蔵一家の喧嘩が始まるんじゃないかと、近ごろ噂になっている。そうと限ったわけではないけれど、文蔵の子分らがちょくちょく現われ、うちの賭場で乱暴を働いたり、客に嫌がらせをするのは、うちともめ事や諍《いさか》いをわざと起こし、それをきっかけに、力ずくの出入りに持ちこもうとしているのかもしれない」

「文蔵一家がその気なら、受けてたとうじゃ、ありやせんか」

威勢よく、声が飛んだ。「やってやるぜ」と、別の声が言った。

「力ずくの出入りになったら、口惜しいけど、うちは敵《かな》わない。文蔵一家の松戸宿と葛飾周辺の縄張りは、うちの三倍はある。子分を多く抱えているし、助っ人も大勢集めてかかってくるに、違いないよ。力ずくの出入りになったら、この中から、怪我人や死人が大勢出る」

「それじゃあ、このまま文蔵一家の嫌がらせを我慢して、文蔵の言いなりになるんでやすか。吉三郎、いや、お高一家の縄張りを、明け渡してしまうんでやすか」

「そんなことはさせない。文蔵が力ずくでうちを潰しにくるなら、たとえ、あたしとお登茂とお由の三人だけになっても、お父っつあんから受け継いだ縄張りを守るために戦うさ。敵わないまでも、文蔵と相討ちをする覚悟はできている」

「あたしだって、やるよ」

お登茂が勝気に言い、「あたしも……」と、お由は恥ずかしそうに続いた。若い衆の間から、噴き出すような笑い声が起こった。

「あっしだって、お高一家と一心同体でやすぜ」

「おらだって、そうだ」

後ろの端から、多吉と小僧の文五が声を出した。

「みな、落ち着け。文蔵一家と出入りになる、喧嘩が始まるって話じゃねえんだ。そうならねえように、手打ちをする話なんだ」

金次郎が、老練な口調で若い衆らを鎮めた。

「先代の吉三郎親分の重しが消えて、文蔵が葛東から葛西の小岩、西利根、柴又の縄張りに食指を動かすのは、あり得ることだ。姉御は、そうと限ったわけではないと仰ったが、じつは姉御もおれも、文蔵の狙いがただの噂じゃねえとは、思っているのさ。だからと言って、挑発に乗ってやつらと事をかまえたら、文蔵の思う壺《つぼ》だ。そうなれば、得をするのは文蔵なんだ」

「文蔵と手打ちをすることが、いい手だてとは、思っちゃいないよ。向こうからうちへ手を出していがみ合いにしておきながら、手打ちにしてこれ以上のいがみ合いはよそうなんて、筋がとおらないし、お父っつあんが生きていたら、たとえやくざ渡世でも面目がたたねえと、許しはしなかったと思う。けど……」

お高は、言葉をつまらせた。若い衆も、静まっていた。

威勢のよいことを言っても、文蔵一家と出入りになれば、多勢に無勢は明らかだった。お高率いる一家は散り散りばらばらになり、自分の命もどうなるかわからない。

すると、むっつりと腕組みをしていた若頭の巳吉が口を開いた。

「姉御、ご陣屋の波岡さまは、いがみ合いを続けて村人に迷惑がかからねえようにというほかに、手打ちにせよという事情を仰いやせんでしたか。例えば、松戸宿の問屋仲間の旦那衆が、どういうわけか、文蔵一家の後ろ盾になっている噂が伝わっておりやす。波岡さまはその件は、仰いやせんでしたか」

若い衆の間に、「そう言えば……」「おれも聞いたぜ」と、ひそひそ声が湧いた。

「巳吉、よく知っているじゃねえか」

金次郎が、渋い表情になって巳吉を睨んだ。

「そりゃあ、代貸、そういう噂をちょっとでも聞いたら、気になりやすぜ。同じやくざ渡世にもかかわらず、松戸の大店の旦那衆が、なぜ文蔵親分に肩入れするのか、どうも合点がいかねえ。貫禄の違いでやすかね」

「貫禄の違いだと？　てめえな……」

「そんなことねえぜ。うちには、小岩と西利根と柴又の名主さま方の後ろ盾が、ついているんじゃねえんでやすか。吉三郎親分のときからそうだし、姉御が親分になってもそいつは変わらねえぜ」

周助が、若頭の巳吉に逆らうように言った。

「後ろ盾といっても、名主さま方が、やくざ渡世の者に表だって起請文《きしょうもん》を交わすわけじゃありやせんからね」

巳吉は腕を組んだ恰好で顎をなで、金次郎へにやにや顔を向けている。

「だったら、文蔵の後ろ盾だって、同じじゃねえすか。松戸の旦那衆が、やくざ渡世の文蔵と起請文を交わすわけがねえでしょう」

周助が巳吉につめ寄った。

「だから気になるんじゃねえか。ご陣屋の波岡さまのお言葉があったりすると、こいつはやっかいだ。起請文はなくとも、お上のお墨つきがあったも同然だろう。おれたちやくざは、お上に逆らうことはできねえ」

「巳吉の言うとおりさ。文蔵一家と手打ちにするにしても、みんなにはまだ言っていないことが、あるんだよ。代貸、そっちはあんたから……」

へい——と、金次郎は頭を垂れた。

「波岡さまは、こう仰った。お高一家と文蔵一家の手打ちは、葛西の良民らのためばかりではねえ。松戸の商人らにとっても、葛西でやくざ同士がいがみ合っているのは商売の障りになる。松戸は武蔵下総の葛飾郡の中心にあって、水戸道が江戸と結び、江戸川の舟運で江戸との交易も盛んだ。葛飾郡は松戸を中心にいっそう栄えるだろう。このご時世に斬《き》った殴《は》ったなど、いつまでそんないがみ合いを続けるつもりか、とな」

みな口を噤んで、金次郎の話を聞いている。

「つまり、この手打ちは、松戸の旦那衆の意向で、旦那衆がご陣屋に働きかけ、手附の波岡さまが間をとり持たれたわけだ。どうやら波岡さまは、小岩と西利根と柴又の名主さま方にも、おれたちの知らねえところで根廻しをすでにしていなさったんだ。だから、文蔵一家のふる舞いの詮議はいっさい不問にしたまま、とに角、みなの要望だから手打ちにしろと。ほかに選ぶ道はねえんだ」

「くそぉ……」

若い衆の声が起こった。

「じつは、それだけじゃねえ。ご陣屋から許された十手のことだ。吉三郎親分が、小岩と西利根と柴又の村人の暮らしを無事に保つようにと、長年ご陣屋より持つことを許されてきた十手を、姉御には許されなかった」

「ええっ。村の人らの無事な暮らしを保つために、おれたちは、働いちゃあいけねえってんですかい」

「なぜだい。姉御に何か粗相があったたって、言うんですかい」

お高は、頬をわずかに赤く染めて、目を伏せた。

「そうじゃねえ。姉御はまだ、二十二だ。小娘じゃねえが、まだまだ若え。吉三郎親分だって、十手を持つことが許されたのは、三十をすぎてからだ。姉御はまだあまりにも若すぎるし、しかも女の身にはむずかしい事もあるだろうと、波岡さまに言われりゃあ、従うしかねえだろう。でだ……」

金次郎は、束の間をおいた。

「文蔵には、これまでどおり十手を持つことが許され、今後、文蔵は葛西のうちの縄張りの安全の片棒を、姉御と共に担ぐことになったってえわけさ」

「ちょ、ちょっと待ってくだせえよ。それじゃあ、文蔵一家の者らが、姉御の縄張りに御用の筋を言いわけにして、好き勝手に出入りできるってことじゃあ、ねえんですかい。早い話が、今までの嫌がらせが、大っぴらにできるようになったってえことじゃあ、ねえんですかい」

「そうだよな。それじゃあ、お高一家の縄張りが、文蔵一家に乗っとられちまったも同然じゃねえのかい」

「おめえらの心配はもっともだが、うちの縄張りはこれまでどおりで、文蔵一家の者には乱暴なふる舞いは決してさせねえ、文蔵一家の者が御用の筋で小岩、西利根、柴又に入るときは、ご陣屋の御用で、罪を犯して逃げこんだ科人《とがにん》を捕まえるときだけだと、波岡さまが間に入って約束させていなさる」

「そんなこと、信じられねえよ」

「ここで幾ら信じられねえ、と言い張ったところで、お上の言うことが信じられねえかと、逆に波岡さまの機嫌を損ねることになるんだぜ。ここは、信じられなくとも、信じるしかねえんだ。ええ、そうだろう」

金次郎が凄みを効かせて言うと、誰も言いかえせなかった。

しばしをおいて、周助が言った。

「じゃあ、代貸、蝦蟇寺の虚無僧らはどうなるんでやすか。蝦蟇寺の看主の巡景って生臭坊主は、文蔵とつながりを結んでるって、もっぱらの噂ですぜ」

「おら、松戸の知り合いから、蝦蟇寺の看主が、黒塗りの乗物の行列をつらねて、文蔵の店に初中終《しょっちゅう》乗りつけているって聞いたぜ」

別のひとりが言った。

「蝦蟇寺については、どうなるかわからねえ。文蔵が波岡さまの前で言っていやがった。虚無僧らの村への出入りを禁じ、施物の代銭を出さねえ吉三郎親分のやり方は、二年近くたったんだし、これを機に考えなおしたらどうだ、と波岡さまが仰り、名主さま方も施物の代銭を蝦蟇寺に出すのはかまわねえと仰ってる、虚無僧らが乱暴狼藉を働いたら、文蔵一家の者が厳しくとっちめるってな」

「ちぇ、それじゃあ、波岡さまも蝦蟇寺も、文蔵一家の仲間みてえだ。何もかも、文蔵一家の言いなりかよ」

「仕方がねえ。これも縄張りを守るためだ」

やがて、お高が伏せた目を上げた。

「みんな、あたしが不甲斐《ふがい》ないばっかりに、こんなことになってしまって、すまないと思っているよ。でも、渡世の面目を施すために文蔵一家と事をかまえ、村のお百姓衆に迷惑をかけるようなことになってはいけない。あたしらは、村の人たちのお陰でおまんまがいただけるやくざ渡世、それがお父っつあんの教えだよ。文蔵と、手打ちにしよう。みんな、わかっておくれ」

「姉御、文蔵が手打ちの約束を守らず、お高一家を潰しにきたら、どうしやす。波岡さまは文蔵と手を結んでいて、文蔵が約束を反古《ほご》にするのを、見て見ぬふりをしていたら、姉御はどうするつもりでやすか」

周助が言った。

お高は周助を見つめ、赤く染めた頬を優しく微笑ませた。

「さっきも言ったろう、周助。そのときは、あたしら三人姉妹だけになっても、文蔵一家と戦うさ。お上が理不尽なことをするなら、お上相手だって容赦しないさ」

若い衆らが黙りこんだ。庭から虫の声が聞こえていた。

そのとき、廊下の奥の階段の下に青が腰かけていた。

青は、この国の言葉を詳しくは知らなかった。けれど、お高と若い衆らの話が、襖ごしに暗い廊下を隔てて聞こえていた。

青の膝に、黒猫が乗っていた。《くろ》という名の、獰猛《どうもう》な目を光らせる黒猫の頭を、青は優しくなでていた。

第二章　手打ち

一

　翌日、手打ちが行なわれたのは、葛西の香取明神社前に参詣《さんけい》客相手の店をかまえる《花村《はなむら》》という酒楼だった。

　香取明神は、金町村の東はずれ、水戸道が江戸川に差しかかった土手の堤上に、大鳥居と社殿をかまえている。巨木に囲まれた境内からは、滔々《とうとう》と流れる新利根・江戸川と、対岸の北方に松戸宿、南方のはるか下流には国府台《こうのだい》が遠望できた。

　その香取明神の大鳥居から、金町村へ水戸道を半丁（約五十五メートル）ほどくだった街道沿いに、酒楼《花村》の二階家がある。

その朝、花村は貸しきりになって、松戸宿と周辺の葛東《かっとう》を縄張りにする文蔵一家の文蔵とその一家の主だった者、葛西江戸川沿いの小岩、西利根、柴又を縄張りにするお高一家の、お高ら三人姉妹と一家の者が、早朝より顔をそろえた。

また、お高一家と文蔵一家が手打ちをして好《よしみ》を結ぶ立会人として、貸元、親分衆ら葛東と葛西の顔役が次々と到着し、中人《ちゅうにん》に選ばれた新宿《にいじゅく》から飯塚《いいづか》を縄張りにする塚五郎《つかごろう》一家の若い衆らが出迎えた。

こういうやくざ渡世の会合に、後ろ盾となっている宿場の旦那衆や村の名主らが顔を出すことはないし、このたびの手打ちを陰で主導した陣屋の手附・波岡森蔵の姿がないのは、言うまでもない。

午前の四ツ、階下より聞こえていた手打ちのあとの膳の支度《したく》をする、かすかな音すら途絶え、酒楼は静まりかえった。

二階の襖《ふすま》をすべてとりはずして広々とした座敷には、西はお高を筆頭にお高一家、東は文蔵を筆頭に文蔵一家が、一丈《じょう》（約三メートル）の間隔を開けて対座した。

北側は、中人の塚五郎と、その左右に立会人の親分衆が居並んでいる。

座敷の外の廊下には、紺看板（発被《はっぴ》）の塚五郎の子分らが、手打ちを滞りなく進めるために控えている。

男らは衣褌好潔、褌《ふんどし》も着物も真新しい物に改め、お高ら三姉妹も肌着から小袖帯まで一張羅《いっちょうら》で臨み、それぞれのそばに真新しい手拭をおくのが仕きたりである。

さらにそれぞれの前には、献酬のための銚子と杯が用意されている。

立会人は《賀金《がきん》》という好を結ぶ御祝儀を出し、ひとり一人の賀金を連書し、壁に貼り並べてある。

やがて、中人の塚五郎が、「本日はお日柄もよく……」ときり出した。

文蔵一家とお高一家の列席の者を順次紹介し、続いて立会人の名を読み上げ、これまで両家が仲たがいしていた経緯《いきさつ》のあらましを、双方に差し障りないように語ったあと、仕きたりどおりの口上が続いた。

「両箇《りょうこ》、今番の執争《しっそう》、東はかくのごとく西はかくのごとくにして、是のごとく是のごとくなれば、すなわち、双方毫《ごう》も優劣なし。すなわち、今われら中人の面を看て、並びに前怒を捨て、好を結んで兄弟となる。請う、列位《れっい》もまた、遺恨《いこん》を留《とど》めざれ」

それから塚五郎は当中へ進み、両家の好を結ぶ献酬を指示した。

東西より両家が塚五郎と共に当中へ出て、こもごも杯の遣りとりを交わした。儀式ばったゆっくりとしたときをかけてそれは行なわれ、両家の者すべての献酬が済むとみな座に戻り、塚五郎は立会人の中の、中人の座に坐りなおした。

儀式の最後は、手締めとなる。

「みなの衆、玉手を挙げよ」

と、塚五郎は声を張り上げた。立会人も含めた座敷のすべてと、廊下に控えた子分らも手を挙げた。

「九点を法となす。ぃよお……」

塚五郎のかけ声と共に、みなが始めの二番の六点を、ゆるく連鼓した。そしてあとの一番の三点は激しく急に連鼓し、最後の一点だけを踊らし、ぱん、と鳴らした。

それで、新宿の塚五郎を中人に立てた、西利根村のお高一家と松戸の文蔵一家の手打ちは済んだ。

手打ちのあと酒宴になり、お高が、お登茂とお由、若い衆を率いて西利根村への帰路についたのは、昼の九ツ半（午後一時頃）をすぎたころだった。

白い雲が広がり、昨日まで続いた残暑は幾分弱まっていた。

金町村から水戸道を別れ、柴又村への田面《たづら》の道をとった。帝釈天の山門前をすぎ、柴又村から西利根村へ戻る道である。

若い衆は誰も声がなく、三人の姉妹のあとに黙々と従っていた。

この春六十になった代貸の金次郎は、ずいぶん長く生きたと、何かしらひどい疲れを覚えていたのだった。親分、あっしもそろそろ、潮どきでやすかね、と金次郎は先代の吉三郎を思い出して呟《つぶや》いた。

「姉さん、妙な成りゆきになったね。これでよかったの」

お登茂が、前をゆくお高に並びかけ、声をかけた。

「悪い手しかないなら、悪いなりにちょっとでもましな手を、と思って打ってみたけれど、お登茂は不満かい」

お高は、気だるげな笑みをお登茂へ投げた。

「ううん。あたしは、なんにもできないもの。姉さんを信じて、ついてゆくだけ」

「あたしについてくるんじゃなくて、あんたはいい人を早く見つけて、いい人と一緒にゆきなさい」

「あら、姉さんこそ、しっかりして情があって、強くて、男前の亭主を……」

あは……

と、お高は笑った。

「あたしは、お父っつあんから継いだ家を守っていかなきゃならない。それで手一杯さ。ほかのことは考えられない」

「お父っつあんなら、今日の手打ちを何と言うだろうね」

「なんて馬鹿な娘なんだと、叱られるかもね」

「そんなことは、ないわ」

と、お由がお高の反対側に並びかけ、けな気《げ》に言った。

「お父っつあんなら、先の事は誰にもわからねえ。おめえたちがいいと信じる道をいけと、言うに決まっているわ。お父っつあんなら、きっと」

「そうだね。お父っつあんなら、そう言いそうだね」

お登茂がお由へ首肯して見せた。

三人が並んで笑みをこぼすと、鄙《ひな》びた野道にまるで艶《あで》やかな花弁をまいていくかのようだった。通りかかりの百姓が、挨拶を交わしてから、お高ら三人姉妹のまく花弁に顔をほころばせた。

途中の帝釈天では、みなそろって参拝をした。それから、柴又村の縄手（あぜ道）をとった。
柴又村と西利根村を分ける道端に、牓示《ぼうじ》がたっていた。
そこまできたとき、紺黒の袈裟《けさ》に天蓋《てんがい》をかぶった七、八人の普化僧の一団とい
き合った。道の前方に縦列を組み、かぶった天蓋がゆれていた。普化僧らは、腰
に一刀を佩《お》び、尺八を手にしていた。
「姉さん、蝦蟇寺《がまでら》の虚無僧《こむそう》だよ」
お登茂がお高の耳元にささやき、お由が言った。
「まあ、あの人たち、村へ出入りを禁じているのに、もう許されたと思っている
のかしら。ずうずうしいのね。姉さん、どうする？」
「早速《さっそく》きたかい。文蔵から蝦蟇寺の看主に知らせが、夕べのうちに入ったのさ。
二人はつるんでいるからね。いいよ、放っておこう。金次郎……」
お高は、金次郎へふりかえった。金次郎や若い衆らも気づいており、「姉御」
と、お高の指示を仰いでみな顔つきを険しくした。
「わかっているね。今は十手《じって》を許されていない身だから、こっちから騒ぎを起こ
しちゃいけない。これからは、蝦蟇寺の虚無僧らが村で乱暴狼藉《ろうぜき》を働いたその場
にいるとき以外は、手を出しちゃいけないよ」

「承知しやした。みなわかったな」

その声に、普化僧の一団はいき合ったお高らに気づいたらしかった。先頭の普化僧が尺八を吹き鳴らし始め、続いてあとの普化僧らもそれに倣《なら》った。吹き鳴らす尺八のむせぶような吹奏が、青い稲穂の広がる田面に響きわたった。

お高はまっすぐ前を見て、普化僧らに見向きもせずいき違っていった。


そのころ、松戸の文蔵は、松戸宿から南へはずれた、山茶花《さざんか》の生垣が囲う店《たな》へ、すでに戻っていた。

その二階座敷で、文蔵は小菅陣屋の手附・波岡森蔵と蒲寺の看主・巡景を相手に、心地よい美酒を早や楽しんでいた。

「さすが、波岡さまのご威光は、大《て》えしたものでございやす。あのこまっちゃくれた女どもが、神妙な心がけになったと見え、犬っころみてえに尻尾をふって、無事、手打ちの運びとなりやした。何もかも、波岡さまのお陰でございやす」

文蔵は朱塗りの提子《ひさげ》を、波岡の同じ朱の杯に差した。

「わたしの威光ではない。ご陣屋のご威光、お上のご威光だ。わしはそのご威光を利用しておるにすぎぬ。わしは利用する側、あの女どもは利用される側、それだけのことだ。なまじいに賢ぶっている手合いほど、利用しやすいのだ」

あっはっは……

波岡は、関東郡代の伊奈《いな》氏が失脚し、関東の地が立合代官になってほどなく小菅陣屋の手附に就いた。以来二十数年、手附として勤めて身につけた、役目であれ、おのれの事であれ、世の事など何ほどもないと見くびった性根を、高笑いににじませた。

「いえいえ。波岡さまのご指導があってこそ、でございやす。へっへ……お高め、姉御とか女親分と祭り上げられていい気になっていやがったが、所詮は女。波岡さまの睨《にら》みの効いたご指導ご鞭撻《べんたつ》に、手も足も出やせん。まさにこれは、身のほど知らずが招いた天罰覿面《てんばつてきめん》、でございやす」

「そうか。ご陣屋に呼び出したのが、それほど効いたか」

波岡は杯を、音をたててすすった。

「効きやしたとも。お高は、親父の吉三郎の縄張りを継いで、てめえも十手持ちになったつもりでいやがった。それを波岡さまが、ぴしゃり、と仰《おつしや》って十手を持つことをお許しにならなかった。お高ごとき、波岡さまのご威光にかかっちゃあ、ただただ震えるばかりで、ぐうの音も出せやせん」

「それにしても、お高という女は器量よしだな。葛西を巡検する手代からお高の評判は聞いていたが、昨日、初めて見て驚いた。歳《とし》は幾つだ。亭主はいるのか」

「歳は二十二。あのとおり花も恥じらう器量よしでやすが、男勝りの気性が災いし、未だ孤閨《こけい》の身を囲っておりやす」

「二十二で未だ孤閨を？　あの身体で孤閨は、さぞかし寂しかろうな」

「お高のみじゃ、ございやせん。今朝の手打ちにも、葛西一の器量よしと評判の三人姉妹が顔をそろえやしたところは、男ばかりの場に、言うに言われぬ華やかさでございやした。次の妹が二十のお登茂。下の妹が十七のお由。妹二人もお高と優劣つけがたい別嬪《べっぴん》ぞろい。肥溜《こえだ》め臭《くせ》え葛西においとくのはもったいねえ。三人そろって松戸の色街に出しゃあ、姉妹を目あてに、江戸や水戸から客が押し寄せやすぜ」

「ふむ。葛西一の美人三人姉妹か。それも聞いておる」

「妍《けん》を競う三人姉妹、と言いてえところでやすが、三人そろって気の強えところまで競っていやがるのが難点で……」

「閨《ねや》で気が強いのは、わしは別にかまわんぞ」

波岡の戯《ざ》れ言《ごと》とも思えぬ言い方に、文蔵と蒲寺の巡景が、にやにやと笑い顔を

交わした。文蔵は、波岡の杯にまた酌をしながら、

「小岩、西利根、柴又の縄張りが一段落しやしたら、お高一家は散り散りばらばらになりやす。三人姉妹はあっしが面倒を見て、波岡さまに献上いたしやすぜ。三人姉妹のうちのどれでも、選《よ》りどり見どりでございやす」

と、これも戯れ言と思えぬ調子でかえした。

「わしは、やはりお高がいい。だが、たまには妹どもにしてもかまわんぞ」

「それは、波岡さま、なんとも欲張りな。あはは……巡景さまもおひとつ、どうぞ……」

「いただく」

巡景はにんまりとした顔を頷《うなず》かせ、文蔵の酌を受けた。

巡景は、紫地に銀の唐草《からくさ》模様を抜いた羽織の肩へ、艶やかな総髪を黒いかぶり物のように垂らし、羽織の下には白衣を着け、羽織と同じ色合いの袴《はかま》に白足袋《たび》、腰には白色撚《ねん》糸《し》の脇差を、優雅に佩びている。

「三人姉妹の件はひとまずおき、とも角、今日の手打ちで葛西に足がかりができたってえわけで、じつはこれからが正念場。巡景さまのお力をお借りしなけりゃあ、せっかく足がかりができても、話は先に進みやせん。これからも今まで以上

に、歩調をそろえ、手に手をとって、よろしくお願いいたしやす」

続けて巡景に酌をする文蔵の肩ごしに、二階の窓から、松戸の渡し場の南方に建つ川魚会所、幾艘《そう》もの船が出入する会所の河岸場、江戸川を隔てた葛西の肥沃な田面、香取明神の鳥居や社や木々が見えていた。

「波岡さまのご指導と文蔵どののお力添えで、小岩、西利根、柴又の施物の代銭が以前どおりに回復いたしたことを喜ばしく思っております。仏法をないがしろにする吉三郎が天罰をこうむり、あとは邪魔な三人姉妹をのぞけば、わが弟子どもの修行がいっそう進みましょう」

「吉三郎の重しがとれた今が、好機でやす。巡景さま、冬が始まる前には一気に決着をつけやすぜ。そのおつもりで」

「罰あたりなあの者らに、仏法の恐ろしさを思い知らさねばなりませんな」

「小岩、西利根、柴又に足場を固めりゃあ、いよいよ次は新宿で……」

すると、波岡がほろ酔いの目をわずかに曇らせ、「文蔵」と呼びかけた。

「やくざ渡世の貸元が、渡世の恨みを買って闇討ちに遭い、命を落とそうが落とすまいが、ご陣屋は関知せぬ。建て前では、調べはするが。斬る方も斬られる方も、やくざ。吉三郎を闇討ちにした者の詮議は、進まぬだろう。ご陣屋は、口を挟む気はない。ないが、それにも限度があるぞ。あまり露骨で強引な手段だと、江戸のお代官さまの耳に入り、関知せぬでは済まなくなるのだぞ」

「波岡さま、ご懸念にはおよびやせん。それは、津志麻《つしま》屋の旦那からくれぐれも頼むぞと念を押されておりやすし、十手を持つお許しをいただきながら、ご陣屋にご心配をおかけするようなふる舞いは、いたしやせん」

文蔵は、またしても波岡へ膝を向け、波岡の杯に提子を差した。

「ただし、仰いましたとおり、やくざ渡世にはやくざ渡世の、義理や仕きたりや掟《おきて》や慣《なら》わしがございやす。いえ、つまりね、裏稼業は裏稼業らしく、表稼業の方々とかかわりのねえところで、始末をつけなきゃあならねえ事が、ありやす。そのときは、お役人さま方には、ちょいとばかり、お目こぼしを願うことになりやす。そこは波岡さまに、前もってご相談申し上げやすので……」

「ふむ。やむを得ぬことがある、というのはわかるがな」

波岡は浮かぬ顔になり、また音をたてて杯をすすった。

二

市兵衛は、片側に樹林がつらなる田んぼ道に佇《たたず》み、普化僧らが先導する黒塗りの駕籠《かご》の行列が近づいてくるのを、静かに見守った。

松戸宿の往来から小山のほうへとって、松戸宿の町地をはずれたばかりの、国分寺山へ通ずる間道であった。

行列を先導する普化僧らが十数間（二、三十メートル）ほどまで近づいてくると、市兵衛は菅笠《すげがさ》をとり、ゆったりと腰を折って行列へ辞宜を投げた。

道に立ちはだかっている不逞《ふてい》の浪人風を認め、普化僧らは訝《いぶか》しんだ。

「なんだ、あいつは。追っ払ってくる……」

ひとりが天蓋をゆらし、市兵衛のほうへ足早に近寄った。

「そこな者、お行列の邪魔だ。どけ。どなたのお行列と思っておる」

普化僧は普化尺八をふって、辞宜の姿勢の市兵衛に道端へ退《ど》くように命じた。

「かような無礼なるふる舞いを、お許し願います。蒲寺看主・巡景さまのお行列とお見受けいたします。わたくしは、唐木市兵衛と申し、御公儀御納戸役旗本・

三宅庄九郎さまの使いの者にて、江戸よりまいりました。ここに三宅庄九郎さまの添状を持参しており、決して怪しい者ではございません」

市兵衛は添状を差し出し、間をおかずに言った。

「蒲寺看主・巡景さまに、蒲寺にて修行中の普化僧、法名は真景、すなわち、三宅庄九郎さまご子息・三宅辰助どのの身の上につき、お訊《たず》ねいたしたき儀がございます。何とぞ、巡景さまにおとり次を願います」

と、添状を差し出したまま、またうやうやしく辞宜をした。

普化僧は、天蓋の奥から市兵衛を睨《にら》んでいるかのごとくに、束の間をおいた。

だがすぐに、「どけっ」と怒鳴り、尺八を市兵衛の面前で荒っぽくふった。

尺八は一尺八寸（約五十四センチ）を基《もと》にし、長い物では二尺五寸（約七十五センチ）以上の物もある。

市兵衛は、尺八が面前でふり廻《まわ》されても、それが威嚇《いかく》とわかっていたので、辞宜の姿勢をくずさなかった。

威嚇に動じない市兵衛に、普化僧は天蓋の中で、ちっ、と舌を鳴らした。普化僧は天蓋を廻《めぐ》らし、行列へふりかえった。行列はゆっくりと近づいている。

「慮外者《りょがいもの》。とり次はせぬ」

と、今度は市兵衛の額へ尺八を見舞った。少し痛い目に遭わせてやる、というようなぞんざいな打ち方だった。市兵衛は片方の掌《てのひら》で、尺八を易々《やすやす》と受け止めた。

「何とぞ、お鎮まりを願います」

うっ、と普化僧はうなった。「おのれ……」と、言ったが、にぎられた尺八を引き戻せなかった。行列が気配を察してようやく止まり、駕籠を先導していたほかの普化僧らがばらばらと駆けてきた。

市兵衛は尺八を放した。退きながら素手をかざして、普化僧らを制した。

「どうか、お鎮まりください。怪しい者ではございません。御公儀御納戸役の旗本・三宅庄九郎さまの使いの者にて、唐木市兵衛と申します。このとおり、添状を持参しております。お改めいただければわかります」

四つの天蓋が、市兵衛を三方から囲んだ。みな、刀を佩びている。

「これは蒲寺看主・巡景さまのお行列ぞ。無礼なふる舞いは許さん」

「承知いたしております。蒲寺にて普化宗の修行中の三宅庄九郎さまご子息・三宅辰助どのの境遇について、看主・巡景さまにお訊ねいたしたい事柄がございます。三宅辰助どのの法名は、真景、でございます。昨日、蒲寺をお訪ねいたしましたが、巡景さまはご不在であると、用達役《ようたしやく》の西平さまにうかがいました」

　市兵衛は、声を高くして繰りかえした。

「本日、再びお訪ねいたし、やはりご不在にて、松戸宿まできましたところ、松戸の貸元・文蔵どのの店《たな》の庭先に、巡景さまのお駕籠をお見かけいたしたのでございます。巡景さまは日ごろよりお忙しいお立場のため、寺をお訪ねしてもお会いできるとは限らぬと、西平さまにうかがいましたゆえ、ならばこの機にと、かような手だてにおよんだ次第でございます。無礼の段、ご容赦を願います」

　普化僧らは、天蓋をふり動かし、互いに顔を見合わせた。力ずくで市兵衛を追い払うことに、ためらっているふうである。

　駕籠の後ろの普化僧らは、警戒して駕籠をとり囲んだ。駕籠のわきについていた菅笠の侍が、片膝をつき、駕籠の中の巡景と言葉を交わしているらしい様子が見えた。

　侍は巡景へ頷きつつ、ちらちらと市兵衛のほうへ顔を向けた。

　やがて、侍は駕籠を離れ、市兵衛と普化僧らが睨み合っているところへ、足早に駆けてきた。

「みな、やめよ。退け、退け。看主さまのご命令ぞ」

侍は市兵衛の前に出て、普化僧らへさがるように指図した。

「唐木市兵衛どのか」

「さようでございます。御公儀御納戸役旗本・三宅庄九郎さまの使いの者にて、これが三宅さまの添状でございます。お改めを」

侍は添状をぞんざいに受けとり、「看主さまが、お会いになる。まいられよ」と、あっさりと背を向けた。市兵衛は、駕夫らが道端に下ろした駕籠の手前で、「少々待たれよ」と待たされた。

巡景は、駕籠の引戸を開け、外の明るさの下で添状に目を通した。そしてそれを畳みつつ、片膝をついた市兵衛へ冷めた一瞥《いちべつ》をくれ、侍へ頷いた。

「唐木どの、こちらへ」

市兵衛は駕籠わきへ進んだ。再び片膝をつくと、巡景がいきなり言った。

「唐木市兵衛どの、このような乱暴なふる舞いをされては、迷惑だ。用があるなら、わたしが戻るまで、少々我慢して寺で待たれてはどうか」

「畏れ入ります。わたくしがお訪ねいたし、蒲寺ではご迷惑な様子にお見受けいたしました。そのため、一旦退出し、改めてお訪ねしたほうがよいと考えました」

「で、このような迷惑なふる舞いをなさるのか。筋がとおらぬな」

はい――と、それ以上は言わなかった。

巡景は漆黒《しっこく》の総髪を両肩へ垂らし、顎の尖《とが》った青白い相貌を穏やかに微笑ませていたが、まぶたの厚い一重の目は笑っていなかった。

「わたしの駕籠を、知っておられたのか」

「昨日、蒲寺より退出いたしました折り、山門の近くの林道でお行列といき違い、おそらく巡景さまのお駕籠であろうと、拝察いたしました。本日、松戸宿の文蔵どのの店の庭先で、再びお駕籠をお見かけし、巡景さまがお訪ねのようだと……」

「やくざの貸元を、普化宗の看主が訪ねるのは、訝しいか」

「いえ。昨日、蒲寺を訪ねる途中の葛西で、噂《うわさ》を耳にいたしました。蒲寺の看主さまが、松戸の貸元の文蔵どのと親しき交わりを持たれていると。文蔵どのの店でお駕籠を見かけ、やはりそうか、と思ったばかりでございます」

「文蔵は貸元だが、信心が深く、蒲寺への布施の志が厚い。貸元だろうが役人だろうが、町の旦那衆であろうが、信心の尊さに変わりはない。わたしは、信ずる者のためには、誰とでも分け隔てなく会う。文蔵とのつき合いは、長いのです」

巡景は、白い雲に覆われた空へ、青白い相貌を投げた。薄《うっす》らと白粉《おしろい》を塗って、肌に浮いた染みを隠していた。

「途中の葛西では、蒲寺のことを、どのように噂をしておりましたか」

「よい噂ではありません。以前、蒲寺の普化僧の狼藉があって、小岩と西利根、柴又の各村へ蒲寺の普化僧の出入りが禁じられ、その村々と僧らの間が険悪になった。しかも、葛西の村々は吉三郎という貸元が縄張りにし、蒲寺の看主さまには松戸の貸元の文蔵どのがお味方し、それが元で吉三郎一家と文蔵一家が縄張り争いになった。そこに三月《みつき》ほど前、吉三郎が闇討ちに遭い命を落としたと……」

「噂など、大概は埒《らち》もない。有髪《うはつ》ではあっても、仏に仕える僧です。村人より志をいただく僧らが、村人に狼藉を働くはずがない。誤解はあったかもしれぬが、蒲寺と葛西の村との一件は、ご陣屋のお口添えもあって、すでに落着しておるのです。僧らは葛西の村々の出入りを、禁じられてはおらぬ」

「ご陣屋の、お口添えですか」

巡景は含み笑いをこぼし、暗い眼差《まなざ》しを市兵衛へ向けた。

「さよう。険悪などと埒もない噂だが、ご陣屋にもご心配をおかけした。唐木どのの用件は、昨日、西平から聞いておる。真景の一件については、西平が唐木どのに伝えた事柄のほかに、わたしから新たにお聞かせすることは何もない。真景が蒲寺より姿をくらましたことは、真景が心を改める場合を考慮し、本山の一月寺には未だ知らせてはいなかった。いつまでも伏せてはおけぬ。も早や、いたし方あるまい」

「江戸には、三宅辰助どの、すなわち真景どのは病死、と伝わっておりました。三宅庄九郎さまは、真景どのの病死の真偽と、病死にいたる経緯を調べるため、わたくしを遣わされたのでございます」

「倅《せがれ》を思う親心は尊い。だが、真景は病死ではない。というか、姿をくらましたままゆえ、真景の身柄が今どうなっておるか、あずかり知らぬ」

「西平どのより、真景どのの行状に粗相があって法中の仕置きを受けることとなり、仕置きを恐れて姿をくらましたと、うかがいました。どのような粗相が、真景どのにあったのでしょうか」

「それは、わが宗旨の事ゆえ、法外にある唐木どのにお教えするわけにはいかぬ。どうしても知りたくば、唐木どのも入宗されてはいかがか」

　市兵衛は食いさがった。

「真景どのが蒲寺より姿をくらませた同じころ、蒲寺の若い普化僧がひとり、法中の仕置きを受け落命した、という噂を聞いております。普化宗では、今なお、法中において死刑が行なわれておるのでしょうか」

「法中の仕置きに死刑が許されていないことを、ご存じなのだな。まるで仕置きによって真景が落命し、それをつくろうために、寺から姿をくらましたかのごとくあざむいておる、とでも言いたげな」

ふふん……

と、巡景は笑った。

「それも、西平が申したと聞いておるが？　真景に法中の仕置きを受ける粗相があったことは、確かだ。ただし、それは死刑ではない。知ってのとおり、法中の仕置きに死刑は許されておらぬ。よって、蒲寺の若い普化僧が仕置きを受けて落命した噂は、根も葉もない偽りである。真景は仕置きを恐れて寺から逃亡し、未だ行方知れず。そういうことだ。よろしいか？」

警護の侍に、巡景は目配せした。侍が駕籠のそばへ進み、引戸を閉じかけた。

すると、巡景は手を上げてそれを止めた。

「唐木どの、わたしは真景に目をかけていた。法名にわが名の一字を与えた。だが、真景は還俗《げんぞく》する日ばかりを思って、蒲寺で三年の年月を送っておった。あの男には、厳しき修行を積む志がなかった。本山に報告をする。真景、いや三宅辰助の所持の品をかえす。二、三日かかるが、唐木どのの宿に届けさせよう。宿は？」

市兵衛は、行列が田んぼ道を去ってゆくのを、道端に佇み見守った。普化僧のかぶった天蓋と紺黒の袈裟に囲まれ、黒塗りの駕籠は、やがて小さくなった。辰助は病死ではなく、行方知れずだった。今もどこかを、彷徨《さまよ》っているかもしれないと、三宅庄九郎に報告するしかなかった。

行列に背を向け、松戸宿へ戻った。

松戸の人通りの多い往来へ入ると、旅籠《はたご》の客引きの声や、どこかの酒楼か茶屋の二階でかき鳴らされる三味線や、調子のよい太鼓、手拍子や嬌声などが、まだ明るい昼間のうちから宿場町をさんざめかしていた。

市兵衛は、葛西へ戻る渡し場へ往来をとった。

往来を渡し場へ折れる角まできたとき、前方の川魚会所のある通りのほうから、数人の若い衆を従え、黒羽織を着けた大柄な男がくるのといき合った。

色浅黒く高い頬骨と角張った顎が目だち、細い目が険しい男だった。

「文蔵……」

市兵衛は一瞬にして気づいた。文蔵と若い衆らが通りすぎてゆくのをやりすごしてから、市兵衛は踵をかえし、黒羽織を目印に人通りにまぎれつつ追った。

文蔵といき合う通りがかりは、みな文蔵をよけていく。

やがて、宿場の中ほどの往来に、《津志麻屋》の看板を瓦葺《かわらぶき》の軒屋根に掲げた土蔵造りの店へ、文蔵は慣れた様子で入っていった。往来から前土間の様子をのぞくと、

「文蔵親分、おいでなさいまし」

と、店の中に男の慇懃《いんぎん》な声が聞こえた。文蔵と若い衆が、店の奥へ消えてゆくのが認められた。《津志麻屋》が高利貸しであることは、すぐにわかった。

松戸宿の高利貸しの主ならば、おそらくは、葛東一帯の商いや住人の暮らしを左右する存在である。それが、やくざ渡世の貸元・文蔵とどんなかかわりがあるのだ、と市兵衛は思った。

三

文蔵は奥向き務めの女の案内で、主屋の裏に建てられた離れへ通された。若い衆らは、主屋と離れの間の通り庭に待たせた。

高利貸しの《津志麻屋》は、町家でも松戸宿の一、二を争う裕福な店である。堂々たる店がまえに、使用人も多く、この店を訪ねるたびに、幾人もの手下を従える文蔵が気後れを覚えた。

離れの座敷を廻る縁廊下から明障子《あかり》を開け放った座敷の前までくると、板敷に着座した。文蔵を案内した女が、

「ご隠居さま、文蔵さんがお見えです」

と、朝鮮矢来《やらい》の垣に囲まれた庭へ声をかけた。

庭の木棚に高価そうな盆栽《はちうえ》が幾鉢《いくはち》も並び、着流しに寛《くつろ》いだ袖なし羽織の隠居が、芽摘《めつ》み鋏《ばさみ》を使って老梅の整姿をやっていた。

「へえ、大旦那さま。文蔵でございやす」

文蔵は鉢に向かっている隠居の後ろ姿へ、太い声をかけた。

が、隠居は女と文蔵の声が聞こえぬふうに、老梅に鋏をあてていた。老いた丸い背中が、病み上がりのように弱々しく見えている。

このとき、聞こえていないと思い、しつこく言葉をかけると隠居は不機嫌になる。客も使用人たちも、隠居がふりかえるまで、いつまでも待たねばならない。

ご隠居さま、と呼ばれているこの男は、《津志麻屋》の先代の知左衛門《ちざえもん》である。十年前、倅に家業を譲り、今は離れで盆栽を楽しみつつ若い妾《めかけ》と暮らしている。

という表向きの面《めん》の裏に、知左衛門には今ひとつの顔がひそんでいた。

文蔵と会うとき、松戸宿の旦那衆の中でも筆頭の顔役の顔ではなく、慎《つつし》みや善良さの仮面をはいだ今ひとつの顔を、知左衛門は隠さなかった。

やくざ渡世の文蔵と会っている間、傲慢《ごうまん》さや横柄さ、蔑《さげす》みや嘲笑や愚弄や皮肉をむき出しにできる、この男がもっとも自分らしくいられるときだった。

知左衛門は芽摘み鋏をひとつ鳴らしてから、老梅をつくづくと眺め、これでよかろう、というふうに頷き、やがて、庭の木棚のほうから縁側へ戻ってきた。

文蔵は、廊下に改めて手をつき、「へへぇ」と頭を低くした。

知左衛門は文蔵を見もせず、ただ「ふむ」と吐いたばかりだった。くつ脱ぎに下駄を鳴らし、縁廊下に腰かけた。鋏をおき、文蔵に染みの浮いた横顔を見せ、朝鮮矢来を廻《めぐ》らせた庭を眺めた。

「ただ今おぶうを……」

女は言って、芽摘み鋏をとり、さがった。

知左衛門は、そこでやっと文蔵へ一瞥を投げた。

「盆栽はな、老樹大木の姿を、小さな鉢の中に表わして見せる。樹の姿には、根張、幹立、枝振があって、古銅や青磁で作られた小さな鉢との調和と対照を愛《め》でる。そんなものを無理やり育て、拵え、何が面白い、何が美しいと、文蔵さんは思うだろう」

「とんでもございやせん。どれも見事なでき栄《て》えでございやす。大旦那さまをおうかがいし、お庭の盆栽を拝見するたびに、大えしたものだと、溜息《ためいき》をつきながら楽しませていただいておりやす」

「そうか。文蔵さんも楽しめるか。それはよかった」

知左衛門は庭へ顔を向け、深い皺《しわ》を刻んで笑った。

「だがな、わたしに言わせれば、樹姿の根張、幹立、枝振、調和と対照を愛でるとか、そんなものは盆栽のほんの上っ面にすぎぬ。ここにはな、山風潮風にもまれ痛めつけられ、雨露霜雪に叩《たた》かれ耐えてきた老松、老桜、老梅、枯れた老杉《ろうさん》の、長い鍛錬と苦難をへたのちに生じる老いの美が秘められている。だから美しい。だから愛《いと》おしみ、愛でる値打ちがある。そう思わぬか、文蔵さん」

「へへえ、ごもっともでございやす」

文蔵はごつい肩をすぼめ、頰骨の高い浅黒い顔を両肩の間に埋めた。

「わたしは盆栽に、老大木がへてきた途方もない長いときと、果てしない天と地を見る気がするのだ。鳥獣虫魚、美しき花も、男も女も、何もかも生まれ、やがて死んでいく。だが、老大木は死なぬ。決してな。盆栽は、途方もない長いときと果てしない天と地を、おのれの物にしたような気に、させてくれるのだ」

はははん、なるほど。そいじゃあ盆栽は、年寄りのまま事みてえなもんで、と文蔵は思ったが、それは口にせず、腹の中に仕舞った。

「今朝ほど、新宿の塚五郎を中人にたて、西利根村のお高と、滞りなく手打ちを済ませやした。そのご報告で、ございやす」

「そうか。女だてらにお高一家などと、身のほど知らずのごみだが、邪魔なごみは払わねば。やくざ同士の手打ちにわたしらはかかわりないとしても、ある意味では、わたしらの踏み出す一歩とも言える。ここはよかったと、言うべきかい。

では、小岩と西利根と柴又のほうは、今年中には方《かた》がつくかね」

「そりゃあ、もう。今年中と言わず、冬になる前には、綺麗《きれい》さっぱりと、方をつけやす。手打ちのあと、ご陣屋手附の波岡さまと蒲寺看主の巡景さまとあっしで、これからの段どりをとり決めやした。ちいとばかし手荒な手段に出る場合も、ないとは言えやせん。だとしても、津志麻屋の旦那さまや大旦那さまにご心配をおかけすることはいっさいございやせんので、お心安らかに願いやす」

「小菅のご陣屋の波岡さまに普化宗蒲寺の巡景さま、それに、松戸の貸元・文蔵さんか。妙なとり合わせだが、それでも三人寄れば文殊《もんじゅ》の知恵だ。あちらに気配り、こちらに根廻しと、文蔵さんも忙しいね」

「白葱の文蔵と呼ばれていた三下が、大旦那さまの後ろ盾をいただき、男をたてることができたんでございやす。大旦那さまのお役にたてますならば、これぐれえの忙しさを厭《いと》いはしやせん。大旦那さまは表街道、あっしは裏街道。表街道に日があたれば裏街道には日陰ができやす。日陰の事柄は、このちも何とぞ、あっしにお任せくだせえ。水清ければ魚棲《す》まず、でございやすから」

「文蔵さん、やくざと手を結んだのではないよ。身のほどを忘れぬように」

「心得ておりやす」

文蔵は釘を刺され、肩をすくめてかえした。

「宿場はお勘定所支配だから大っぴらにはできないが、波岡さまにまた一席設《もう》けたいと思う。波岡さまの配下の手代の方々も、お呼びしてな。そうだ。巡景さまともご無沙汰しておる。一献《いっこん》、傾けねば。文蔵さん、手配してくれるかい」

「承知いたしやした。松戸の綺麗どころを集めて、ぱっと景気よく……」

女が茶と菓子を運んできた。

ここでもらう——と、知左衛門は茶菓を傍らにおかせ、茶を一服した。それから、薄曇りの空をうっとりと見上げた。

「今日はしのぎやすい。少しずつ、秋になっていくな」

「へえ。昨日は暑うござんした」

「文蔵さん、宿場の金貸し業の隠居にすぎぬわたしが、このクのち何を狙っているか、わかるかね」

と、文蔵へ染みの浮いた顔をふり向けた。

「何をったって、そいつはまあ、小岩、西利根、柴又の百姓どもから、やつらの蓄えを残らず吐き出させ、巻き上げちまう算段でござんしょ？　そいつが上手くいきゃあ、次はさらに手を広げ……」

「巻き上げるとは乱暴な。追剝《おいは》ぎ強盗じゃあるまいし、そんなことはしないよ」

知左衛門は、笑みをこぼした。

「昔はね、利根川は葛飾の土地を流れていて、利根川の東は葛東《かっとう》、西は葛西《かっさい》と呼ばれた米のよく穫れる豊かな土地だったのだ。殊に、葛西は鎌倉の将軍さまのころから、葛西三万石《ごく》と言われる葛西氏の領地だった」

「葛西三万石？　そいつは、でけえんでやすか。小せえんでやすか」

「一万石以上のお武家が、お大名だ。つまり葛西のこればかりの領地で、お大名が三つもできるほど豊かな土地だということさ。葛西の野を歩めばわかるだろう。どこまでもどこまでも、稲穂の実る田んぼが広がっておる。利根川を挟んで、この豊かな領地を廻って戦国の世には大きな合戦も行なわれた」

文蔵は「へえ」と、不思議そうな顔つきで見つめている。

「わたしはね、松戸の質屋や造り酒屋、脇両替の銭屋、往来に甍《いらか》を並べる諸問屋、また葛飾近在の裕福な百姓らから、内蔵の金箱に眠っておる蓄えを預かり、それを江戸の為替手形の相場につぎこんで働かせておる。文蔵さんに為替手形と言うてもなんのことかわからんだろうが、まあ、酒や木綿や油などの代金に相当すると約束を交わした証書だ。金ではなく、その証書で物の売り買いをするのだ」

「酒や木綿や油などの代金になる、紙っきれでやすか」

「紙っきれではない。代金と同等に値打ちのある証書だ」

「するってえと、そいつはもしかすると、質札みてえなもんでやすか」

「うむ、質札とはだいぶ違うが、まったく違うわけでもない。例えば、上方の大坂の問屋が江戸の問屋に何かの品物を売るとき、品物は廻船《かいせん》で江戸へ運ぶが、何百両あるいは何千両もの代金を江戸から大坂へ運ぶのは、じつは大変な手間がかかる。代金を運ぶ途中に万が一の災難が起こり損失をこうむる、という恐れもあるが、何よりも江戸と大坂では商いの通貨が違う。江戸は金貨だが、大坂は銀貨なのだ」

「ほう。金貨と銀貨の違いでやすか。どちらも、お上のお造りになった金貨銀貨じゃございやせんか。それが、障りになるんでございやすか」

「何百両何千両、ときによっては何万両もの品物の売り買いのたびに、金貨と銀貨を両替しておっては、手間がかかって商売にならない。ならば、江戸も大坂も、金貨か銀貨のどちらか同じ硬貨を使うことに決めればいいのだが、それはできない」

できねえ、ので？——と、文蔵は首をひねった。

「できない。ほんの小さな商売であれば、できるだろう。だが、江戸と大坂を中心にして、諸国の商いが大きくなり、何万両、何十万両、何百万両、という代金を動かすのに、金貨と銀貨のどちらかひとつに決められるだけの金と銀の量が足りない。つまり、徳川《とくがわ》さまのご領地のみならず、諸国のどこのご領地でも、金も銀も採れない。だから、上方は銀貨、江戸は金貨と決めるしかない。わかるか」

「はあ、なんとなく。それじゃあ、今ある金貨や銀貨だけで物の売り買いができるぐらいに、商いを我慢すりゃあ、いいんじゃござりやせんか」

「それは、生まれた赤ん坊を大人にならぬよう、母親が赤ん坊に乳を飲まさぬようにするようなものだ。そんなことをすれば、赤ん坊は死んでしまう。商いも死んでしまう。商いとは、赤ん坊が大人になるように大人になる定めなのだ。だがその道理は、いつか話してやろう。今はとも角、品物の売り買いを為替手形でやっておるということを、文蔵さんはわかればよい」

「承知いたしやした。か、為替手形で、よろしゅうございやす」

文蔵は、茶菓子の最中饅頭《もなかまんじゅう》を頬張り茶を含んだ。知左衛門は、「まあ、よかろう」と、唇を歪《ゆが》めた。そして続けた。

「大坂の問屋は、江戸の問屋を支払人にした為替手形をふり出し、大坂の両替商より品物の代金を受けとる。大坂の両替商は、とり引きのある江戸の両替商に為替手形を送り、江戸の両替商は、その為替手形で江戸の問屋から買った品物の代金をとりたてる。大坂と江戸の両替商は、多くの商人のふり出した為替手形を仲介し送ったり受けとったりしているから、それぞれの代金を相殺《そうさい》し、期限を決めて決済すればいい」

「なるほど。為替手形にすりゃ、金貨でも銀貨でも、商いが楽にできるってことで、ございやすね」

「そういうことだ。ところが、金貨と銀貨の両替は、お上の政や世間の様々な出来事などによって、値段が左右される。金貨と銀貨の値が、双方共に高くなったり安くなったりするのだ。文蔵さん、銭屋で銀貨を銭に両替する折り、両替した銭の額が変わっていた覚えはないかね」

「ありやすとも。銀貨と銭の両替の相場がございやすのでね」

「例えば、大坂の両替商が銀十貫《かん》の為替手形を受けとったとしよう。お定めの小判一両の銀は六十匁《もんめ》だ。もし今、銀の値が安く一両六十五匁だったとしたら、銀十貫（一万匁）は金貨百五十四両ほどだが、大坂の両替商の読みでは、手形の期限ぎりぎりまで待てば小判一両の銀が五十五匁まで値上がりすると推量した。値上がりすれば、金貨百八十二両ほどの決済になる。当然、大坂の両替商はぎりぎりまで待とうと考えるな」

「へえ。江戸の両替商だって、同じことを考えると思いやす」

「つまり、両替商は金貨と銀貨の両替だけをしているのではない。ふり出されている為替手形を買いつけ、相場の上がり下がりを読んで、下がったときに買い、上がったときに売り、その利鞘《りざや》で莫大《ばくだい》な儲《もう》けを出しておる。のみならず、大名の蔵米切手なども買いつけ、米相場の上がり下がりでも利鞘を生み、さらにほかにも……」

知左衛門は、膝の上に染みの浮いた皺だらけの手をおいた。

「両替商は、お客より広く募《つの》った元手でも為替手形や米切手を買い、相場の上がり下がりの利鞘で客を儲けさせ、その手間賃でも稼いでおる。文蔵さん、金は使うから楽しいのではない。働かせて大きくするから、楽しいのだ。江戸の吉原《よしわら》の女郎などを相手に、自慢げに散在したところで虚《むな》しいだけだ」

「ごもっともで。大旦那さま、あっしにも、やっと呑みこめてめえりやした。大旦那さまは、松戸宿の旦那衆や近在の裕福な百姓らから金箱に眠っておる蓄えを預かり、そいつを元手に江戸の為替手形や米切手を買い集め、相場の上がり下がりで利鞘をごっそりと儲けようという目ろみで、ございやすね」

「ふむ。やっとわかってくれたかい。江戸にな、わたしの金を任せている両替商がおる。また以前から、大坂の両替商にも懇意にしておる者がおり、そちらにもわたしの金を任せてみたいと思っておる。江戸の両替商はおよそ四十軒。大坂は二十二組の百八十軒もある。江戸より大坂は、それだけ、儲ける機会も利鞘も大きい。金は幾らあっても足りないくらいなのだ」

「でやすが、大旦那さま。相場の上がり下がりの利鞘で儲けるとすりゃあ、損をすることも、あるんじゃございやせんか。値上がりすると読んでいたのが、期限までに値上がりせず、逆にもっと下がっちまったとか……」

「むろん、あるさ。それが相場というものだ」

「するってえと、為替手形の相場につぎこんだお客の蓄えはどうなるんで?」

「損をしたときは、大きく減らすか、場合によっては失われる」

「お客は、大旦那さまに、金をかえせとは仰らねえんで?」

「当人が、儲かる場合もあれば損をする場合もあると承知したうえで、金をつぎこんだ。わたしはその仲介をしておる。仲介役に金をかえせと言うのは、筋違いだ。だからね、蓄えを失った客には、倅に頼んで《津志麻屋》から金を貸してやり、次の機会にとり戻しましょう、と励ましてやるのさ」

「それでまた損を出したら？」

「家屋敷、商い物、田畑を形《かた》に、さらに貸してやるしかあるまいね。何しろ、前に貸した金の利息は払わねばならないのだから」

「次もまた損を出したら、どうなるんでございやす」

「女房娘を、女郎屋に売り飛ばすしかないだろう」

「ありゃあ……」

「冗談だ。そんなことは知らん。ただ、数軒先の呉服問屋の柳楽《なぎら》屋さんは、このままだと来年あたり、居抜きでうちの呉服問屋になると思うよ。それから、近在の村役人を務めるほどの大百姓の中にも、全部ではないが、何がしかの田畑をうちに譲りわたした者がいる。ここだけの話だがね」

「ほう、やくざ渡世のあっしも知らねえのに、もうそこまででございやすか」

知左衛門は、文蔵へ真顔を向けた。

「葛西は、田数一千五百六十二町《ちょう》、畑地は六百五十町以上。七割におよぶ田地は土性が肥えており、五穀のほかに蔬菜《そさい》も多い。金町新宿の葱、青戸《あおと》の漬菜《つけな》、細田《ほそだ》の茄子《なす》、堀切《ほりきり》の蕪《かぶ》や草花、下小松《しもこまつ》の小松菜。蔬菜ばかりではなく、屋根瓦《がわら》や七輪《しちりん》、鍋釜《なべかま》、植木鉢、正月用のしめ飾り、上平井《かみひらい》村のふのり。みな江戸に送られ、利を上げておる。そういう物を数え上げればきりがないほど、豊かな土地柄だということだ」

「へえ。さすがはよくお調べで」

「金儲けの根本は、調べることとさ。貧しい土地で金儲けをしようとしても、それは無理だからね。ない袖はふれぬのと、同じだよ。だが、豊かな葛西の村々の者らの蓄えを広く集めて、働かせてやれば、葛西はもっともっと豊かになるだろう」

「そりゃ、そうでやすとも」

「しかるに、名主を始め葛西の村役人どもは、古臭い頑固者が多く、村人に質素倹約を守らせ、勤農督励《きんのうとくれい》を言うばかりで、よそ者を入れようともしない。わたしはね、放蕩《ほうとう》を勧めるのではない。眠っておる金を働かせ、いっそう裕福になりませんか、と助言したい。それだけだ。だが、あの頑固者らは、眠っておる金を働かせることを悪事を働くかのように嫌っておる」

「西利根村の吉三郎は、やくざ渡世の貸元のくせに、名主や村役人の手先になって、蒲寺の虚無僧らを始め、よそ者を力ずくで追っ払って、みなに嫌われておりやした。そんなことをしているから、天罰がくだったんでございやす」

「きっとそうだ。これを機に、まずは小岩、西利根、柴又を手始めに、文蔵さんの縄張りが広がれば、その村々で為替手形や米切手の買いつけに関心を持つお客を募り、お得意先が増えるというわけさ」

「その為替手形やら米切手やらの相場で大損を出したときは、小岩、西利根、柴又の百姓どもの田畑を、大旦那さまがごっそりといただいちまおう、という筋書きでございやすね」

「儲かるときもあれば損をするときもある。それが相場だ。損を出して田畑を失なったとしても、それは定めだ。こちらも定めに従い、ごっそりと、預からせていただく場合は、あるかもしれない。仕方がなかろう」

「田畑を大旦那さまにとられた百姓どもは、さぞかし、大旦那さまを恨むのでございやしょうね」

「ふん。かまわぬ。いくら恨まれたとしても、ご陣屋より許された十手持ちの文蔵さんがついていれば、わたしらが村から追い出されはしない。そんなことをする愚か者らは、文蔵さんがしょっ引いてくれればいい」

「合点承知でございやす。あっしにお任せくだせえ」

文蔵がこたえると、知左衛門は、ふむふむ、と満足そうに頷いた。

四

翌日、市兵衛は新宿から溜井堀を越え、水戸道を金町村のほうへしばしいった分かれ道で、柴又村への間道をとった。

柴又村の帝釈天をすぎ、さらに南へ西利根村に向かう道だった。

薄曇りの少々重苦しい秋の午前、西利根村を訪ねるのは、今朝で三度目である。

昨日訪ねたとき、雁平という老いた下男が応対に出て、お高、お登茂、お由の三姉妹と一家の者らはすでに出かけており、戻る刻限は午後になる、と言われた。

「お青という名の女の件につきやしては、姉御に、どなたであれいっさい話してはならねえと、厳しくとめられておりやす。たびたびの生憎《あいにく》で申しわけねえが、後日、改めてお訪ねいただきますめえか」

雁平は、前日に市兵衛が訪ね、お由と話したことを知っているらしく、青が身を寄せているかどうかについて、前日のお由と似たこたえだった。

身を寄せていないなら、いないと言えば済む。間違いなく、青は身を寄せていると見当はついた。ただ、疵を負った青の安否が気遣われた。弥陀ノ介は、さぞかし気をもんでいるだろう。だが、出直すしかなかった。

柴又村との境の牓示をすぎ、西利根村の集落が彼方の空の下に見わたせる縄手に差しかかっていた。左手の田んぼを数段重ねた先には、疎林の生えた江戸川の土手が、南北につらなっている。

白く覆った雲の届きそうなところで、鳥影が舞っていた。

昨日、西利根村のお高一家と松戸の文蔵一家が手打ちをしたという噂話を聞いたのは、夕刻、新宿の宿に戻ってからだった。

お高一家と文蔵一家の手打ちと聞いて、ふと、童女の面影を残したお由と、前日、夕焼けの水戸道でいき合ったお高とお登茂らしき女の姿が、思い出された。

それから、三宅辰助、青。それから、松戸の文蔵、蒲寺の看主・巡景。それから、高利貸しの津志麻屋の……

「逃がすな」

怒声が飛び、市兵衛は思わず声に誘われた。

ふり仰ぐと、江戸川の土手を数人の男らが北から南へ駆けていくのが見えた。

棒のような得物《えもの》を手にした五人の男が、二人の男を追っていた。

しかも、三人の普化僧が五人の後ろを駆け、五人と共に二人を追っているらしい様子が見えた。

ひとりがすぐに追いつかれ、うずくまったところへ、追いついた男らが得物を浴びせ、蹴りを見舞った。助けようと引きかえしたもうひとりも、たちまち打ち倒され、土手を転がりながら逃げまどった。

男らは怒声を浴びせて二人を容赦なく打ち据え、甲高い悲鳴が起こった。

「てめえ、容赦しねえ。生かしちゃおかねえぜ」

「おめえら、目障りなんだよ。うっとうしいんだよ」

「ここはよう、もうおめえらの島《しま》じゃねえんだ。気安くうろつかれちゃあ、迷惑なんだ。ええ、わかんねえのか。出ていかねえんなら、ここで打《ぶ》ち殺してやろうか。江戸川に流してやろうか」

「打ち殺せ、打ち殺せ……」

男らが喚《わめ》き、それを眺めている三人の普化僧も一緒になって、

「鼻を削《そ》いでやれ、鼻を……」

「耳でもいいぞ」

と、天蓋の中で喚いた。

「おめえ、わかったのけ。ここはな、文蔵親分の縄張りなんだ。お高の縄張りは、もうねえんだよ。呑《の》みこみの悪い野郎だぜ。この頭は飾りか」

両腕で頭を抱えているその上から、男が六尺棒を打ち落とした。

打たれた男は、泣くことも喚くこともできないほど弱っていた。もうひとりはまだ小僧で、恐れおののいて泣いていた。

普化僧が、まだ前髪を落とさぬ小僧の髷《まげ》をつかんで頭を持ち上げ、「鼻を削いでやるぞ」と、腰の刀を抜いた。

「いやだあ」

小僧は声をきりきりと絞り上げ、くしゃくしゃになった顔を手で隠した。

普化僧はかまわず、小僧の顔をさらに仰《あお》のけにした。

途端、「わあっ」と叫んだのは普化僧だった。

普化僧の身体と放した刀が宙を舞い、土手下の蘆荻《ろてき》の中へ突っこんでいった。

「なんだ?」

みなが河原へ目を向けた一瞬、六尺棒の男の手首がつかまれ、手首一本でふり廻された身体が、普化僧が突っこんだ河原の先まで悲鳴と共に飛んでいった。

「てめえっ」

男らと普化僧はやっと気づき、ひとりが市兵衛へいきなり打ちかかった。

それを易々と受け流すように身を縮め、抜刀しつつ男のわきをくぐり抜けた。

どん、と胴が鳴った。折れ曲った男の身体が、河原とは反対側の土手下の毒空《うつ》木《ぎ》の灌木《かんぼく》をへし折りながら転げ落ちていった。

男のわきをくぐり抜けた市兵衛は、次の瞬間には抜刀した普化僧の天蓋の正面より一撃を浴びせていた。天蓋が瘧《おこり》の発作のように震えた。刀を落とした普化僧は、仰のけに転倒し、四肢を投げ出した。

「野郎っ」

三人の男が、六尺棒で身がまえた。

その眼前を市兵衛の一刀がうなりを上げて縦横に翻った。閃光《せんこう》の間だった。

二人のかざした六尺棒が二つと三つにきり落とされ、一片がくるくると飛んだ。そして、三人目は、両膝をついて空《うつ》ろな目を曇り空へ泳がせていた。

男のうなじから肩へ、市兵衛の白刃がぴたりとあてられていた。

「き、斬られたぁ」

と、か細い声で男が言った。ぐにゃりと坐《すわ》りこみ、力なく首を落とした。

「ああ、首がぁ」

残りの三人が叫んだ。

「この若い衆と小僧はわたしの知り合いだ。これ以上の乱暴狼藉は許さん」

市兵衛は言った。男の首筋から刀を上げ、八相《はっそう》にかまえた。すると、坐りこんだ男は気を失ったらしく、ふわりと前のめりになって俯《うつぶ》せた。

「次は誰だ。相手をする」

と、ちゃ、と音をたてて八相のにぎりを変えた。咄嗟《とっさ》、三人は身を翻し、

「人殺しだあ、人殺しだあ。く、首が飛んだあ」

と、喚きながら土手道を獣のように逃げ出した。

小僧がしゃくり上げながら、暴行されてみみず腫れになった顔を市兵衛に向けていた。そして、河原に二人、反対側の土手下の灌木の中にひとり、土手の上で倒れている二人を見廻した。

「小僧さん、覚えているか。一昨日、西利根村の店《たな》を訪ねた唐木市兵衛だ」

市兵衛は、小僧へ笑いかけた。

「名は？」

「文五……」

恐怖がようやく収まったらしく、痛そうに顔を歪めてこたえた。

「こっちの若い衆も一昨日の兄さんだな。名は？」

「多吉兄さん……」

市兵衛は多吉を抱き起こしたが、多吉は額から血を流し、ぐったりして起き上がれなかった。「痛えよう」と、かすかな泣き声を上げた。

「声が出るならまだいい。文五さん、あんたは歩けるか」

文五は、こくり、と頷いた。

「動かしたくはないが、このままにはしておけない。多吉さんはわたしが運ぶ。文五さんはついてこられるな。いくぞ」

そう言って、多吉を両腕でゆっくりと抱え上げた。

「唐木さん、こいつらは？」

「大丈夫だ。みな峰打ちだ。斬りはせん。気がつけば勝手に帰るだろう」

文五は足を引きずりつつ、市兵衛のあとを懸命についてきた。

主屋の前の、土蔵と糸瓜《へちま》棚の間の庭先まで多吉を運んできたとき、主屋からも土蔵からも、男衆が走り出てきた。

多吉、たきち……

と、若い衆が口々に喚いた。

「多吉さんはひどい怪我《けが》をしている。安静に寝かせ、医者を呼んでくれ」

市兵衛は、若い衆を見廻した。

「みな、多吉を主屋のほうに寝かせなさい。誰か、桂庵《けいあん》先生を呼んできておくれ」

若い衆の間から、おととい、夕焼けの水戸道でいき合ったあの女が歩み出てきた。

濃い藍色の小袖をまとい昼夜帯を締めた落ちついた佇まいが、甦《よみがえ》った。

女のやわらかな、しかし強い眼差しが、市兵衛から離れず、市兵衛の何かを見定めようとしていた。後ろにお登茂と思われる女がいて、お登茂と並んで、童女の面影を残したお由が大きな目を市兵衛へ見開いていた。

お由が、額の汗をぬぐう市兵衛に大きな目を向けたまま、お高にささやいた。

「姉さん、唐木市兵衛さんよ」

お高とお登茂が、顔を見合わせて頷いた。
三、四人の若い衆が、市兵衛が抱えている多吉を引きとり、ひとりが庭先から駆け出していった。
多吉が主屋へ運ばれていくと、お高が文五に言った。

「文五、おまえも随分《ずいぶん》ひどい怪我だね。桂庵先生が見えたら、手あてしてもらいなさい。でも、先生が見える前に、何があったのか話しておくれ」

へい――と、文五は神妙にかえしたが、恐《こわ》いのと情けないのを思い出したか、みみず腫れの走った頰にぽろぽろと涙をこぼした。

「……そしたら、そこへ市兵衛さんが、天の助けみてえにきてくださったんでやす。そいつらのうちの五人をあっという間に素っ飛ばして。それから、多吉兄いを抱き上げて、ここまで……」

「まあ、ありがとうございます」

お高が腰を折り、お登茂とお由も倣った。

だが、周りの男衆は、文五の話を聞いていきりたっていた。

「姉御、我慢ならねえ。文蔵の手下らを追いかけやす。いくぜ、みんな」

おおっ、棒を手にした数人がいきかけるのを、お高が厳しく咎《とが》めた。

「よさないか。文蔵と手打ちをしたばかりなんだよ」

「けど姉御、このままじゃあ……」

若い衆らは、怒りを露わにしていた。

「このままにはしない。でも、やり方がある。やられたからやりかえすというんじゃあ、殺し合いになるだろう」

「姉御の仰る通りだ。事情もよくわからねえうちから、事をかまえちゃならねえ。周助、若え者をまとめるおめえが、若え者と一緒にいきりたってどうする。おめえら、まずは文五の介抱をしてやれ。文五、もう泣くんじゃねえぞ」

そう言ったのは、おとといい、水戸道でいき合ったお高とお登茂に従っていた二人の男衆の、年配のほうだった。薄くなった髷が白く、老いて丸くなった身体は穏やかな隠居を思わせながら、長いやくざ渡世で身につけた貫禄が感じられた。

周助、と呼ばれた若い衆の精悍な顔つきも、市兵衛は見覚えていた。べそをかいている文五や不満そうな周助は、お高よりもこの老いた男の貫禄には逆らえない様子だった。

「唐木市兵衛と申します。こちらにうかがう途中、偶然いき合わせ、このような仕儀に相なりました」

「高でございます。亡くなりました父親・吉三郎の跡目を継ぎ、小岩から西利根、柴又の賭場を仕きらせていただいております。これは次の妹の登茂。三番目の由は、もうご存じですね」

「登茂と申します」

お登茂が言い、お由とそろって辞宜をした。

「西利根村のお美しい三人姉妹と、評判を聞いておりました。葛西へくるまで、先代の吉三郎さんがお亡くなりになっていたことを知らず、吉三郎さんをお訪ねするつもりでおりました」

お高は、さり気なく首肯した。

「この者は金次郎。わたしたちが生まれる前から、父の下で一家の代貸を務め、父亡きあとの今も、一家を支えてくれています」

「金次郎で、ございやす。若え者のあぶねえところをお助けいただき、お礼を申し上げやす。こいつは周助。今は留守にしておりやすが、若頭の下で若え者を束ねておりやす。周助、おめえらも唐木さんにお礼を申し上げろ」

周助と数人の若い衆が、「おありがとう、ございやす」と、声をそろえた。

「唐木さん、おとといの夕刻、新宿のはずれの水戸道で、あたしたちといき合いませんでした？　姉さんとあたしと、金次郎と周助の四人だったんですけれど」

　お登茂が、はずむような笑顔を見せて言った。

「はい。おとといの夕刻、水戸道でいき合いましたね。覚えています。昼間にこちらへうかがい、お由さんとお会いしておりましたので、お二方を見て、お高さんとお登茂さんではないかと、思っておりました」

「あのときは、頼りなさそうな、腰の刀が重たそうに見えたくらいなんです。でも、唐木さんひとりで、五人も素っ飛ばしちゃったんですか」

「素っ飛ばしてはおりませんが、成りゆきです」

「凄《すご》おい。全然強そうには見えないのにぃ……」

「お登茂、そんな言い方は失礼でしょう」

「そうよ。姉さん、失礼よ。人は見かけだけじゃ、わからないのよ」

　お由が言ったので、若い衆が噴き出した。

「唐木さん、お由からお見えになった事情は聞いています。お青さんに会いにこられたんですね。昨日の朝も見えられたと、雁平じいやからも聞きました。お青さんはうちにいます。事情があって怪我を負い、父を頼ってこられたんです。ですから、どなたにも知らせないように、していたんです。もう一度、事情をお聞かせ願います。どうぞ、お入りになってください」

市兵衛はお高へ頷き、それから主屋の二階を見上げた。

主屋の二階の窓の明障子が開かれ、障子戸の陰に身をひそませるように、人影が見下ろしていることは、多吉を運んできたときから、市兵衛は気づいていた。

しかし、市兵衛が見上げた途端、人影は障子戸の陰からすっと消えた。頑《かたく》な空虚だけが、窓の中に残された。

五

庭の糸瓜棚の後ろの、雑木林でひよどりが鳴いていた。

糸瓜棚と庭に向いて濡《ぬ》れ縁《えん》があり、十二畳の部屋の腰障子は開け放たれていた。心地のよい涼しさが、市兵衛の火照《ほて》った身体を癒《いや》した。

膝の前に、台所働きの女が出した茶がおかれている。

医者がきて、多吉と文五の怪我を診ていた。「痛たた……」と、文五が甲高い声をたて、代貸の金次郎が男衆らにあれこれ指図していた。台所のほうでは、お登茂とお由らの立ち働く様子や話し声、物音などがのどかに伝わってくる。

ほどなく、金次郎が部屋に現われた。お高が雁平じいやと言っていた雁平が、酒の徳利《とっくり》を載せた二つの膳を運んできた。

膳には、徳利と膾《なます》の鉢と煮しめの皿が並んでいる。雁平は、市兵衛の前に、「どうぞ」と膳をおいた。

金次郎が、二つの膳を挟んで市兵衛の前に端座した。

「唐木さん、江戸とは違い、お口に合うほどの食い物はございやせん。ただ、江戸川の水運がありやすので、酒は下《くだ》り酒がここら辺にも存外に出廻っておりやす。どうぞ一杯やって、喉を潤《うるお》してくだせえ」

と、金次郎が徳利をとった。

「いえ、別の用を残しております。こちらの用が済めば、新宿の宿に戻らねばなりません。何とぞ、お気遣いなく」

「そうではございやしょうが、あと一刻もすりゃあ昼でございやす。今、姉さまとお嬢が支度をなさっていやす。昼餉《ひるげ》を召し上がっていってくだせえ。恩人に飯も出さねえで帰すわけにはいきやせん。そんな事をすれば、姉御の顔がたちやせん。姉御のお言いつけでやす。どうか、姉御の顔をたてていただき、少しばかりのときを、うちにもいただかしてくだせえ」

と、金次郎が徳利で、天井を差した。

「どうやら、姉御とお青さんの話が少々かかりそうでやす。唐木さん、これも縁でございやしょう。これはあっしの一存で、それまでのつなぎでやす。年寄り相手の酒では、愛想はございやせんが」

金次郎が愉快そうに笑った。

遠慮したが、もう膳は運ばれてしまっている。

「そうですか。では少しだけいただきます」

市兵衛は杯をとった。確かに、冷たい酒が喉に心地よい。一杯を呑み乾《ほ》すと、続けて酌をしながら、金次郎は訊《き》いた。

「唐木さんは、葛西へは初めてでござんすか」

「初めてではありません。何度か、通ったことはあります。ですが、用があって留《とど》まったのは、このたびが初めてです。青い稲穂が広がる田を一望して、その美しさに打たれました。葛西の豊かさを、改めて教えられました」

では、金次郎さんもどうぞ——と、市兵衛が金次郎に差した。

「いただきやす。確かに、ここら辺の村は土地も肥えており、米はよく実り、畑で穫れる蔬菜も江戸で評判がいい。村人も働き者が多く、質素倹約を心がけ、副業に精を出し、裕福な百姓は多いと思いやす。それでも、堤《つつみ》が整う前の天明《てんめい》のころまでは、江戸川の氾濫《はんらん》がたび重なって、水害と凶作で、村を捨てる百姓が大勢出る悲惨なあり様だったと、聞いておりやす」

「お高さんを姉御、お登茂さんを姉さま、お由さんはお嬢と呼ばれているのですね」

「お高さんが跡目を継がれてから、そう呼ぶようにしやした。先代が亡くなる前は、お高さんが姉さま、お登茂さんが小姉さま、だったんでやす」

「ほかにご兄弟は、いらっしゃらないのですか」

「三人娘だけでやす。三人共に、本当に器量よしで、こう言っちゃあなんでやすが、葛西一の美人三人姉妹という評判は、あっしらも自慢でやす。吉三郎親分が、可愛《かわい》がるのも無理はなかった。荒くれの子分を率いる貸元とは思えない、親馬鹿ぶりでやした。殊に、お高さんはちっちゃな童女のころから、お高が娘じゃなく倅だったらと、度胸の据わった男勝りの性根を、惜しがっておられやした」

それが自分の思いでもあるかのように、金次郎は目を細めた。

「先代の吉三郎親分は、葛西の生まれで？」

「享保《きょうほう》に下小岩村の新田ができて、江戸者が葛西に移ってきた小百姓の孫だと、親分から聞かされやした。まだ童だった天明のころ、江戸川の氾濫で二親を亡くして孤児となり、当時の下小岩村の名主さまに拾われ、生きのびたそうでやす。どういう事情か人それぞれだからわからねえが、十四、五のころ、その名主さまの家を飛び出し、近在の博徒らに染まって博奕《ばくち》渡世のやくざに身を落としたと……」

金次郎は、市兵衛に徳利を差し、なおも言った。

「斬《き》った殴《は》ったのやくざ渡世で、近在に少しばかり名を知られるようになった二十代半ばのころ、曲金《まがりがね》村と西利根村のあまり表沙汰にできねえ諍《いさか》いの仲裁役を任され、それで西利根村の先代の名主さまに気に入られたそうでやす。名主さまの仰るには、自分は名主として村民の徒手座食《としゅざしょく》を嫌い、質素倹約を勧め、勤農を督励し、遊民の出ぬよう、暮らしが成りたたず逃散《ちょうさん》する者がねえように努めてきた」

市兵衛は、芳醇《ほうじゅん》な味わいをそっと含んだ。

「その結果、田は豊かな実りをもたらし、人々の暮らしは落ちつき、村はだんだんと裕福になった。だが、村が裕福になったからと言って、村民の全部が裕福になれるわけではねえし、遊民をひとりも出さねえ、というわけにもいかねえ。突然、病に罹《かか》ったり、思いもよらぬ災難もある。また、ただひたすら働き、質素倹約に勤めるだけの息抜きもできねえ暮らしじゃあ、中には心が折れちまう者も出る」

ひよどりの声が、聞こえている。

「そこで、近在の悪たれどもを集めて一家を結び、喧嘩や不法狼藉の悪さを働かぬように慎み、無頼な流れ者どもから村民を守り、のみならず、村の衆の息抜きの遊び場としてほどほどの分を仕きってくれるなら、表だってではねえが、村で賭場を開いて渡世のたつきにすることに目をつむると、名主さまのほうから吉三郎親分に申し入れがあったそうで」

金次郎は手酌で杯を重ねつつ、話しぶりにだんだん熱が入ってきた。

「と言いやすのも、賭場は禁制だが、あちこちで様々に開かれ、とり締まることができず見逃しているのが実情なんでやす。そういうところに、村民が入りびたって身を持ちくずしたり、柄の悪い博徒や無頼の輩《やから》が流れてきて村が荒らされるよりは、村の賭場を吉三郎親分に、村の衆の息抜きの場として仕きらせたほうが、村にとってはかえって害がすくないと、お考えになったんでしょう」

市兵衛は、なるほど、と思った。

「吉三郎親分は、そういうことならありがたくと、この土地に居どころを定めてこられやした。結局のところ、それが村にとってもよかったということなんでしょう。名主さまには喜ばれやしたし、親分の評判が広まって人が集まるようにもなりやした。じつは、あっしもそういう者のひとりで……」

「そうでしたか」

「それから、縄張りも西利根村から小岩村や柴又村に広がって、一時は親分の杯をいただいた子分が三十人を超えやした。土蔵を子分らの寝起きする場所に建て替えたのも、そのころでやす」

懐かしそうな笑みを浮かべた顔が、早や少し赤くなっていた。

「あっしは今でも、吉三郎親分を葛西一の俠客《きょうかく》と思っておりやす。親分がその気になりゃあ、縄張りだってもっと大きくできた。けど親分は、あくまで日陰者は日陰者として、村に役だつ生き方を心がけよう、やくざ渡世が少しは村に役だって小さな縄張りの貸元として生きていけりゃあ、十分じゃねえかと、欲がなかった。だから、強引な荒っぽい手だてを使い、縄張りを広げるような真似《まね》は、いっさいしなかった」

喧嘩を吹っかけられりゃあ、そいつは別ですがね——と、金次郎は言い足した。

「今も、三十人ほどの若い衆が？」

「今は、あっしを入れて二十三人というところで。元々は、やくざに身を落とした半端者。よんどころなくそうなった者もいりゃあ、根っからのろくでなしもいやす。やくざ渡世にしては律儀な親分の仕きりに不満を持つ手合いもいて、親分の杯を受けながら、ひとり抜け、またひとり抜けとなりやした。けど、親分子分を決めるのは杯じゃねえ、志だ、去る者は放っておけ、というのが親分のお考えでやしたから」

市兵衛は、およそ三月前、吉三郎が闇討ちに遭って命を落としたと聞いた噂が胸に引っかかっていた。しかし、それを自分が訊くことは、ひどく差し出がましいことに思われた。

市兵衛はそれ以上は訊かず、黙って杯を舐《な》めた。と、そこへ、

「失礼しますよ」

と、襖《ふすま》の外にお高の艶のある声がした。

襖が静かに開くと、主屋の中の若い衆の声や台所のほうの賑わいが少し高く聞

こえ、それと共にお高の小袖の藍色が、初めに目に飛びこんだ。

「おお、姉御……」

金次郎が熱の入った表情を、ほっとゆるませた。

「唐木さん、お待たせいたしました」

お高が部屋に入り、市兵衛と金次郎が膳を挟んで向き合った傍らへ、膝をすべらせるように坐った。かすかに、脂粉が甘く匂った。

「姉御が二階から下りてこられるまで、つなぎに唐木さんと一杯始めておりやした。ではあっしは、さがりやす」

「金次郎。おまえもいておくれ。おまえにも、知っておいてほしいのさ」

お高は、市兵衛の膳の徳利に白く長い指をからませ、軽く上げた。

「唐木さん、おつぎしましょう」

と、赤い唇の間から白い歯を見せて言った。そして、「金次郎も、呑んで」

と、徳利を金次郎へ廻した。

「姉御に酌なんぞさせて、申しわけありやせん」

「娘のころ、お父っつあんと金次郎が呑んでいるとき、よく酌をさせられたね」

「そうでやした。親分は酒になると、すぐに姉御を呼んで。まだちっちゃな童だった姉御を膝に乗せて酒を呑むのが、一番、楽しそうでやした」

「あたしは酒臭いお父っつあんがいやで、本当は我慢していたんだけどね」

二人は、どこか寂しげに笑い声をからませた。それから、市兵衛へ見かえったお高の目が少し潤んでいるように見えた。

「唐木さん、もうひとつ」

お高が徳利を差し、市兵衛は拒まなかった。

「それでね、唐木さん……お青さんは、やはり、唐木さんとは会いたくないと、仰るんですよ」

お高が言った。

「唐木さんはお青さんに危害を加えないし、御用できたのでもなくて、誰かの何かを託《ことづか》ってきたそうだから、会って誰の何を託ってきたのか、確かめるだけでも確かめては、二人きりになるのが不安ならわたしも一緒にいるよ、と勧めたんです。けれど、お青さんは仰ったんです。唐木さんに会えば、姉さんの仇《かたき》を討たないといけない、唐木さんに会うときは、自分か唐木さんのどっちかが死ぬときだって」

金次郎が、「おお」と低い嘆声をもらした。

「お青さんは、唐木さんのことをとても恐れているんです。自分は唐木さんには敵《かな》わない、死ぬのは自分だから、恐いって。可哀想《かわいそう》に、よほど恐い目に遭ったんでしょうね。傍《はた》で見ていても、お青さんが唐木さんを恨みに思い、でも、心から恐がっているのがわかりました」

お高は小首をかしげ、市兵衛の顔つきの小さな変化を見逃すまいとした。

「お青さんは、人買に売られ、異国から長崎へ渡るとき、船の中でお翠さんとお楊さんという姉さん方と出会って、姉妹の契りを結び、言葉もわからぬ異国の地で助け合って生きていこうと、約束したそうです。お青さんと姉妹の契りを結んだその姉さん方を、唐木さんとお仲間が、斬ったと仰っていました」

市兵衛は、黙って首肯した。

「よければ、唐木さんとお青さんの事情を、少し聞かせてくれませんか。事情が少しでもわかれば、もう一度、お青さんに話してみます」

はい——と、市兵衛はこたえた。しかし、青の素性や犯した事を、お高たちに明かすことはできない。

「お青さんが、お父っつあんを頼って江戸から逃れてきたとき、やくざ渡世のわたしたちでさえ、巻き添えになることを恐れました。でもね、異国の女がたったひとり、瀕死の疵《きず》を負って助けを求めてきたのに、巻き添えになりたくないから追っ払うなんて、可哀想じゃありませんか。何があろうと、弱きを助け味方になるのが、任侠に生きる者の心意気だって、お父っつあんの言いつけなんです」

「唐木さん、あっしはね、姉御がお青さんとかかわり合いになるのは、反対だったんだ。だが、これが姉御の、吉三郎親分から引き継いだ性根なんです。あっしもお高一家の代貸。どうせ巻き添えになるなら、あっしにも唐木さんとお青さんの事情を、聞かせてくだせえ」

　金次郎が、老練な口ぶりで言った。

　市兵衛は、少しの間、言葉を探した。それから言った。

「わたしと仲間は、翠と楊と、そして青を斬りました。青ひとりが生き残りましたが、青の胸には、仲間に斬られた疵跡が残っているはずです。仲間は、公儀の役人であり、わたしは一介の浪人者です。しかし、事情があって、仲間と共に、翠、楊、青、の三人の女と戦わねばならなかったのです」

　お高は愁いを目に浮かべ、市兵衛を見つめていた。

「翠、楊、青の三人は、唐《から》の武術の恐ろしいほどの使い手です。あの戦いは、戦いが終わるまで、どちらが倒すか倒されるか、わからなかった。わたしたちが追っていたのは女たちを買った主であり、女たちは自分たちを買った主を守るために、わたしたちと戦い、命を落とし、疵ついたのです。わたしは、仲間より託った言葉を伝えるためにきたのです。青と戦うためにきたのではありません……」

市兵衛はまた束の間、考えた。

「なぜなら、わたしも、わたしに言葉を託《ことず》けたわが仲間も、今ある青に罪があるとは思っていないのです。お高さん、そのことを今一度、青に伝えてください。それからこう伝えてください。わが仲間は公儀の役人としてではなく、ひとりの男の存念として、疵ついた青の身を案じている、とです」

「身を案じている、それだけでいいのですか」

「わが仲間が言ったのです。それだけでいいと。愚かにもわたしは、青に会い、仲間の思いを代弁するつもりでおりました。ですが、わたしがどんなに多くの言葉を並べても、心に届かなければ青の心は動かせぬことが、今わかりました。身を案じている、ほかに言葉はいらぬと、あの男はわかっているのです。だからわたしに、それだけでいい、と言ったのです。わたしにも今それが、ようやくわかりました」

市兵衛は杯をあおった。

「なるほどね……」

金次郎がつくづくと言った。お高が黙ってつぐ酒を、市兵衛は受けた。

六

曇り空の下に田面の広がる縄手を、新宿へ戻った。

水戸道が新宿の東はずれの溜井堀を渡った下宿に、旅籠の《増田《ますだ》》がある。

宿の女に人が訪ねてこなかったことを確かめ、階段を上がった。二階の部屋に入ると、出格子窓の両引きの障子戸を開いて、宿の前の往来を見おろした。

水戸道をゆく旅人の姿は少なく、往来の人通りはまばらだった。

曇り空のため、夕刻が早く感じられた。椋鳥《むくどり》の群れが、りゃありゃあ、じゃあじゃあ、と騒がしく曇り空の下を飛び廻っていた。

市兵衛は窓を閉じ、部屋を出て階下へおりた。

「お客さん、またお出かけでやすか」

宿の女が言ったので、

「用を思い出した。四半刻ほどで戻れると思う。朝から出かけてだいぶ汗をかいた。風呂は入れるか」

と、軽々とした口調で訊いた。

「はい。今、風呂を焚《た》いておりやすので、ほどなく沸きやす。お客さんが戻られやしたら、お呼びいたしやす」

頼む——と言い残し、市兵衛は往来へ出た。りゃありゃあ、じゃあじゃあ、と椋鳥の群れが、宿場の空を縦横に飛び廻っている。

往来を西のほうへ足早にとり、突きあたりを中宿へ折れた。それから少しいったところで、路地へ入った。店と店の間を数間もゆくと、路地はすぐに田んぼや畑の田野へ抜けた。葱畑の向こうに、溜井堀沿いの松林などの樹林が見えた。

椋鳥の群れはその樹林にも群がっていて、いっそう鳴き騒いでいた。

その騒ぎの中に、往来のほうより尺八の音がまじっていた。

市兵衛は路地を抜けたところで、店の陰へ身を寄せた。裏塀に背を、凭《もた》せかけた。そのとき、往来のほうより流れてきた尺八の音が止まった。

市兵衛は腕組みをし、畑と木々と空を、ぼんやりと眺めた。

ほどなく、天蓋に紺黒の袈裟をまとい、手に尺八を提げた普化僧が、路地を抜けて畑のほうへ数歩進んだ。普化僧は歩みを止め、周りを見廻した。

天蓋がふりかえり、腕組みをして裏塀に凭れている市兵衛を認めた。

「あっ」

天蓋の中で、小さな声がもれた。普化僧は、市兵衛に向いて身がまえるように、じっと佇んだ。腰に刀を佩びている。

「誰かをお探しですか。それともわたしを追ってこられたのですか？」

市兵衛は、腕組みの恰好《かっこう》をくずさずに言った。

「唐木、市兵衛さんか」

「やはり、わたしのあとをつけてこられたようですね」

腕組みをとき、普化僧へゆっくりと進んだ。

「水戸道に出てから、そちらに気づきました。今朝の仕かえしを狙って、つけてきたのですか」

「今朝の？　そんなことは知らん」

普化僧はぞんざいにかえした。江戸川土手の、仕かえしではなさそうだった。

「わたしに、用ですか」

「唐木さんは昨日、巡景さまの行列を止めて、真景の、三宅辰助のことを訊いただろう。だから、唐木さんに教えてやるためにきた。三宅辰助のことをな」

普化僧は、黒足袋に着けた草鞋を、ず、ず、と鳴らし、市兵衛との間を保つようにさがった。何かを恐れているかのように、周囲を見廻した。

「あの行列に、いたのですね」

「そうだ。わたしは墨田久弥《すみだひさや》。法名は理景《りけい》だ」

天蓋をとった。顔色の悪い瘦《や》せた男だった。総髪を後ろで束ね、背中に垂らしている。顎に大きな痣《あざ》があった。三十前の年ごろに見えた。

「三年前、辰助が入宗して蒲寺にきたとき、修行や寺の慣わしがわからぬ辰助に、あれこれ手ほどきをして、面倒を見てやった」

「教えるとは、行方をくらました三宅辰助の、居場所をご存じなのですか」

「行方をくらましたと、巡景さまは、言ったのか」

「用達役の西平段造さんからも、そう聞かされました。辰助どのに粗相があって、仕置きを恐れて寺から逃げたと」

「違う。辰助の居場所は、蒲寺の者はみな知っている。辰助は、行方知れずになったのではない」

りゃありゃあ、じゃあじゃあ、と椋鳥が騒がしい。

「行方知れずでないのであれば、三宅辰助どのはどこにいるのです？　どうなったのです？　もしや、やはり、噂どおり病死……」

「病死ではない。仕置きされて、殺されたのだ。巡景さまのお指図だ」

「仕置きで殺されたとは、粗相があって、巡景さまが辰助どのの処刑を命じられたということですか」

「辰助に粗相があったのではない。巡景さまは恐ろしいお方だ。おのれの望みを満たすために邪魔になる者は、虫けらのように平気で始末する。本当に、恐ろしい。辰助は、巡景さまに殺されたのだ」

「墨田さん、辰助どのが殺されたのは、いつのことですか？」

「西利根村の、吉三郎という貸元が殺されたあとだ。三月前だ。吉三郎は、葛西の小岩西利根と柴又の貸元だ」

「西利根村の吉三郎が闇討ちに遭った一件は、知っています」

「そ、それだ。吉三郎殺しはな、巡景さまが辰助と数名の者に手引きを命じ、松戸の文蔵という貸元が巡景さまに丸鉄《がんてつ》と京太《きょうた》という男らをとり持ち、そいつらが手をくだした。そいつらは、金で殺しをやる破落戸《ごろつき》だ。松戸の文蔵は、何年も前から、吉三郎の縄張りを狙っている。そのために、巡景さまと手を結んだのだ」

墨田は頭を抱え、畑の中にかがみこんだ。

「墨田さん、事情を教えてください。何がどのように行なわれたのか、わたしにもわかるように……」

市兵衛は隣へ膝を折り、肩先から声を落として言った。

「事情は、知らぬのか」

「いろいろと聞いていますが、どれも噂にすぎません」

墨田は、周囲を気にかけ、きょろきょろと見廻した。葱畑の中にかがんでも姿は隠せないが、それでも墨田は身をいっそう低くした。

「おとしだ。蒲寺の普化僧が吉三郎の縄張りで村民に狼藉をしばしば働き、吉三郎は普化僧が縄張りに入ることを禁じた。そのため、吉三郎の縄張りから蒲寺へ施物の代銭が入らなくなった。看主の巡景さまは、吉三郎の仕打ちをひどく恨みに思っていた。そこへ、松戸の文蔵が両者の仲裁を買って出て、前から狙っていた吉三郎の縄張りに手をつける口実にしたのだ」

「文蔵が、とりなしてやると、巡景さまに近づいたのですか。それとも、巡景さまが文蔵の仲裁をたのんだのですか」

「どちらから、近づいたかは知らぬ。とも角、文蔵は蒲寺との仲裁に入るふりをして吉三郎とかけ合い、仲裁が受け入れられなかったら、顔をつぶされたと言いがかりをつけ、力ずくで縄張りを奪う魂胆だった。だが、その都度、吉三郎が文蔵を押さえ、出入りにならぬよう事態を収めてきた。吉三郎は葛西の顔役のひとりだ。葛飾では名の知られた文蔵でも、吉三郎の貫禄の前には、簡単にはいかなかった」

「吉三郎が、邪魔だったのですね」

「そうだ。巡景さまも、文蔵の仲裁で施物の代銭が回復すると待っていたが、一年、二年とたっても一向に埒《らち》が開かなかった。吉三郎がいる限り、どうにもならない。いっそのこと、吉三郎を始末してしまおう、吉三郎さえいなければと……」

「吉三郎殺しは、巡景さまの差金ですか」

「松戸の文蔵と、手を組んでやったのだと思う。文蔵は縄張りを狙い、巡景さまは施物の代銭ほしさにだ。巡景さまが、辰助ら数人に丸鉄と京太の手引きを命じた。丸鉄と京太は、人の始末の仕方を知っている。吉三郎をつけ狙い、吉三郎の周りが手薄になったほんのわずかな隙に乗じて、あっという間にやってのけた」

三月前の夜、小岩の賭場に普化僧らが現われ、賭場荒らしをやった。

知らせを受けて吉三郎が子分を引き連れ駆けつけると、普化僧らはたちまち逃げ去った。蒲寺の嫌がらせだろう、ということで、吉三郎は用心に子分たちを残し、ひとりだけを従え、江戸川土手を西利根村へ戻った。

その途中の土手で、二人組の追剝ぎに襲われ、吉三郎は斬られた。子分も深手を負い、からがら、命だけはとり留めたというあり様だった。

「追剝ぎに見せかけた丸鉄と京太の仕業だと、手引きした辰助が言った。辰助は恐れた。これが明るみに出たら、自分は生涯、還俗が許されないだろう。どころか、寺社奉行より咎めを受け、斬首になるかもしれないとな。辰助は、寺社奉行に訴え出るため寺を逃げ出したが、気づかれて連れ戻された。仕置きの末、生きたまま棺に入れられ、生き埋めにされたのだ。ああ、今でもあのときの辰助の泣き声が聞こえる」

墨田の頰に涙が伝った。涙を顎の痣からしたたらせた。

「墨田さん、わたしになぜ、それを教えにきたのですか」

市兵衛は不審を覚えていた。

「唐木さんは三宅家に頼まれて、確かめにきたのだろう。辰助は病死ではなく殺されたと、本当の事を知らせてやれ。このままでは、た、辰助が浮かばれん」

それと――と、墨田は束の間ためらった。

「辰助は、おれにとって、大事な、大事な……わかってくれ、唐木さん。巡景はわたしの大事な辰助を、奪ったのだ」

墨田は吐き捨て、息を激しく喘《あえ》がせた。

椋鳥がいっせいに木々から飛びたち、嵐のように夕空を飛び狂った。


墨田久弥が国分寺山麓の蒲寺に戻ったのは、夜更けの五ツごろ（午後八時頃）だった。

僧房で袈裟を解いていると、用達役の西平段平が墨田を呼びにきた。

「理景さん、看主さまがお呼びだ。急ぎ、お部屋にいかれよ」

西平が頬の疵跡を、不気味に歪ませた。

「はい。ただ今」

墨田は、僧房の奥にある巡景の部屋へ向かった。

次の間から巡景の部屋へ入り、「お呼びにより、まいりました」と、書案に向かい書状を認《したた》めている巡景へ手をついた。

巡景は、墨田へ一瞥もくれず、筆を動かしていた。総髪が純白の着物の肩に、作り物のように整って垂れていた。一灯の燭台の明かりだけが、巡景と書案の周りを照らし、あとは薄暗かった。

西平と坊主頭の用達役が、墨田の後ろに着座したのが訝しかった。

墨田は、巡景が筆をおくのを待った。明障子が閉じられていて、裏庭の草むらで虫が盛んに鳴いていた。

「理景、今日は、新宿のほうへ、廻行しておったそうだな」

巡景が書き終えた手紙を折りながら、やはり墨田に目をくれなかった。

「は？　はあ……」

「善景《ぜんけい》がおまえを見かけた。ひとりだったそうではないか。普化僧の托鉢は、二人連れだって出ることに定められているのに、なぜだ」

巡景は、陰翳《いんえい》に隈《くま》どられた灰色の顔を墨田へ向け、一重の目を光らせた。

「あ、つい、ひとりでもよいかと思い……」

「本則になど、従う気はないか」

「いえ、け、決してそのような」

「そうだな。食いつめた侍か物乞いか、どちらとも知れぬおまえが、普化宗の弟子にもなれず、わが情けにすがって宗縁となり、吹笛修行のふりをして、村から村へ布施を乞うて廻り、この蒲寺でかろうじて飢えと雨露をしのいでおる野良犬同然のおまえが、わたしの言いつけに背くはずが、ないはな」

「も、もちろんで、ございます」

墨田は畳に手をつき、深々と頭を垂れている。

「新宿で、唐木市兵衛という男に、会っていたな。昨日、松戸宿のはずれで、わたしの行列の邪魔をした浪人者だ」

「いえ。新宿へ廻行いたしましたが、どなたとも、会ってはおりませぬ」

ばあん、と巡景が激しく書案を叩き、怒鳴った。

「善景が見ておるのだっ。言うただろう。偽りを言うか」

墨田は畳に手と頭をつけた恰好で、痩せた身体をいっそう縮めた。冷たい汗が、身体中から噴いていた。

不気味な沈黙をおいて、巡景が言った。

「理景、おまえ、真景と懇《ねんご》ろだったらしいな。醜い野良犬のおまえが、この寺のどこかで真景と戯れていたかと、思うだけで吐き気がする。汚らしい。おぞましい。どうだ、真景が恋しいか。真景がいないと、寂しいか」

墨田は震えた。虫が鳴いている。

「唐木市兵衛に、真景の事を、ばらしたな」

「お許しを、お許しを……」

うずくまって、繰りかえし声を絞り出した。

巡景は、墨田の後ろに並んだ西平と坊主頭の用達役へ、目配せした。

二人は黙々と立ち上がり、うずくまった墨田の両わきを左右からとって、「立て」と、起き上がらせた。そうして、明障子のほうへ震えている墨田を引きずっていき、障子戸を両開きにした。

廻廊があり、廊下の先の暗い庭に、両刀を佩びた男らがたむろしていた。中のひとりが手燭《てしょく》を提げていた。

墨田は、回廊からその手燭の薄明かりの中へ、乱暴に投げ落とされた。

虫の声が、ぴたりと止んでいた。

廻廊に、純白の衣裳を着流した巡景が出てきた。肩の総髪をかき上げ、

「それほど真景が恋しくば、一緒にしてやろう。一緒の穴に、埋めてやろう」

と、声を甲走らせた。

「お許しを、お許しを……」

墨田は男らの足下に這《は》いつくばり、恐怖に咽《むせ》びながら、許しを乞うた。

「立て。生き埋めにはせん。おまえは追払いだ。寺を去れ」

西平が庭に下り、墨田の頭の上から言った。坊主頭の用達役も庭へ下り、「墨田、さっさと、立て」と喚いた。

「助けて、くれますのか」

墨田は震えながら、立ち上がった。

西平と坊主頭はこたえず、墨田を睨んでいた。周りの男らも、何も言わなかった。手燭を提げた男が、涙で汚れた墨田の顔を照らした。

「看主さま、わ、わたくしは、これにて」

と、廻廊に立った巡景へ、掌を合わせた。そのとき、

「おりゃあっ」

と、西平が奇声を発した。

抜刀と共に、背後から墨田へ袈裟懸けを浴びせた。

ぎゃあっ、と悲鳴を発して身をよじったところへ、坊主頭の抜き打ちの一撃が、墨田の額に、がつん、と食いこんだ。

額を割られた墨田は、もう声を上げなかった。

坊主頭が刀を引き抜くと、手燭の薄明かりが、しゅう、という音と共に噴いた血を映した。墨田は声もなく仰のけに倒れていった。吐息を引きつらせ、かすか

にうめいたが、すぐに静かになった。

「片づけろ」

西平が言った。四人が墨田の四肢をつかみ、獲物を運ぶように庭から消えた。

「西平、すぐに松戸へいけ。丸鉄と京太に会い、仕事だと言え。どんな仕事か、ここに認めてある。これは手間賃だ」

巡景が折り封の書状と、金をくるんだ包みを西平に差し出した。

「承知いたしました」

西平は、書状と金の包みを受けとった。

「おまえからも、急ぎだと言え。唐木は放っておけぬ。江戸に帰られては、面倒な事になる。相手は侍だが、痩せ浪人ひとり。吉三郎より簡単だろう」

七

市兵衛は、考えた末にそうすることにした。その朝は、昨日よりも厚い雲が垂れこめて、風も少しあった。午前の四ツごろ、宿を出た。

下宿の往来を、小岩へ通ずる間道へ分かれた。

三日前、葛西にきて最初に訪ねた下肥売捌人の世話人を務める時右衛門を、再び訪ねた。時右衛門は溜井堀の河岸場にいて、仕事中だった。

その仕事のほんのちょっとした合間に、時右衛門と立ち話をした。

それから小岩への道をとり、西利根村へ分かれる三叉路《さんさろ》の、道端の大きな楢《なら》の木の下に、掛小屋の茶店を見つけた。

三日前は、強い日射しが照りつけ、楢の木ではまだみんみん蟬《ぜみ》が鳴いていた。

今日は灰色の雲の下で、茶店は一望する葛西の田面を背景に、ひっそりとした佇まいを見せ、休み処《どころ》とまんじゅうの旗が、ふわふわとゆれていた。軒にたてかけた葭簀《よしず》の間から茶店に入ると、

「おいでなさいませ」

と、竈《かまど》のそばの女が元気な声で言った。

「茶を頼む」

市兵衛は刀をはずし、店先の長腰掛にかけながら、女に声をかけた。

「おや、先だって、吉三郎親分をお訪ねになった、お侍さんでしたね」

女が、茶碗を市兵衛のそばにおいて話しかけた。

「覚えていたか。亡くなった吉三郎親分の跡目を継いだお高さんに、昨日やっと

会えた。妹のお登茂さんとお由さんにも、会った。女将《おかみ》さんの言ったとおり、本当に美しい三人姉妹だった」

「でございましょう。女のあたしらでも、あそこの三人姉妹を見ていると、うっとりしちゃうんですから」

「今日は、代貸の金次郎さんと、ここで会う手はずになっているのだ」

「おや、金次郎さんと。そうなんで、ございますか」

「女将さん、今なんどきごろだろう」

「そうですね。そろそろ、帝釈天さまの九ツの鐘が、鳴るころでは……」

女は曇り空を見上げた。

今朝早く、市兵衛は新宿の宿から、西利根村の金次郎宛てに文を頼んだ。

吉三郎親分の一件につき、急ぎお知らせしたき事情があるため、お会いしたい。その事情を、お高さん始め、ご一家の方々へいつどのように伝えるかについては、自分ではなく、お高さんの気だてや、一家の今の事情をよくご存じの金次郎さんにお任せしたほうがよいのでは、と愚考いたした次第です。本日、昼九ツから八ツごろまで、小岩道から西利根村へ分かれる三叉路の茶店にてお待ちいたします。このような文を突然お届けする無礼を、重ねておわびいたします。云々《うんぬん》……

　市兵衛は、金次郎からの返事を待たずに、新宿の宿を出たのだった。金次郎に会えなければ、昨日の墨田久弥から聞いた吉三郎襲撃の仔細を、手紙に認め、改めて知らせるつもりでいた。

　しばし、景色を眺めつつときをへると、田野のはるか彼方より、梵鐘《ぼんしょう》が昼の九ツを報《しら》せた。女が店先の道に出て、市兵衛へふりかえって言った。

「お客さん、柴又村の、帝釈天さまの鐘ですよ。九ツです」

　茶店には、市兵衛がひとりだった。小岩道をゆききする、旅人の姿もなかった。湿った風がそよぎ、雨がきそうだった。

「昼代わりに、餅《もち》はいかがですか。江戸の方のお口に合うかどうか、わかりませんけれど、餡子《あんこ》入りの田舎の草餅です」

「そうだな。金次郎さんに聞いてからにしよう。金次郎さんがきた」

　市兵衛は、分かれ道の西利根村のほうを見つめていた。

「あ、本当に。金次郎さんがきましたね」

　色づき始めた稲の穂が一面を覆う田んぼ道を、鼠色《ねずいろ》の羽織を着けた金次郎が、若い衆をひとり連れてやってきていた。女が金次郎に手をふった。

市兵衛は道に出て、老いた金次郎が急ぎ足にやってくる姿を見守った。従っているのは、若い周助だった。

「やあ、唐木さん、お待たせいたしやした」

金次郎は、だいぶ離れた先から市兵衛へ笑いかけた。

「金次郎さん、勝手な文を送って、申しわけありません。お待ちしていました」

市兵衛は声をかえした。

周助が、「唐木さん、どうもで」と、金次郎の後ろで言った。

「周助さん。済まないな」

「お種《たね》さん、邪魔するよ」

「どうぞ、どうぞ。お客さんがお待ちかねだったんですよ。周助さんも入って」

店先まできて荒い息を吐いている金次郎と後ろの周助に、お種が言った。

「まずは茶を一服し、ひと息ついてください。草餅を頼みましょう。それから話をさせていただきます」

「わかりやした。じゃあ、周助、茶と草餅を唐木さんにご馳走《ちそう》になろう。唐木さん、お種さんの拵《こしら》える草餅は美味《うめ》えんですよ。はは、楽しみだぜ」

「はい。お茶と草餅三人分、ですね。唐木さんも、新しいお茶に替えましょう」

お種は、前からの知り合いのように、唐木さん、と微笑《ほほえ》んだ。

「とっつぁんに話しがあるんでござんしょう。あっしは外でいただきやす」

と、周助は気を使った。

「周助さんも一緒に聞いてくれたほうがいい。お高さんに、わたしが言うより、金次郎さんの口から言ってもらった方がいいと思ったのだ。吉三郎親分の一件だ。周助さんも知っておいてほしい」

周助はわずかに眉をひそめ、怪訝《けげん》な表情になった。

「周助、おめえも入れ」

金次郎が言った。店先の長腰掛から、店の中の長腰掛に移った。掛小屋の狭い店土間には、筵茣蓙《むしろござ》を敷いた長腰掛が二台並んでいるばかりである。

金次郎と周助が並んで腰かけ、市兵衛は二人と向き合い、もう一台にかけた。

「昨日はご馳走に相なりました。ありがとうございました」

「大えした支度もできなくて。あんなもので礼を言われちゃ、困りやす」

「多吉さんと文五さんの怪我の様子は、いかがですか」

「桂庵先生が、もう少しで命にかかわるところだったと仰っておられやしたが、二人とも今朝にはけろっとしておりやした。若え者は、やっぱり元気だ」

「それは何よりです」

「そうそう、お青さんも、ゆっくりだが、今朝は外を歩いておりやした。下働きの女衆にまじって、台所仕事もやっておりやした。姉さまとお嬢がとめても、手伝う、とひと言だけ、無愛想に言ってね。はは……唐木さんの伝言は、姉御が確かに伝えやした。お青さんは頷いただけで、何も仰いやせんでしたがね」

「そうですか。わかりました」

お種が茶碗と草餅の皿を運んできた。市兵衛と金次郎は熱い茶を一服し、周助は草餅を食べ始めた。

市兵衛は茶碗をおき、やおら、金次郎に言った。

「葛西へきて、松戸の文蔵が、吉三郎親分の跡目を継いだお高一家の縄張りを狙っているという噂を聞きました。文蔵の子分らが、吉三郎親分の大きな力がなくなった小岩、西利根、柴又の縄張りに現われ、もめ事や小競り合いを起こしている。今に文蔵一家とお高一家の出入りになれば、数の多い文蔵一家に敵わない。文蔵一家との出入りを恐れ、お高一家の子分が逃げ出しているとも」

すると、周助が食べかけの草餅をおき、横から言った。

「吉三郎親分があんなことになって以来、文蔵の差金で、子分らが大手をふってうちの縄張りに現われ、あっしらと小競り合いになったり、賭場荒らしみてえなことがあったのは確かでやす。けどね、それが元で出入りになるんじゃあ、あっしら、負けちゃあいやせんぜ。数はおよばなくとも、うちは姉御を柱に結束が固え。寄せ集めの数が多けりゃあいいってえもんじゃあ、ありやせんから」

「わかっています、周助さん。わたしは噂を、聞いただけです」

「よさないか、周助」

金次郎が、周助を穏やかにたしなめた。

「唐木さん、葛西へこられて、だいぶ噂をお探りになったんでやすね」

ははは……

金次郎は磊落《らいらく》に笑った。

「吉三郎親分が襲われたのは、文蔵の差金じゃねえか、蒲寺の虚無僧の仕業じゃねえか、今に文蔵一家がお高一家に殴りこみをかけるんじゃねえかと、物騒な臆測や怪しい噂が流れるのはいたし方ありやせん。周助の言うとおり、うちの者と文蔵一家の者との間で、吉三郎親分が亡くなってから、いろいろともめ事が起こり、だから、噂はあたっていなくもねえ」

金次郎は眉尻をさげ、茶を楽しむようにまた一服した。

「だからおととい、お高一家と文蔵一家の間で手打ちが行なわれたんでやす。出入りになりゃあ、大勢の怪我人や死人が出やす。村のお百姓衆にも、迷惑がかかる。葛西の縄張りはどこもこれまでどおりと、手打ちはご陣屋のお役人の肝いりなんでやす。ご陣屋の肝いりとなりゃあ、文蔵も、従わざるを得やせん」

「お高一家と文蔵一家の手打ちは、おとといの夕刻、宿へ戻ってから知りました。しかし、昨日、江戸川土手で多吉さんと文五さんが、文蔵の子分らに襲われていた。文蔵の子分らと、蒲寺の普化僧が一緒でした。手打ちは守られているのですか」

「昨日のことは、文蔵の子分のでたらめな野郎が性質の悪い虚無僧らとつるんで、文蔵の知らぬところでやったことかもしれねえ。真偽を確かめたうえで、文蔵に処罰を求め、昨日のような事が改まらねえなら、手打ちの中人に立っていただいた新宿の塚五郎親分にまずは訴え、段どりを踏もうと姉御と話し合っておりやす」

「それが、しかるべきだと思います。ただ、かかわりのないわたしが差し出がましいと思い、昨日は訊ねなかったのですが、十手の話が出ていましたね。吉三郎親分は、ご陣屋より十手を持つことを許されていたと聞きました。跡目を継がれたお高さんに十手を持つことを、ご陣屋は許されているのですか」

「姉御はまだ若え。この青二才の周助のひとつ下なんでやす。十手は、もう少し場数を踏んでからと、ご陣屋のお指図でやした」

「文蔵は、十手を持つことが許されているのですね」

「ええ、そうでやすが」

「すると、十手持ちの文蔵が手下に不逞《ふてい》の輩を捕まえろと、小岩、西利根、柴又のお高一家の縄張りでとり締まりを始め、周助さんら若い衆が、文蔵の手下と争いになったなら、周助さんらはお上に刃向かったことになりますね。すなわちそれは、お上の御用を口実にして、お高一家がお上に刃向かったことに……」

「何を、仰りてえんで？」

「昨日新宿の宿に戻るとき、普化僧がひとり、水戸道からわたしをつけてきました。初めは、江戸川の土手で多吉さんと文五さんを襲った一味かと思ったのですが、そうではなかった。じつはわたしは、普化宗に入宗し、蒲寺で修行を積んでいた若い普化僧が病死したという噂が伝わり、その普化僧の親より、噂の真偽を確かめ、真《まこと》であれば事情を調べるように、と頼まれているのです」

「昨日、まだし残していると仰っていた、ご用なんでやすね」

「そうです。噂では、普化僧の病死した時期は、およそ三月前、吉三郎親分が襲われたそのすぐあとです」

周助が、眉を不審げに小さく震わせた。

「わたしをつけた普化僧は、病死したと噂の普化僧の親しい蒲寺の朋輩《ほうばい》でした。その普化僧が、噂の普化僧は病死ではなく、ある出来事にかかわりを持ったため、蒲寺の看主・巡景の指図で仕置きの末に始末されたと、教えにきたのです。ある出来事とは、吉三郎親分の江戸川土手の闇討ちです」

ええっ——と、周助が声を上げた。竈のそばのお種が、周助の声に驚いて顔を向けた。しかし、金次郎は静かな、老いた目を市兵衛へ向けているだけだった。

かまわず、吉三郎襲撃と、三宅辰助が仕置きを受けて殺害された顛末《てんまつ》を語る間、金次郎と周助は、何も訊きかえさなかった。

「わたしは、口を挟める立場にはありませんが、この話をお高さんに伝えなければならないと思いました。ただ、墨田という普化僧が言った事に、証拠はありません。ですから、お高さんにどう伝えたらいいのか、迷ったのです。文蔵一家と出入りが始まるかもしれない。そういう噂が広まっているときに、真偽の定かではないこの話を伝えれば、かえって事を荒だてることになりかねない」

周助が固唾を呑んだ。

「金次郎さん、わたしが伝えるよりは、お高さんやお登茂さん、お由さんの気だてを幼いころから知る金次郎さんにお願いしたいのです。三人姉妹が、落ちついて受け止められるように、伝えていただきたいのです」

「唐木さん、お気遣い、ありがとうございやす。よく話してくだすった。あっしのほうから、伝えやす。姉御も、姉さまもお嬢も、三人姉妹の年は若えが、吉三郎親分の血を継いでしっかりした気性でいらっしゃいやす。今は何が一番大事か、恨みをはらすことか、恨みを腹に仕舞《しま》うことか、姉御はご存じでやす。姉さまもお嬢も、姉御と心はひとつでやす。周助、おめえもわかっているな」

金次郎が、落ちついた語調で言った。

周助は「へい」とこたえながら、うな垂れていた頭を上げなかった。

「文蔵とは手打ちをした。ご陣屋の肝いりだ。始まりは、文蔵が吉三郎親分の縄張りに手を出したことだった。それを、双方恨みを留《とど》めず水に流して手打ちに、というのは道理に合わねえが、元々はおれたちやくざが、道理に合わねえ生き方をしている。お上の決めることが道理なのさ。お上がそうしろと言うなら、やくざはそうするしかねえ。やくざの口出しすることじゃ、ねえのさ」

「とっつあんの、言うとおりかもしれねえ。けどさ、筋のとおらねえことは、やくざだって堅気だって、おんなじじゃねえのか。縄張りが、でけえか小せえかの違いだけで、文蔵も姉御もおんなじやくざ渡世の貸元じゃねえか。ご陣屋は文蔵の味方みてえに、姉御から十手をとり上げ、文蔵からはとり上げなかった」

周助は顔を上げ、口惜しそうに歪めた。

「双方これまでどおりの手打ちと言いながら、文蔵の子分らがうちの縄張りにまで入りこんで、村の平安を乱すやつらを捕まえていいってえのは、おれたち姉御の子分を平安を乱す者に仕たてて捕まえてかまわねえ、という口実じゃねえのかい。お高一家をつぶして、文蔵一家の縄張りにしていいって、文蔵とご陣屋のお役人が裏で手を結んだ、謀《はかりごと》じゃあねえのかい」

「そうかもしれねえ。そうかもしれねえが、周助、耐え忍ぶんだ。おれたちには、それしかねえだろう」

「唐木さん、なんでなんです？　唐木さんはお侍さんで、いろいろお勉強をなさっていて、世の中の政《まつりごと》の仕組みを知っていなさるんじゃあ、ねえんでやすか。知っているんなら教えてくだせえ。文蔵には、松戸宿のお歴々の旦那衆も後ろ盾についていると聞いていやす。堅気の旦那衆や、世の中を正しい道に導くお役のご陣屋のお役人が、なんで文蔵の味方をするんでやすか？」

周助は、市兵衛のほうへ身を乗り出した。

「吉三郎親分は、仰っていやした。縄張り争いのために、堅気に迷惑をかけるような乱暴な事はしちゃあならねえ。やくざは、堅気のみなさんのお陰で渡世ができていることを、忘れちゃあならねえ。苦しんでいる人、困っている人、弱って助けを求める人がいたら、何があっても手を差しのべろ。それが任侠ってもんだと」

市兵衛は、周助の思いを掬《すく》いとるように、静かに息を吸った。小屋の軒にたてかけた葭簀の間から、葛西の田野を見やった。

「けど、お役人も旦那衆も、任侠に生きた吉三郎親分より、吉三郎親分から任侠を継いだ姉御より、なんで文蔵の味方をするんでやすか？　唐木さん、文蔵に味方をするのが、世間の道理ってえもんなんでやすか？」

市兵衛は、葛西の田野から周助へ向きなおり、「これは、これまで聞いたどの噂とも違う話です」と言った。

八

「おととい、わたしは西利根村の店を訪ねましたが、お高さんもみなさんもお出かけでした。文蔵とお高さんの手打ちが、その朝行なわれていたことを、知らなかったのです。そののち、蒲寺看主の巡景を訪ねましたが、巡景も出かけておりました。ふと思いたち、松戸の文蔵の店へいってみることにしたのです。巡景と文蔵がつながっている噂を聞いていたので、巡景が文蔵を訪ねているような気がしたのです」

そして、金次郎へ眼差しを移した。

「思ったとおり、松戸宿の文蔵の店の庭先に、巡景の駕籠と警護の普化僧らを見つけました。それで、寺へ戻る途中の行列を無理やりとめ、病死の噂が伝わった普化僧の事情を巡景に訊ねたのですが、巡景に質しても埒はあきませんでした。しかし、その行列にいた普化僧が、昨日、先ほどの話をわたしに伝えにきたのです」

金次郎と周助が、そろって頷いた。

「その戻りでした。松戸宿の往来で、子分らを引き連れた文蔵といき合ったのです。文蔵は松戸宿の高利貸しの《津志麻屋》に入っていき、津志麻屋の手代らととても親しげに言葉を交わすと、店の奥に消えたのです。賭場は大きな金が動き、その大きな金が貸元を支えるのですから、貸元の文蔵が宿場の金貸し業に出入りし、手代らと親しくなってもおかしくはありません。ただ……」

と、周助に言った。

「文蔵に松戸宿の旦那衆が後ろ盾についている噂を、わたしも聞いてはいました。それで、松戸宿の銭屋へ両替に入り、そこの噂好きの主人に松戸宿の景気の具合を訊くふりをし、津志麻屋の奥に消えていった文蔵と津志麻屋のかかわりを、四方山《よもやま》話を装《よそお》って探ったのです。すると、思わぬ話が聞けました」

「思わぬ話？」

金次郎が訊きかえし、市兵衛は首肯した。

「津志麻屋に、知左衛門という隠居がおります」

「津志麻屋の知左衛門の名は、知っておりやす。津志麻屋を葛飾郡一の高利貸しに育て上げ、今は倅に家業を譲り、松戸宿の旦那衆仲間の相談役を務めておりやす」

「おそらく、文蔵は知左衛門を訪ねたのです。というのも、知左衛門は隠居の立場に身をおきながら、松戸宿の表店の旦那衆のみならず、葛飾の裕福な百姓衆より元手を募り、その元手を江戸と大坂の為替手形の相場につぎこんで、働かせて利鞘を稼いでいるというのです」

「かわせ、なんとかそうば？　そりゃあ、なんの事なんです？」

周助は訝しげに訊いた。

「為替手形の相場です。為替手形とは、物を売り買いするときの、お金の代わりにすると約束を交わした文書です。小判や銀貨、銭の代わりになり、それで買いたい物が買えるのです」

「お金の代わりの？　そんなもので買わなくたって、金で買えるじゃねえすか」

市兵衛は、束の間、考えた。

「諸国の多くの商人が、何十万両、何百万両の商いをするために、金貨銀貨、あるいは銭を商売のたびにやりとりしていては、商いは進まない。商いをする双方の間を両替商がとり持ち、為替手形をふり出し、お金の代わりにして売り買いする仕組みをとり決めたのです。例えば賭場では、お金の代わりに駒札を使いますね。貸元が駒札を仕きっています。銭で丁半博奕をしていたら、中盆《なかぼん》は丁半の張った金額を数えきれない。為替手形は駒札と似ています」

ああ、と周助は声を上げた。

「米の値段が上がったり下がったりするように、為替手形にも相場があるのです。為替手形の値打ちが、時期や場合によって、お上の政によって、上がったり下がったりするのです。そのため江戸や大坂の両替商は、値打ちが上がると睨んだ為替手形を買い集め、値打ちの上がったときに売り払い、差額を利益にするのです。お金でお金を買ったり売ったりして、儲けているのと同じです」

金次郎と周助は、不審な顔つきになっていた。

「津志麻屋の隠居の知左衛門は、客から広く集めた元手で、為替相場に手を出しています。しかし、値打ちが上がると睨んだ為替手形が、間違いなく上がるとは限りません。逆に値打ちが下がって、損をこうむるときもあるのが、相場です」

「じゃ、じゃあ、相場とやらの賭場も、天下のご禁制なんでやすか」

「相場はご禁制ではありません。ですが、相場に手を出して、家屋敷を失い、一文なしになる人はおります。それは、賭場に似ています」

「するってえと、津志麻屋の知左衛門は、大儲けしたり、一文なしになったりしているんでやすね」

「知左衛門は、客からできるだけ多くの金を集め、為替手形相場につぎこむ仕切り役です。仕きり役は、相場をやるたびに客が投じた額の割合に応じて手間代をとりますから、相場に失敗して客が損をこうむっても、客がいる限り必ず儲かるのです」

ふう、と周助はため息をついた。

「銭屋の主人は、津志麻屋の手代に口説かれ、知左衛門に金を預け、それで大きく儲けたときもあったが、そのあとに、儲けた以上に損を出したので、今はやめたそうです。相場で損をした人の中には、津志麻屋の高利の金を借り、さらに相場につぎこんで何もかも失い、夜逃げ同然に松戸から去った商人もいました」

市兵衛は、金次郎へ向きなおった。

「十数年ほど前から、知左衛門は、松戸の文蔵の腕と度胸を買って、文蔵の後ろ盾になってきた。知左衛門の後ろ盾があったからこそ、文蔵は松戸宿の貸元になれたと、その銭屋の主人に聞いたのです」

「知左衛門に限らず、文蔵に松戸の旦那衆が後ろ盾になっているとは、前から知られていることでやす。新参の貸元にすぎねえ文蔵が、ご陣屋より十手を持つことを許されたのも、旦那衆の働きかけがご陣屋にあったからだそうでやす」

金次郎が言った。

「知左衛門が根廻しをしたからだと、銭屋の主人は言っておりました。十手持ちになった文蔵は松戸宿から近在へ、かなり荒っぽい強引な手口で、縄張りをたちまち広げていったそうですね」

「それはもう、文蔵の手口についちゃあ、葛東ばかりか、葛西の貸元の間でも、ずっと前から評判でやした」

「知左衛門にとって、為替手形の相場に手を出す客は多ければ多いほど、つぎこむ元手が多ければ多いほど、手間代は増え儲かるのです」

市兵衛は、そこでまた束の間をおいた。

「のみならず、葛東の百姓衆の中に、津志麻屋に田畑を形にとられたという者が、相当いるらしいのです。百姓衆が知左衛門に誘われ為替手形などの相場に手を出し、大きな損失をこうむると、それをとり戻すために、今度は高利貸しの津志麻屋から金を借りて、さらに相場につぎこむのです。結果は、またしても損失をこうむり、借金をかえすことができなくなり、田畑を形に津志麻屋にとられて仕舞う。そういう百姓衆がです」

「田畑を借金の形に？　田畑を形にとられたら、百姓は、百姓ができなくなっちまうんじゃあ……」

「いえ、そうはならないのです。田畑を形にとられた百姓衆は、これまでどおりその田畑を耕し、収穫の中からお上への年貢と、津志麻屋への年貢を、二重に納めることになるだけなのです」

「そんなことをしたら、百姓は干上がっちまう。ひでえじゃありやせんか」

と、周助が勢いこんで言った。

「ですが、そういう百姓衆が多くなればなるほど、津志麻屋は儲けが増える。田畑を形にとっている限り、津志麻屋には、年貢が入り続けるのです。それはすなわち、相場で損失をこうむれば、反対に津志麻屋はいっそう儲かる、という仕組みです。知左衛門の狙いは、そこにこそあると、思われます」

金次郎と周助は、まだよく呑みこめないというふうに首をかしげた。

「ここへくる前、新宿の下肥売捌人の時右衛門という世話人と会って、そういう噂を聞いていないかと訊ねてきました。すると、噂ではなく、松戸宿の津志麻屋の手代から、以前に誘いがあったそうです。つまり、使わずに金蔵に眠っている金を津志麻屋の知左衛門に預け、為替手形相場で存分に働かせ、二倍三倍にふくらませてみませんか、とです」

「そうなんでやすか」

「時右衛門さんは、身を粉にして働き、ありがたくいただいた稼ぎを、そんな埒もない金儲けに使う気はないと、相手にしなかった。どうやら知左衛門は、以前から葛西の百姓衆や在郷の商人らを客にとりこもうと働きかけていたようですが、時右衛門さんが仰るには、葛西の百姓衆や在郷の商人は、地道に働いて稼ぐ手段しかまっとうな稼ぎとは思っておらず、知左衛門の誘いは上手くいかなかったようなのです」

「もっともだ。あっしの知る限り、葛西の百姓衆は昔気質《かたぎ》で頑固なくらい真っすぐな者ばかりでやす。ここら辺の名主さまも、てめえの稼ぎをてめえの思うように使うのは勝手でも、身のほどをわきまえねばならねえ、収穫した米を質入れするような羽目に陥れば、泣くのはてめえひとりじゃねえ、女房子供も泣かせることになると、稼ぐにしろ使うにしろ、埒もねえふる舞いはひどく嫌っておられやした」

「吉三郎親分も、そうだった。やくざは、堅気のお陰で渡世ができていることを忘れてはならない。堅気に迷惑をかけるような乱暴な事をしてはならない。苦しんでいる人、困っている人、弱って助けを求める人がいたら、何があっても手を差しのべろ。それが任侠だと。そうですね、周助さん」

周助は、こくり、と頷いた。

「吉三郎親分は、あっしみてえな半端なやくざじゃねえ。任侠に厚い親分だった。名主さまも吉三郎親分ならと、吉三郎親分の後ろ盾になってくださったんだ。文蔵なんて、小金の破落戸が貸元になっただけじゃねえか。あんなやつ、吉三郎親分と比べものにならねえ。そうだよな、とっつあん」

金次郎は、ふむ、とうめいた。

「わたしの推量を申しますと、知左衛門は、任侠の志に厚い吉三郎親分が、小岩、西利根、柴又を縄張りにしていることが邪魔だったのです」

と、市兵衛は言った。

「津志麻屋の知左衛門の意向、目《もく》ろみに沿って、数年前から、文蔵は吉三郎親分の縄張りを狙い始めたのです。施物の代銭を廻る蒲寺と、蒲寺の普化僧の出入りを禁じた吉三郎親分の仲裁を口実にして、文蔵は吉三郎親分の縄張りに手をのばした。ただしそれは、文蔵の狙いというより、貸元同士の縄張り争いに見せかけて、じつのところは知左衛門が文蔵を操《あやつ》っているのです」

「文蔵を操って？　どういうことでやす」

「知左衛門は、客を広げるために、実直な働き者の多い葛西の豊かな百姓衆や在郷の商人へ食指を動かした。知左衛門の意向を汲《く》み、文蔵が強引な手を使って葛西へ縄張りを広げても、やくざ同士の争いなら陣屋の役人は関知しない。文蔵は葛西へ縄張りを広げることができ、知左衛門は、思うままに誰にも邪魔されず、葛西の百姓衆を客に誘えるのです」

「名主さま方が、そういう事を許さねえはずでやす」

「そのために村の中でもめ事が起こったとしても、陣屋のお役人の手先を務める十手持ちの文蔵が間に入って、知左衛門の都合のいいように、事を収めるだけです。文蔵の縄張りになって仕舞えば、吉三郎親分はもういないのです。津志麻屋の手代らは、吉三郎親分のような一徹な親分に追い出されることなく、百姓衆を誘うことができるのです。そうして、田畑を形にとっていく……」

「しかしな……」

　金次郎は言いかけたが、唇を強く結んだ。

「知左衛門が葛西に手をのばす最初の足がかりが、小岩、西利根、柴又の、吉三郎親分の縄張りだった。文蔵がまず縄張りを力ずくで広げるはずでしたが、吉三郎親分に撥《は》ねかえされ、知左衛門の思わくどおりには事は運ばなかった。埒が開かなかったのです。ですから、吉三郎親分が闇討ちに遭い亡くなり、吉三郎親分の重しがとれて、一番喜んでいるのは、文蔵よりも知左衛門です」

「あ、姉御が、そうはさせねえ」

　周助が声を絞り出した。

「周助さんが、陣屋は文蔵の味方をしているみたいだと仰いましたね。陣屋がお高さんに十手を許さず、文蔵が十手の威光を笠《かさ》に着て、跡目を継いだお高一家の縄張りを潰せば、知左衛門の目ろみはやっと埒が開くのですから、わたしには、知左衛門の意向を汲んだ陣屋の思わくが働いているとしか思えません」

「すると、吉三郎親分を襲わせた蒲寺の巡景と文蔵の背後には、知左衛門とご陣屋のお役人がいて、操っているんだと、おっしゃるんでやすか」

「金次郎さん、周助さん。わたしの推量です。確かな証拠はありません。ただそういう者たちは、いつも言うのです。どういう手だてを使っても、成すべきことを成せばいい。ただ、そこで何が起ころうと、こちらはいっさいあずかり知らぬ……」

　市兵衛が言うと、金次郎の老いた目は、腹の底に仕舞いきれぬ思いがにじみ出たかのように、静かに赤く潤んだ。

そのとき、雨が店先の道に落ち始めた。茶店の屋根の上の樒の木が、さわさわ、と鳴り騒いだ。お種が店先に出していた長腰掛を、急いで土間の中に入れた。軒にたてかけた葭簀の間から見える葛西の田畑に、灰色の雨が静かに降っている。それを眺めていると、市兵衛の胸の鼓動のように、軒から垂れる雫《しずく》が、寂しい音をたて始めた。

第三章　出入り

一

金次郎と周助が雨の中を戻ると、主屋の様子が妙に騒がしかった。

軒下に駆けこみ、表の腰高障子を開けた途端、若い衆が内庭の勝手のほうの土間にたむろし、何やら声高に言い合っているのが見えた。

「よう、どうした。何かあったのかい」

周助が小走りに土間をかけ、若い衆に声をかけた。

あ、兄《あに》い。周助。周助兄い……

若い衆が次々に言いたて、あとから金次郎が戻ってきたのを見つけ、

「代貸、大変でやす」

と、ひとりが甲走った声を上げた。

「とっつあん、とうとうやりやしたぜ」

またひとりが、威勢よくが半分、すがるようにが半分で喚《わめ》いた。

「騒ぎたてるんじゃねえ。どうしたってんだい」

金次郎は、白髪の髷《まげ》を手拭でぬぐいつつ、おっとりと訊《き》いた。だが、勝手の土間にきて、「お？　どうした、何があった」と、声が険しくなった。

土間続きの台所の板敷に、若い衆が胡坐《あぐら》をかき、下働きの女が若い衆の頭に包帯を巻いていた。包帯に、薄《うっす》らと血がにじんだ。

「代貸、文蔵一家のやつらでやす。帝釈天さまの門前で、いきなり言いがかりをつけてきやがったんで」

別のひとりが言った。

「ほかに怪我人《けが》は、いるのかい」

「うちで怪我をしたのは、あっしひとりでやす」

包帯を巻かれている若い衆が、力なく言った。

「うちで？　文蔵の子分らに怪我人を出したのか」

若い衆はぶつぶつと声を落として互いに見合い、はっきりと言わなかった。

「はっきりしろ。だいぶ痛めつけたのかい」

周助の口調が厳しくなった。

「だって、仕方なかったんだよな。やつら、柴又村はもう文蔵の縄張りだからおめえらは出ていけと、言いやがったんですぜ」

「文蔵はお上の十手《じって》持ちだ。お上の御用で縄張りを見廻《みまわ》ってるんだ。おめえら、勝手にうろうろするんじゃねえって、向こうから喧嘩《けんか》売ってきやがったんだ」

金次郎と周助は、顔を見合わせた。

「巳吉は、どうした」

「若頭はお出かけでやす」

「そうか。姉御は？」

「代貸、姉御は奥でお待ちでやす。代貸が戻ってきたら、すぐにくるようにと仰《おつしや》っていやした」

「なんだ。それを先に言わねえか」

金次郎は、「周助、おめえもこい」と、台所へ上がって奥へ通った。

十二畳の部屋の、庭に面した腰障子ごしに細かい雨の音が聞こえていた。庭の糸瓜《へちま》棚が心細げにざわめき、軒の雨垂《あまだ》れの音がまじっていた。

部屋には、お高とお登茂、お由がいて、甲平《こうへい》と又一《またいち》という二人の若い衆が、瘦《や》せた肩をすぼめてお高と向き合っていた。

「姉御、遅くなりやした」

「金次郎、周助、二人ともお入り」

お高が言った。金次郎と周助が並んで、お高の片側の襖《ふすま》を背に坐《すわ》った。お登茂とお由が、反対側の腰障子を背に坐っている。

「文蔵の子分らと、喧嘩になっちまったそうでやすね」

金次郎は、うな垂れている甲平と又一を見やった。

二人はしかめ面をしているものの、悪びれているふうではなかった。

「それでね、金次郎。ついさっき、文蔵の子分らがうちにきてね。身内の者が瀕《ひん》死《し》の怪我を負わされた。明日、怪我を負わせた甲平と又一を小菅のご陣屋にしょっ引くから、今日中に二人を御用を務める文蔵に引きわたせ。今日中に引きわたさないなら、明日朝、一家の者を引き連れ、御用の廉《かど》でうちへ乗りこむと、言ってきたのさ」

「乗りこむ？　文蔵は、殴りこみをかけるつもりでやすか」

「姉御、ご迷惑はかけやせん。これから又一と文蔵のところへいって、こっちの言い分を、はっきりと言ってやりやす。向こうがどすを抜いて、先に斬りかかってきやがったんでやす。あっしらそれを防いだだけだ。仕方がなかったんだ」

「姉御、代貸、あっしらは言いつけを守って、やつらを、やりすごすつもりだったんでやす。ところが、やつらのほうから、ここで何をしていやがると、因縁をつけてきやがったんでさあ。まるで、てめえらの縄張りみてえな言い方をしやがって、我慢がならねえぜ」

「喧嘩になった事情を、初めからもう一度話してくれ」

周助が言った。甲平と又一が、帝釈天の門前で起こった喧嘩の始末を話すと、

「それで、相手の怪我はひでえのかい」

と、質《ただ》した。

「確かに血は出やしたが、瀕死の怪我とは思えねえ。腕を抱えて、てめえの足で逃げやしたし。なあ」

「そうだ。向こうが斬りかかってくるのを防いでいるうちに、こっちの刀がやつの肩にあたったんでやす。斬る気なんぞ、なかったんでやす」

「向こうの怪我人は、何人出た」

「ひとりでやす」

「わかった。どうやらこいつは、昨日の多吉と文五が因縁をつけられ、痛めつけられたのと、同じような具合でやすね。文蔵は、嫌がらせをして……」

「手打ちをしたから、逆に文蔵は、お上の御用の十手をちらつかせ、大手をふってうちの縄張りを、荒らしにきやがったんですぜ。やつら、甲平と又一をなぶりものにする腹だ。ご陣屋にしょっ引く気なんて、さらさらねえんだ」

周助が言い、お高は黙って頷《うなず》いた。

「嫌がらせをして、こっちから喧嘩を売ると、いつでも相手になってやるぜってわけかい。ずいぶんといやらしい手を、使いやがる。なるほど。これが松戸の文蔵の手口なんだな。ここで誘いに乗っていきりたっちゃあ、損をするのはこっちだ。甲平、又一、おめえらがいくにはおよばねえ。ご陣屋にしょっ引くってえのは、脅しだ。あとは、こっちでやる。いいから、さがって休め」

金次郎が、二人をさがらせた。

「姉御、あっしはこれから文蔵のところへいって、話をつけてきやす。これっぱかりの事で、幾らなんでも喧嘩にはなりやせん」

「金次郎、いってくれるかい」

「お任せを。とは言っても、怪我人の見舞いは出さにゃあ、なりますめえ」

金次郎は、お高から、お登茂、お由へ見廻した。

お登茂は怒りのために顔を赤らめ、お由は心配そうな顔つきをしていた。

金次郎は、二人をなだめるような笑みを浮かべたが、すぐ真顔に戻った。

「ただ、これは大《て》えした事じゃねえが、どうやら文蔵は、このあとも同じ手口で、うちの縄張りを荒らしにくると思いやす。おととい手打ちをしたばかりなのに、昨日今日と、文蔵のやり方は露骨でやす。見すごしておけやせん」

「そうだ、金次郎たちが出かけたあと、名主さまの使いが見えてね。蒲寺の用達《ようたし》役《やく》が、村の施物の代銭をまた始めるとり決めにきたそうだよ。名主さまは、やむを得ぬだろうということで、代銭のとり決めをなさったそうなのさ。おそらく、用達役は小岩村にも柴又村にもいっているだろう」

「蒲寺と文蔵の両方で、示し合わせたように、でやすね」

お高は、綺麗《きれい》な眉をひそめ、唇をきゅっと結んだ。

「明日、新宿《にいじゆく》の塚五郎親分を訪ね、昨日と今日の文蔵の嫌がらせの実情を話して、塚五郎親分から文蔵へ釘《くぎ》を刺してもらいやしょう」

「うん、そうだね。そうしよう」

「吉三郎親分が亡くなってから、文蔵の子分らがうちの縄張りでもめ事を起こし、それが元でいがみ合いになったんでやす。いがみ合いが続き、出入りにでもなったら堅気に迷惑をかける。そうならねえように、こっちが折れて手打ちにしたのに、文蔵は好《よしみ》を本気で結ぶ気はなかったらしい」

「金次郎、文蔵はうちの縄張りを乗っとろうとしているって噂《うわさ》は、本当なの？」

お由が、不安を隠さずに訊いた。

「そういう噂は前からありやすが、こんな粗雑な手口で、葛西の地へ簡単に縄張りを広げられやしやせん。葛西の親分衆だって、許しやせんよ。お嬢が気になさることはありやせん」

「万一、文蔵一家と出入りになったら、うちは勝てるの？　文蔵には、子分が五十人以上いるんでしょう」

「喧嘩は、頭数の多い方が勝つとは限らねえ。身体を張って喧嘩をする値打ちを持っているやつがどれだけいるかでやす。そんな値打ちを持たねえやつらを喧嘩場に幾らそろえたって、恐れるには足りやせん」

金次郎は、事もなげな様子で笑って見せた。

「とに角、あっしはすぐに出かけやす。姉御、戻ってきやしたら、ちょいとお知らせしてえ事がありやすんで……」

「わかった。あたしは、塚五郎親分に明日朝訪ねる旨の書状を送っておく。川魚会所の河岸場まで船でいくといい。雁平じいやに送らせる」

お高が言って、立ち上がった。

「とっつあん、あっしもいくぜ。とっつあんひとりじゃ、心配だ」

周助が、金次郎の身を案じた。

「いいんだ。おれがひとりでいく。怪我人の見舞いと、ちょいと話せば済む程度の話し合いにいくだけだ。大袈裟《おおげさ》に考えることはねえ。話し合いにいった者をどうこうするほど、文蔵もそこまで馬鹿じゃねえ」

けど、周助――と、金次郎は周助に耳打ちをした。

「唐木さんの話は、まだ姉御に伝えるんじゃねえぞ。戻ってきてから、落ちついたところで、おれが話す。今後どうするかも、話し合わなきゃならねえ」

「わかりやした。とっつあん、今後どうするって、どうするんでやす」

「むずかしい。まずは、証拠探しだ」

「証拠が見つかったら、文蔵と蒲寺の巡景を、ご陣屋に訴えるんでやすか」

「ご陣屋の波岡さまは、どこまで信用できるかな。おれは、いっそのこと、名主さまに間に入っていただいて、江戸のお代官さまに直《じか》に訴えるとかな……どっちにしろ、姉御の決めることだ」

「あっしは、姉御がやれって言ったら、やってやりやすぜ」

「何をやるんだ」

「何をって、吉三郎親分の仇の、文蔵と巡景を……」

ふん、と金次郎は笑った。

二

西利根村の河原から松戸の川魚会所の河岸場まで、小雨が音もなく川面に波紋を描く江戸川を、雁平が櫓《ろ》をにぎり、さかのぼった。

蓑笠《みのかさ》を着けた雁平が、「ここでお待ちしやす」と言うのを、船を雇ってひとりで戻ると、金次郎は雁平を帰らせた。

西利根村を出てから四半刻と少々がすぎたころ、金次郎は文蔵の店《たな》の土間にいた。金次郎は無腰である。匕首《あいくち》のひとつも呑《の》んでいなかった。

店は薄暗く、広い前土間は寒々として、人気《ひとけ》がなかった。

応対に出た男は、「お待ちを」と、ひと言無愛想に言ったきり、奥へ引っこんで、金次郎はだいぶ待たされた。茶の一杯も出ず、客扱いではなかった。何をしている——と、金次郎は少し苛《いら》つきを覚えた。

やがて、店の裏のほうより何人かの足音が近づいてきた。

やっときたか、と思ったときだった。金次郎の背後の腰高障子が音高く両開きになり、文蔵の子分らが表戸の外の軒下にぞろりと並んでいた。

「おう？」

と訝《いぶか》ったが、同時に、折れ曲りの土間伝いにも裏から着流しの男らが雪駄《せった》を鳴らしつつ、前土間へ近づいてきた。

男らの中には、腰に長どすを佩《お》びた者が見えた。

そこへ、引き違いの帯戸が勢いよく引かれ、大柄な文蔵が四、五人の男らを従え、土間続きの表の間に現われた。文蔵は、茶の帷子《かたびら》に上着を、袖を通さず肩にだらしなく着けていた。

帷子の割れた裾から、毛の濃い脛《すね》と素足がのぞいていた。せり出た腹の下へ巻いた帯に、十手が差してある。

金次郎は、文蔵へ辞宜《じぎ》をした。

「文蔵親分、先日は、ありがとうございやした」

「おお、金次郎、おめえがきたのかい。お高も、じじいを寄こしやがって。まあ、いいだろう。手打ちをしたのに、おめえんとこの縄張りが、妙に騒がしいな。お高は何をやっていやがる。お高じゃ、縄張りを仕きるのは荷が重えか」

「いいえ。姉御は、きっちりと小岩から西利根、柴又の縄張りを仕きっておられやす。文蔵親分のご心配にはおよびやせん。本日は、姉御のお指図でおうかがいい、いたしやした」

「ふん、お指図だと。笑わせるぜ。金次郎、女らの子守も大変だな」

「なあに、お高さんがしっかり者で、あっしみてえな老いぼれに出る幕はなく、若い衆から早く隠居をしろと勧められておりやすが、やくざは死ぬまで、やくざな生き方しかできやせん」

文蔵は、立ったまま土間の金次郎を見おろしている。

「そうかい。じゃあ、おめえが、甲平と又一とかいう三下を、しょっ引いてきたんだな。お上の御用に盾《たて》を突いた野郎だ。どこにいる、そいつらは……」

「文蔵親分、まずはこれを、怪我をなさったお身内の、お見舞いでございやす。お収め願えやす」

金次郎は、白紙にくるんだ見舞いを表の間の上がり端においた。

「なんだ、これは。見舞いだと。なんの真似《まね》だい」

「文蔵親分もご承知のとおり、こちらのお身内とうちの若い衆が、今日の昼前、帝釈天さまの門前で、少々もめ事を起こしたようでございやす。うちの若い衆がひとり怪我をし、またこちらのお身内もおひと方、疵《きず》を負われたと聞いておりやす。そこで、疵を負われた男衆への、お見舞いでございやす」

「おう、そうかい。そいつは気を使わせたな。野郎は深手を負い、生きるか死ぬかの瀬戸際だが、渡《わた》しといてやるぜ。おう」

文蔵は子分のひとりへ、顎で指図した。子分が、上がり端においた白紙の包みをぞんざいにとると、文蔵は、ふん、と鼻を鳴らし、

「でだ、金次郎。甲平と又一はどこでえ」

と、どす声を金次郎へ投げつけた。

「でございやすので、見舞いはお高一家の志でございやす。お高一家の志を快くお収めいただき、ありがとうさんでござんす。これで何とぞ、双方遺恨を留《とど》めずということに願いやす」

「冗談じゃねえぜ。何勘違いしていやがる。ええ？　お高一家がうちの者に見舞いをしようが、志がどうたらこうたらしようが、それはそっちの勝手だ。見舞い

を寄こせと、言った覚えはねえぜ。好きにしな。いいか、おれが言ってるのは、遺恨の話じゃねえんだ。お上の御用だ。おめえんとこの三下の甲平と又一を差し出せと、そう言ったはずだぜ。なあ、おめえら、そう言ったんだな」

文蔵はわざとらしく、子分らを見廻し、子分らは「へえ」と、金次郎を睨《にら》んだまま声を響かせた。文蔵は、腰の十手を引き抜き、「ほら、十手だ。十手の御用だと言ってるんだ」と、金次郎へふって見せた。

「喧嘩は両成敗、お互いさまでございやす。どっちがいいか悪いかを言い張っても埒《らち》があきやせん。多少の落ち度はお互いに目をつぶり、落としどころを見つけて折り合うのが、やくざ渡世の筋のつけ方じゃあございやせんか。おととい、新宿の塚五郎親分を中人《ちゅうにん》に立っていただき、手打ちにいたしやした。お高一家と文蔵一家の縄張りはこれまでどおりと、お立ち会いの親分方に了承していただいておりやす。何とぞこの一件は、これまでに願《ねげ》えやす」

「まったく、わからねえじじいだぜ。金次郎、縄張りの話やら手打ちの話をしてるんじゃねえ。御用があるから、甲平と又一を差し出せと、何度言わせりゃあ気が済むんだ。おれはな、ご陣屋の波岡さまより十手を持つことが許された身だ。この十手は飾りじゃねえ。お役人さま方の目の届かねえところで悪事を働き、堅気の暮らしを脅かす輩《やから》をとり締まるための、御用の道具なんだ」

いいか、おいぼれ——と、文蔵は上がり端まで近寄り、金次郎を睨みつけた。

「お高の女《あま》っ子に、十手は無理だ。代わりに、お高の縄張りで悪さをするやつらをおれがとり締まって、お高を助けてやれと、波岡さまのありがてえご配慮なんだ。おめえもあの場にいたじゃねえか。だからうちの者が、お高の縄張りをわざわざ見廻ってやっているんだ。もしもだ、うちの者が悪さをしたら、そのときはうちの者をとり締まることになる。当然だ。筋が通っているだろう」

「お高さんが折れたのは、筋が通っているからじゃなく、これ以上いがみ合いを続けたくなかったからでやす。紙に認《したた》め証文を交わさずとも、任俠《にんきょう》に生きる者の言葉に嘘《うそ》はねえと、信じていらっしゃるからなんでやす」

「任俠だと？　吉三郎の娘らしいぜ。金次郎、おめえんとこに、近ごろ、妙な浪人者が出入りしているらしいな。腕っ節が、馬鹿に強いそうじゃねえか。助っ人を雇ったかい。なんのための助っ人だ。どっかの貸元に殴りこみをかける腹かい。妙なことをしやがったら、お上の十手が物を言うぜ」

「文蔵親分、いい加減にしてくだせえ。あのお侍さんは、人を尋ねてうちへこられただけでやす。十手の威光を笠に着て、何やかやと言いがかりをつけ、嫌がらせをなさるのは、お門違いだ。それが葛飾一の貸元のなさることでやすか」

「言いがかりだと？　鬱陶《うっとう》しい、じじいだぜ」

文蔵の目が、真っ赤になった。金次郎は、目をそむけた。すると文蔵は、

「てめえっ」

と、金次郎の白髪まじりの頭へ、いきなり鍛鉄《たんてつ》の十手を叩《たた》き落とした。

「わあっ」

金次郎は叫んだ。

苦痛に顔を歪《ゆが》め、一歩二歩とよろめいて堪《こら》えたが、月代《さかやき》が割れ、つう、と血が額へ流れ落ちた。頭を抱えた両掌が、たちまち血まみれになった。

金次郎は、片膝をついた。

表戸の外にいた男らが前土間へ入ってきて、「くたばりぞこないが」と、金次郎を前土間へ蹴り倒した。男らは、表戸の腰高障子を、たん、と閉めた。中のひとりが、尻餅をついた金次郎の前へ、長どすを抜いて進み出た。

肩口へ、「そりゃあ」と、浴びせた。

金次郎は、身体をよじった。うなり声を上げ、ゆっくりと横転した。それでも、震える手で土をかき、わずかに土間を這《は》った。

「巳吉、おめえが止《とど》めを刺してやれ」

と、文蔵の声が聞こえた。「へい」と声が応じた。お高一家の若頭の巳吉が、男たちの後ろから進み出てくるのが見えた。巳吉は長どすを抜いた。

「くそ。巳吉、てめえ、そうだったのか」

金次郎は、巳吉を見上げて言った。

「今わかったかい。お高ごときの女っ子に指図されるのは、ご免こうむるぜ」

「ここそと、文蔵と通じていやがったのか。それでも男か」

「お高はもう終わりだ。共倒れはまっぴらさ。とっつあん、情けだ。楽にさせてやるぜ」

「情けだと？　年寄り思いじゃねえか。おめえも早くこい。待ってるぜ」

金次郎は、かすむ目で巳吉を睨んだ。

三

夕六ツがすぎて、雨は強くなっていた。

金次郎の亡骸《なきがら》は、内庭の土間の戸板に寝かされ、荒筵《あらむしろ》がかぶせられていた。

若い衆が周りを囲み、すすり泣きや咽《むせ》び声を上げていた。使用人の女らと雁平も、若い衆の後ろにいて、女らは忍び泣き、雁平は顔をくしゃくしゃにしていた。

頭に包帯を巻いた多吉もまじって、声を放って泣いている。

亡骸の傍らにお登茂とお由がいて、お由はお登茂の肩に顔を埋めて咽び、お登茂は止めどなく涙をこぼしていた。

誰もが、なすすべなく佇《たたず》んでいた。信じられない、とんでもない事が起こった。そして、これからもっと、とんでもない事が起こりそうな予感に、誰もがただ戸惑うばかりだった。

暗くなった庭先に、雨の中を駆けてくる足音が起こった。

一同が顔を向けると、腰高障子が引かれ、雨に濡《ぬ》れたお高が、内庭へ走りこんできた。続いて周助と、名主のところへいっていたお高と周助を呼びにいった文五が、飛びこんだ。

「金次郎っ」

若い衆らが左右に開いた中の、荒筵をかぶせられた骸《むくろ》へ、お高は叫んだ。

しかし、お高は足が震えて動けなかった。

姉さん、姉御、姉御……

お登茂と若い衆らが、お高へすがるような声をかけた。お高はすぐに気をとりなおし、金次郎の骸のそばへ進んだ。

「姉さん、きんじろうが、金次郎が……」

お由がお登茂の肩から顔を上げ、お高へ言ったが、あとの言葉は途絶えた。

「なんで、こんな事に。なんでなんだい」

「文蔵の子分がきてね。お上の御用に刃向かって暴れ出し、やむを得ず金次郎を斬った、河原まで亡骸を運んできたから、とりにこいって」

と、それはお登茂が言った。

「刃向かって、暴れ出した？　金次郎は素手だったはずだよ」

「子分らは、それだけしか言わず、文句があるなら、ご陣屋に訴えろって……」

「それから姉御、若頭の巳吉兄いが、やつらの中に、お、おりやした。巳吉兄いは、親分はもういねえ、姉御に義理はねえと、言っておりやした」

若い衆のひとりが、言い足した。別の誰かが、「畜生」と、吐き捨てた。

「そうかい」

何かを堪えるかのように、お高はそれしかこたえなかった。

お高は金次郎の傍らへ両膝をついた。荒筵を、はらりとめくった。

暗がりの中に、金次郎の顔があった。

「誰か、明かりを持ってきておくれ」

お高は顔を上げて、周りを見廻した。

雁平が台所の行灯《あんどん》を、素早く運んできた。

金次郎の土色の死に顔を、行灯の明かりがくっきりと照らした。

頭が割られ、額から頰、顎へと幾筋も垂れた黒ずんだ血はむごたらしいが、なぜか、皺《しわ》だらけの瞼《まぶた》に閉じられた目は、目を細めて笑っているように見えた。

疵は肩口を抉《えぐ》り、止めになったと思われる心の臓あたりを貫いた周りが、大きな血の色に染まっていた。

周助が亡骸の足下で、がくりと両膝を落とし、「とっつあん」とうめいた。

「金次郎……」

お高は、はらはらと涙をこぼした。血で汚れるのもかまわず、金次郎の上体を抱き起こし、力をこめて抱きすくめた。

「許しておくれ。おまえに甘えて、無理な事、つらい事ばかりを押しつけて、とうとうこんな目に遭わせてしまった。恐《こわ》かっただろうね。苦しかっただろうね。

痛かっただろうね。あたしがいかなきゃ、いけなかった。おまえがあたしの身代わりになってくれたんだね。おまえがあたしを、守ってくれたんだね」

お高は、涙ながらに声を絞り出した。お登茂とお由も、涙を新たにした。

三人の姉妹は、三月《みつき》前に父親を亡くし、まだ心の疵も癒《い》えていなかった。父親の跡目を継いだお高と、妹たちを支えたのは、物心ついたときから父親の下で一家の代貸を務めてきた金次郎だった。

金次郎は三人姉妹にとって、頼りになる伯父《おじ》のように思えていた。金次郎の周りには、いつもやわらかな温《ぬく》もりがあった。金次郎がいると、ほっとした。

お高は、まだまだ金次郎の助けを借りねばならなかった。自分にもやれると思っていられた。それが、大黒柱の父親を失ってわずか三月がたって、頼りにしていた金次郎まで失った。

お高は、耐え難い悲しみと嵐の前の不安に打ちひしがれた。

金次郎はいなくなった。お登茂とお由を守り、お父っつあんの跡目を継いだ一家を支えるために、これからあたしは何を頼りにすればいいのだろう。あたしに何ができるのだろう……

お高は途方にくれた。そのとき、金次郎の足下にうずくまっていた周助が、

「おれが一緒に、いきゃあ、こんな事にならなかった。止められても、いきゃあよかったんだ」

と、自分が許せぬかのように土間を打った。やがて、周助は顔を上げて涙をぬぐった。そして、

「姉御、金次郎のとっつあんに代わって、言わせていただきやす。とっつあんが、文蔵のところから戻って、今夜、姉御にお話しするはずでやした」

と、言った。周助はお高を見つめたが、お高は金次郎を抱きすくめ、見向きもしなかった。かまわず、周助は続けた。

「今日の昼間、とっつあんとあっしは、小岩道のお種さんの茶店で、唐木市兵衛さんと会いやした。唐木さんが話してえと、とっつあんに手紙を寄こしたんでやす。とっつあんから、姉御に伝えてほしい大事な話だそうでやした。唐木さんは、人から聞いた話で確かな証拠があっての事じゃねえ、だから、姉御にどう伝えるかは、姉御をよく知るとっつあんにお願えしてえと、お考えでやした」

「金次郎とおまえが、お種さんの茶店で、唐木市兵衛さんと会ったんだね」

お登茂が、語気を強めて言った。周助は大きく頷いた。

「唐木さんは、何を話したんだい。何を姉さんに、伝えてほしかったんだい」

「吉三郎親分を江戸川の土手で襲ったのは、蒲寺の看主の巡景が、松戸の破落戸《ごろつき》を雇ってやらせたんでやす。破落戸を巡景に引き合わせたのは、文蔵でやす。文蔵と巡景は手を結び、文蔵は吉三郎親分の、小岩、西利根、柴又の縄張りを奪うため、巡景は、施物の代銭目あてに、邪魔な吉三郎親分を亡き者に……」

幾つものため息が、周助の周りに湧いた。

「証拠はありやせん。だが、あっしは唐木さんの話は間違いねえと思いやした。とっつあんも、そう思っていやした」

「周助、初めから話しておくれ」

お登茂に促され、周助はまた大きく頷いた。

日はとっぷりと暮れ、強く降りしきる雨が、庭の糸瓜棚を騒がせていた。勝手の竈《かまど》で焚く薪《まき》が、小さくはじけた。雨垂れが、しきりに落ちている。

雨のせいか虫の声はなく、静かな秋の宵が更けていった。

周助が話し終えても、やはり、というような溜息《ためいき》が出るほか、しばらくは誰も声を上げなかった。しかし、

「くそ、許せねえ」

と、口をきったのは、頭に包帯を巻いた多吉だった。

「ひとでなしだ」

小僧の文五が応じた。

「これから、文蔵の店へ殴りこみだ」

「おお、やってやろうぜ」

「巳吉の野郎も、許せねえぜ」

若い衆らが口々に喚き、内庭はどよめきに包まれた。

「姉御っ」

誰かが、お高へ呼びかけた。

しかしお高は、抱きすくめていた亡骸を板戸へ静かに横たえ、荒筵を戻した。掌《てのひら》を合わせ、ゆっくりとしたときをかけて冥福《めいふく》を祈った。それから、長い指先で頰の涙をすっすっとぬぐうと、やおら、立ち上がった。

みながお高の言葉を待っていた。

「姉さん……」

お登茂が言い、お由はじっとお高を見つめた。

そのとき、お高の足下に黒猫が近づいて、骸を覆った荒筵を嗅ぎ廻った。

みんな、聞いておくれ――と、お高が言った。

黒猫は、ふん？　というふうに小さな頭を持ち上げた。

「今夜は金次郎の通夜《つや》だよ。金次郎は身内がいない。あたしらだけが身内の者だ。明日は、あたしら身内の者だけで、金次郎の葬儀を執《と》り行なうことにする。雁平、文五、二人はこのあと、正心寺《しょうしんじ》へいって金次郎の通夜と葬儀の手配をしてきてくれるかい」

「心得やした」

雁平と文五がこたえた。

「葬儀を昼すぎまでに済ましたら……」

そこでお高は、みなを見廻した。

「みな、ただちに出入りの支度にかかれ。相手は、松戸の白葱の文蔵。文蔵と決着をつけるときがきた。売られた喧嘩を、買ってやろう。吉三郎親分と金次郎の、弔い合戦さ」

と、事もなげに言ったのだった。

弔い合戦のひと言で、若い衆らはいっせいに、「おおっ」と喚声をとどろかせた。

「殴りこみを、かけやすか」

「いや。時と場所を決めて、正々堂々と渡り合う」

「まともにぶつかるんでやすか。向こうはこっちの三倍近い人数ですぜ」

「文蔵はずる賢く、卑劣なひとでなしだ。そんな任侠の風上におけない男に、卑《ひ》怯《きょう》な真似はしない。いいね」

「承知だ」

「時は明日夜、五ツ（午後八時頃）。場所は下矢切村の河原。甲平、又一、果たし状を書く。喧嘩支度をして文蔵のところへいき、この出入り、承知かどうか返事を訊いておいで」

「心得やした」

「それから、新宿の塚五郎親分を始め、手打ちの中人、立会人の親分衆に、よんどころなくこうするしか任侠の筋がたたない事情を、書状で知らせる。みなで手わけして今夜中に届けるんだ。周助、おまえが頭だ。出入りの手はずは、おまえが整《ととの》えておくれ。みないいね」

「ええい、ええい……」

気を昂《たか》ぶらせた若い衆の声が、繰りかえし湧き上がった。

勝手の土間続きの台所の間に、青が胡坐をかいていた。片膝を立てた膝頭に手をだらりと乗せ、勝手の竈で薪が燃えるのを、ぼんやりと眺めていた。

お高と若い衆のやりとりや湧き上がる声が、台所に聞こえていた。

黒猫が、若い衆の足下をすり抜けて勝手の土間に戻り、台所の青を見つけると、土間から板敷へ身軽に飛び上がった。そして、青の膝へ乗った。

下働きの女がいつの間にかそこに坐っている青に気づき、「おや」というふうな目を向けたが、青は竈の火をじっと見つめていた。

四半刻後、お高とお登茂が近在の親分衆へ宛てた書状を認《したた》めていたとき、雁平が寺から戻ってきた。お由は若い衆らを指図して、通夜の支度にかかっている。

「姉御、ただ今戻りやした。今夜の読経と明日の葬式の手配を、頼んできやした」

「そうかい。ご苦労さん」

雁平はひと通り段どりを語ってから、「それから、姉御……」と言った。

「なんだい」

お高は筆を止めずに訊いた。

「うちの前まで戻ってきやしたら、お青さんといき合いやした。編笠《あみがさ》に蓑《みの》をまとっていやしたが、明かりは持たずに。どちらへと訊《たず》ねても、何も言わずこの雨の中をいってしまいやした。言葉がわからなかったのかも、しれやせんが」

「姉さん……」

お登茂が、お高に言った。

「仕方ないよ。お青さんだって、わかったんだよ。うちを出る潮どきだって。いいんだよ、じいや。お由が通夜の支度をしているので、手伝ってやって」

「承知いたしやした」

雁平が退《さ》がると、お高とお登茂は書きかけの書状に戻った。

四

市兵衛は、新宿の旅籠《はたご》《増田》の二階の部屋で、一灯の行灯の明かりを頼りに本紙に筆をすべらせていた。江戸の三宅庄九郎へ宛て、蒲寺の普化僧・墨田久弥より聞かされた、三宅辰助が落命した顚末《てんまつ》を知らせる書状だった。

明日朝、江戸へ飛脚を頼んだのち、今一度、蒲寺へ出かけるつもりだった。

事がむずかしくなり、市兵衛の手に負えないかもしれなかった。

と言って、このまま事情の真偽を確かめずに江戸に戻って報告するだけでは、三宅庄九郎を落胆させるに違いなかった。

昼から降り始めた雨が、夕方になって強くなっていた。夜が更けて五ツを廻る刻限になっても、雨は降り止まなかった。

旅籠の屋根に降りしきる雨のざわめきが、夜の静寂を破っていた。

市兵衛は、筆を止め、窓にたてた板戸へ目を遊ばせた。ふと、このまま江戸に戻ったら、弥陀ノ介も落胆させるに違いないと思えた。

雨の音にまじって、廊下に足音がした。「お客さん、失礼しやす」と、腰障子が開き、旅籠の女が顔をのぞかせた。

「風呂がそろそろ仕舞いになりやす。お入りになりやすなら、どうぞ。お客さんが最後でやすから、ゆっくり入れやす」

「そうか。なら、浴びるとしよう。すぐにいく」

書きかけの手紙をおき、矢立に筆を仕舞った。

宿の風呂は、往来に面した旅籠の背戸を出て、踏み石が五つ六つ並んだ離れに、板葺《いたぶき》屋根の風呂小屋が建てられている。

刀を内証に預け、宿の蛇の目を差して踏み石を越え、風呂小屋の庇《ひさし》の下に入った。

強い雨が周りの泥を跳ね、五、六歩の間に浴衣《ゆかた》の裾を捲《まく》った素足を汚した。

蛇の目と履物を、小屋の庇の下に残し、踏み台の上の片開きの木戸を開き、竹《たけ》簀《す》の床に上がった。

板屋根は、真っすぐに立つと、頭がつかえるほど低い。板屋根の梁《はり》に、金具の網で囲った燭台《しょくだい》が吊《つ》るしてある。燭台の朦朧《もうろう》とした明かりが、薄い湯気を映していた。

竹の箍《たが》を締めた五右衛門風呂で、二、三人が一緒に入れる大きさだが、その刻限、風呂小屋は市兵衛がひとりだった。

浴衣と下帯をとって入り口わきに重ね、手拭を総髪に一文字髷の頭へ乗せた。手桶《ておけ》でかけ湯をし、底板を踏み沈めて浴槽に浸《つ》かった。

湯は十分に熱く、汚れてはいなかった。東側に小さな湯気抜きの窓があり、明るいうちは溜井堀が見下ろせる生木の格子の外を、今は漆黒の闇と雨が閉ざしていた。雨は板屋根を賑《にぎ》やかに鳴らしている。

ふう、と溜息が出た。

とそこへ、ぴたぴた、と踏み石が鳴った。

片開きの木戸が勢いよく開き、太縞《ふとじま》の帷子を着流した男が飛びこんできた。

「おおっと。こりゃどうも」

男は、市兵衛にかけ声をかけた。のびた月代を額にまで垂らし、着物の下の肩の肉が盛り上がっているのがわかる大男だった。

雨の中を駆けてきたらしく、帷子も月代の髪も、ぐっしょりと濡れていた。

「はあ、よく降りやがる」

男は、天井の低い小屋の中で背中を不自由そうに丸め、濡れた顔を団扇《うちわ》のような大きな手でぬぐった。そして、浴槽に浸かっている市兵衛に笑いかけた。まばらな黄色い歯が見えた。

「ありがってえ、間に合った」

濡れた帷子の帯を解き始めた男へ、市兵衛は会釈をかえした。

「ずい分、濡れましたね」

「ちょいとこっちで遊んでたんでやすがね。今日はまったくだめだ」

と、壺《つぼ》をふる仕種《しぐさ》をして見せた。

「すっぱりときり上げて、こんな日はひとっ風呂浴びて寝ちまおうと、雨の中を走って帰ってきたんでさあ。お侍さんがおひとりだって、聞いたもんでね。ご一緒させてもらいやすぜ」

「どうぞ。あなたが入ると、湯があふれそうだ」

「はは……形《なり》ばかりがでかくて、役たたずなもんで」

帷子を脱いだ男の肌は赤銅色に輝き、しかも分厚い背中に、鯉《こい》の滝登りの彫物があった。太い首筋や腕の隆々と盛り上がった肉が、鋼鉄の鎧《よろい》のように艶《つや》やかに光っていた。

もうひとり、開き戸の隙間に人影が、ちら、ちら、と蠢《うごめ》いているのが見えた。

「へえ、すいやせんね」

ごつい手の中で玩具に見えるほどの手桶で、男はかけ湯を始めた。

ざざっ、と湯の飛沫《しぶき》が市兵衛に飛び散った。

「もうおひと方、外にいらっしゃるようですね」

市兵衛は、男から開き戸のほうへ目を向けた。

「へえ。あいつは、見張りなんでやす。邪魔が入らねえようによっ」

男の言葉つきが、不意に変わった。

刹那《せつな》、市兵衛は身体を湯の中へ沈めた。

男のつかんだ手桶が、市兵衛が咄嗟《とっさ》に躱《かわ》した浴槽の縁に叩きつけられた。手桶は箍がはずれてくだけ散った。素早く追いかけてきた太い両手が、湯の中に沈んだ市兵衛の頭を押さえ、口と鼻を覆った。

「ゆっくり浸かれ」

湯の外で男が言った。笑った大きな口の中に、まばらな歯が見えた。手首をつかんだが、石のように固く太かった。

ぐい、とさらに下へ沈められた。

「どうだい」

外の男の声が訊いた。

「もう終わる。ちょろいもんだ」

男が、木戸のほうへ顔をひねってこたえた。男の頭の上に、梁に吊るした燭台の小さな灯が、ちらと差した。

そのとき市兵衛は、自ら身体を逆様になるほど、浴槽の底へ一気に沈めた。うなじと頭が底板に着き、足と腰を折り畳んだ半身が、湯の中で自由になった。

男は顔を戻し、市兵衛が湯の中で逆様になったのを笑った。

「だはは、瘦せっぽちがいい物を持っていやがるぜ」

その瞬間、湯の中からのび上がった両脚が撓《しな》り、男の骨張った顎を、くだくような音をたてて突き上げた。

男は、ぶふっ、と息を噴き上げた。首が真後ろへ折れ、大きく一歩を退いた。堪えきれずに、二歩目で小屋の板壁に折れ曲った頭と背中が衝突した。板壁にひびが走り、男は壁に凭《もた》れた恰好《かっこう》で、ずるずるどしん、と床へすべり落ちた。男の重みで小屋が音をたててゆれた。

市兵衛は湯の底で回転し、浴槽の外へ転がり出た。

「丸鉄、どうした」

片開きの木戸を開けた外の男と、竹簀に片膝立った市兵衛の目が合った。

この男・京太は、中背の痩せた身体つきだったが、険しく獰猛《どうもう》な目を光らせた。懐に呑んだ匕首を抜き放ち、慣れた手つきでかまえた。

「かあ、くたばれっ」

竹簀の床へ躍り上がり、市兵衛の顔面を狙った匕首が、ひゅん、と湯気を巻いた。

咄嗟に、湯面に浮かんだ底板をとり上げ、かろうじて顔面を防いだ。匕首の一撃が底板に、かつん、と咬《か》んだ。すぐ様、底板を盾に京太の身体へ突進した。

「だあ……」

雄叫《おたけ》びを上げた。

「あたたたっ」

と、底板ごとの突進が京太を押しかえし、京太の身体は、片開きの木戸を突き破って、降りしきる雨と泥の中へ突き転がされた。

ふりかえった瞬間、市兵衛の背後に丸鉄が迫っていた。

丸鉄の腕が大槌《おおづち》のようにうなり、かざした底板を一撃で打ちくだいた。

くだかれた破片を飛び散らしながら、うなる拳が、頭を伏せた市兵衛の一文字髷をざんばらにした。

しかし、反対の拳の二打目がきた一瞬、市兵衛は肩から丸鉄の懐へ飛びこんで、二打目をかろうじて躱《かわ》した。

大きな腹へ体あたりを喰らわし、どすん、とぶつかってごつい胴を抱えた。

丸鉄は身体を折り曲げ、腹の衝撃を受け止める。丸鉄と市兵衛の踏ん張った足の下で、床の竹簀が、ぎしぎし、と悲鳴を上げた。

「ぬしゃあっ」

丸鉄は、腹に喰らいついた市兵衛の背中へ、どんどん、と両の拳を叩きこんだ。打撃を受けて、跪《ひざまず》きそうになるまで両膝を折った。

そこで市兵衛は喚声を発した。

「うやあ」

沈みかけた身体を、丸鉄の胴を抱えたまま、持ち上げにかかったのだ。

丸鉄の腹を肩に乗せ、両足を踏ん張ると、竹簀の床を軋ませていた丸鉄の足が、ふわり、と浮いた。

「なんだ？」

「たあ」

雄叫びを発し、丸鉄の巨体をさらに持ち上げた。丸鉄の頭が小屋の板屋根にぶつかり、足をばたつかせた。

そこから市兵衛は、ひねりをつけて身体を弓のように反《そ》らせ、浮かせた丸鉄の巨体を、五右衛門風呂の浴槽へ頭から、ざん、と投げ落とした。

あふれた湯が風呂小屋の外まで、ざざざ、と流れ出る。

「おまえは、小さいぞ」

言った次の一瞬。

「せえい」

奇声を発しながら、京太が再び小屋へ飛びこんできた。市兵衛の顔面へ、匕首を打ち落としてくる。それを、刃が顔面を舐《な》める紙一重のところで、京太の肘に肘を十字に交差させ、ぴた、と受け止める。

匕首の一撃を止められ、京太は左の拳をふるう。

それを一方の手で、素早く払い上げつつ、交差させた肘を京太の腕へからみつくようにすべらせ、巻きとった。

匕首をにぎった手首を腋《わき》の下に挟みこみ、巻きとった腕を骨が軋むほどひねり上げた。京太は悲鳴を上げ、身体をよじらせた。

そこをすかさず、さらけ出した喉首をつかみ、足を大きく払うと、払われた足が屋根を蹴りそうなほど持ち上がって、京太は背中から竹簀の床に叩きつけられた。

ばきんっ、と竹簀が音をたて、京太の身体がめりこんだ。

間髪容《かんはつい》れず、匕首をにぎったままの宙を泳ぐ手を蹴った。手から蹴り飛ばされた匕首が、風呂小屋の板壁に突き刺さる。

顔面を踏みつぶすと、京太は「ぐえ」とうめき、四肢を震わせた。

その途端、背後から太い腕が市兵衛の首にがしりと巻きついた。怪力で喉首を締めつけ、首をへし折ろうとするかのように左右にふりながら吊り上げた。

市兵衛の足が浮き、たちまち息ができなくなった。

「しぶとい野郎だ。これで終わりだ」

丸鉄が喚いた。丸鉄の頭が風呂小屋の屋根板を突き破った。梁にかけた燭台が、竹簀に落ち、火が消え、小屋が真っ暗になった。丸鉄の頭が突き抜けた屋根から、雨が滝のように降った。

気が遠くなっていきながら、だが、壁に刺さった匕首が見えた。

ふわりと飛ばした市兵衛の足先が、壁に刺さった匕首を蹴り上げた。

くるくると宙を舞った匕首の柄《つか》を、ちゃ、とにぎった。

即座、腕を背後へ廻し、折り畳むように丸鉄の首筋へ匕首を突きたてた。

丸鉄の悲鳴が、小屋をゆるがし、雨のざわめきの中に響きわたった。

容赦なく、匕首を突き入れた。

丸鉄は市兵衛の首をなおも締めたまま、仰のけによろめいた。

二人の身体が折り重なって奥の板壁にぶつかり、めりめり、と板を破った。それから、丸鉄の巨体は板壁を軋ませつつくずれ落ちていった。

そこでようやく、市兵衛の首を締め上げる力が弱まった。

市兵衛は、丸鉄の腹の上から転がり逃れ、激しく咳《せ》きこんだ。小屋の戸口に、宿の者がかざす明かりが幾つも見えた。

丸鉄へふり向くと、上体の半分が小屋の外へ出かかっているのをかろうじて堪え、突き出た切先が見えるほど深く刺さった匕首を引き抜こうと、手を震わせていた。だが、匕首を抜く力は残されていなかった。

ただ、黒い穴のような目が、市兵衛を訝しげに見つめていた。

市兵衛は、ようやく上体を起こし、浴槽に凭れかかった。

そのとき、京太がゆらりと起き上がり、市兵衛へ身がまえたかに見えた。顔面を踏みつぶされ歯が折れたのか、口からだらだらと血を垂らした。

「てめえ……」

言ったように聞こえたが、京太の頭を後ろから誰かが叩《はた》いた。

京太は力なく横転し、かすかに息を喘《あえ》がせ、ぐったりとなった。

小屋の戸口に、人影が立っていた。市兵衛を睨みおろしているのが、わかった。

小屋の外に集まった宿の者のかざす明かりが、浴槽に凭れかかって、両足を投げ出した全裸の市兵衛を照らした。

「市兵衛、生きているのか」

人影が言った。

目が慣れて、青の恐いほどの強い眼差しと、尖《とが》った鼻、燃えるような赤い唇、作り物のような細く長い首が、だんだんと見えてきた。

「生きているさ。これからおまえと戦う力は、残っていないがな」

「おまえを斬りにきたのではない」

「そうか。何をしにきた。わたしの話を、聞きにきたのか」

「おまえの話など、聞くつもりはない。こっちに話があるのだ」

「わたしにか……」

市兵衛は、投げ出した足の片方を立てた。それを見て、青が眉をひそめた。

「そうだ。そんなものを早く隠せ。男は汚い。見せるな」

宿の女たちが、戸の外から市兵衛と青を交互に見ていた。

降り続く雨が、小屋のやぶれた板屋根からざあざあとこぼれていた。


松戸の丸鉄と京太は、墨田から聞いた凄腕《すごうで》の破落戸の名だとわかった。金で殺しを引き受ける破落戸で、西利根村の貸元・吉三郎を襲ったと、墨田は言った。

そいつらが市兵衛を襲ったことに、わけがひそんでいるのは明らかかと思われた。しかし、それを語るのは、今は面倒だった。

宿場役人の訊きとりは、長くはかからなかった。

丸鉄と京太、という松戸の破落戸の名は、新宿にも知れわたっていた。金目の物を奪うために、市兵衛を襲ったのだろうと、宿場役人たちは判断した。

それでよい、と市兵衛は思った。

訊きとりが済み、二階の部屋に戻ると、青は出格子窓の板戸に背を凭せかけ、長い両足をだらしなく投げ出していた。

だらしないくせに、素足の爪先には、赤い爪紅が塗ってある。

この長い足で蹴り上げられたら、ひと溜りもなかろうな、と思った。それから、弥陀ノ介ならどうだろう、とも思った。

むろん、どちらも口には出さなかった。

「市兵衛、受けとれ。おまえを雇う」

と、青が袋を投げ出した。かしゃり、と袋が畳に音をたてた。

「金か」

「そうだ。腕と身体を売って、稼いだ。国へ帰る金だ」

「国に帰らなくても、いいのか」

「また稼ぐ」

「また、人を斬るのか」

「人による。おまえは斬らぬ。そう決めた。あの男もだ……」

青は顔をそむけた。

「話を聞こう。受けるか受けぬかは、話による」

すると、青は激しい怒りを湛《たた》えたような目で、市兵衛を睨んだ。

「戦《いくさ》が始まる。お高姉さんらに、命を助けられた。恩をかえす。市兵衛、おまえを雇う。市兵衛、手を貸せ」

軒の雨垂れが、忙《せわ》しない音をたてていた。

市兵衛は浴衣姿で端座し、腕組みをしていた。

宿場はすでに眠りに落ち、溜井堀の土手の木々が雨に打たれて騒いでいた。ときがすぎ、夜は更けていった。そのときがすぎ、青の話を聞き終えると、

「承知した」

と、市兵衛は言った。

「ただし、金は要らん。代わりにほしいものがある」

「何がほしい」

「おまえを江戸へ連れて帰りたい。捕えるためではない。おまえに会わせたい男

がいるのだ。先の事は、誰にもわからない。だが、会わねば始まらぬことがある。その男は、始まることを望んでいる」

青は沈黙し、市兵衛から目をそらした。見るからに腹をたてているのがわかった。見るからに、自分に腹をたてていた。青は長い沈黙をおいて、

「よけいな事だ。それ以上、言うな」

と、見るからに腹をたてて言った。

五

それより一刻半ほど前の五ツどき、松戸宿の料理茶屋の黒光りのする廊下を、文蔵が女に案内されて座敷に向かっていた。

宿場芸者の弾く三味線が、どこかの座敷で艶やかに鳴っている。

その座敷の、漆塗りの格子の引戸を開け、次の間から襖ごしに女が言った。

「お客さま、文蔵さまがお見えでございます」

「ええ、文蔵でございやす。少々、お邪魔させていただきやす」

女に並んで坐った文蔵が言った。

襖の中の男女の笑い声や話し声が、途絶えた。

「文蔵か。お入り」

津志麻屋の知左衛門が言った。

文蔵の前の襖が引き開けられると、三灯の行灯が煌々《こうこう》と灯《とも》される中に、ご陣屋の手附・波岡森蔵が上座の屛風《びょうぶ》を背に坐り、片方に津志麻屋の知左衛門、もう片方に波岡の配下の手代が着座し、ひとりずつ芸者がついて酌をしていた。

三人の前には、皿や鉢、猪口《ちょこ》や椀《わん》の並んだ朱塗りの銘々膳がおかれている。

「畏れ入りやす」

と、文蔵は膝をついた仕種で座敷に入り、三人と芸者らのほうへ手をついた。

「どうした、文蔵さん。何かあったかね」

知左衛門が、赤らんだ顔をゆるめて言った。

「へえ。畏れ入りやすが、綺麗どころのお三方は、ちいとばかし、座をはずしていただきてえので、ございやす」

文蔵は手をついた恰好で言った。

「ふむ。文蔵さんに、こんなところまでこられては、無粋で、困るなあ。波岡さま、いかがいたしますか」

「文蔵が言うのであれば、仕方あるまい。おまえたちは、座をはずしておれ。すぐに呼ぶでな。あとでまたな……」

芸者衆が、着物の裾を畳に鳴らし、座をはずした。

ごゆっくり——と、座敷の襖が閉じられると、文蔵は波岡に言われる前に手を上げた。そして、三人を見廻し、「へえ」と、ひと息ついた。

「西利根村のお高が、果たし状を突きつけて、めえりやした。明日夜五ツ、場所は下矢切村の江戸川の河原でやす。お高の縄張りを一気に潰す好機到来でやす」

と、文蔵は声を落として言った。

「文蔵一家とお高一家の、やくざ同士の喧嘩沙汰を、ご陣屋のお役人さまや堅気のわたしらに、わざわざ知らせにきたのかね。やくざ同士が何をしようと、わたしらは与《あずか》り知らぬ事だがね」

知左衛門が言った。

「ごもっともでございやす。あっしらやくざ渡世の者が、死のうが生きようが、お役人さまや大旦那さまには、いっさいかかわりはねえこって、ございやす」

「とは言え、葛西へ縄張りが一向に広がらず、ときばかりが徒《いたずら》にすぎて、苛《いら》だちを覚えていたが、ようやくそのときがきて、わたしらも気兼ねなく葛西で商いの腕を揮《ふる》えるわけだね。文蔵さん、最初の一歩が、長かったねえ」

「へえ。まことに、長うございやした。だいたい、吉三郎という男が、任俠だなんだと、妙に気どった融通の利かねえ野郎でございやして」

文蔵は、がらがらと喉を震わせた。

「だが、お高の縄張りは文蔵さんの縄張りと比べたら、半分にも届かない。子分の数もずっと少ない。まともな喧嘩をしても、勝負にならんだろう。それがなぜ、負けるとわかっているお高のほうが、果たし状を突きつけてきた。しかも、おととい、中人をたてて手打ちにしたばかりなのに」

「そのことでございやす。念のため、みなさまに、出入りになる経緯《いきさつ》をお話ししておかにゃあ、なりやせんので」

「念のため？　いやだね。いやな予感がするね。また、何をやったんだい」

「なあに、大えしたこたあございやせん。裏街道の面倒は全部あっしが引き受けやす。みなさま方はお気兼ねなく、表街道をゆかれればよろしいので、ございやす」

「仕方がない。念のための、経緯とやらを聞かせておくれ」

「へえ……」

と、文蔵は大きな肩をすくめ、果たし状が突きつけられた経緯を語った。

波岡と配下の手代は、不機嫌そうに顔を歪めて口を挟まなかった。

「というわけで、つい先ほど、お高より果たし状が届き、この喧嘩、受けてやる、と返事をした次第でございやす」

「荒っぽい男だね。わたしは知らないよ」

知左衛門が顔をそむけた。

すると、波岡が杯をひとすすりして言った。

「文蔵、お高らと手打ちにせよと、内々に口添えしたわたしの顔は、ちゃんとたててもらわねばな」

「波岡さま、むろんでございやす。ではございやすが、お高から十手をとり上げ、小岩、西利根、柴又の縄張りをいただくと決めたからには、ぐずぐずせず一気に進めるのが常法でございやす。見通しじゃあ、もう少しかかると思っておりやしたのが、案外に機会が早まっただけでございやす。明日の夜ひと晩で、けりをつけやす。お役人さま方は、全部けりがついたのち、御用である、とお出まし願う段どりで……」

「明日、ひと晩だけでか」

「さようでございやす。明後日からは、この雨もやんで、葛西にいいお日和《ひより》が続くことでございやしょう」

「先日も言った。ご陣屋はやくざ渡世の者同士が何をしようと関知はせん。ただ、ほどがある。あからさまなふる舞いが江戸のお代官さまのお耳に入り、事情を調べよ、という事態になればむずかしくなる。怪我人や死人を大勢出したうえに、事が長引けば、関知せぬわけにはいかなくなる。必ず、明るくなる前にけりをつけよ」

「お約束いたしやす。ひともみでございやす。大えしてお騒がせはいたしやせんし、あとの始末もご心配には、およびやせん。そうそう、全部けりがついたあとは、お高ら三姉妹は縛り上げて、お上に逆らった廉《かど》でご陣屋に突き出しやす。さすれば、波岡さまがご存分にお調べを願いやす」

「ああ、あの葛西一と評判の、美人三姉妹か……」

そこで波岡は、不機嫌が少し収まったかのように、頰をゆるめた。

六

市兵衛と青が新宿を出たとき、夜はまだ明けず、雨も降っていた。

水戸道を南の柴又村の間道へ分かれたころに雨が止み、二人が西利根村のお高の店に着いたころには、夜の帳《とばり》の中でもわかるほどに、深い霧がかかっていた。霧の中に、店の表障子戸と縁側の腰障子に映った明かりが見えた。

内庭に入ると、焼香の匂いがたちこめていた。

老僕の雁平が市兵衛と青を見ると、「こりゃあ……」と声を上げた。

雁平の案内で、金次郎の棺桶を祭った十二畳の部屋に通された。

上の部屋と下の部屋の襖をとり払った広い座敷に、棺《ひつぎ》を安置して、燈燭を灯し、祭壇に香華、供物などが供えられている。

祭壇のわきにお高、お登茂、お由の姉妹がいて、周助や包帯を巻いた多吉、小僧の文五、そして、若い衆が祭壇の前に散らばっていた。雁平が市兵衛と青を案内してきたので、みなが驚いてざわついた。

お高とお登茂とお由の三姉妹は、目を瞠《みは》って市兵衛と青を見つめた。

「お青さん、戻ってきたの」

お由が言った。

「お高姉さん、金次郎さんの弔いにきた。市兵衛も連れてきた。いいか」

青が言うと、お高は目を潤ませ、

「お青さん、ありがとう。唐木さん、ありがとうございます」

と、声をくぐもらせた。

「青から聞いて、驚きました。残念です。何とぞ、お力を落とされぬように。金次郎さんのご冥福を祈らせていただきます」

市兵衛は焼香をした。そのあと青が祭壇に向かい、数本の火のついた線香を額の上へかざし、這いつくばうように弔う唐《から》ふうの礼拝をするのを、通夜の若衆らは、珍しげに見つめた。弔いの礼拝が済むと、青はお高に言った。

「お高姉さん、戦をするのだろう。わたしも加勢する。市兵衛を雇った。わたしの指図どおりに、この男も戦う」

「ええ？　お青さんが加勢を」

周助が訊きかえし、若い衆の間から失笑がもれた。かまわず、青は周助に訊いた。

「男たちは、このほかにどれほどいる」

「このほかに？　これで全部だ。ここに残っているのは、みな本物の性根の据《す》わった者ばかりさ」

「少ない。さっきは、もっと男たちがいた。その男たちはどこへいった」

「さっき？　今はこれだけだ。これだけいりゃあ、十分さ」

「十分じゃない。向こうは、五十人以上と、さっき言ってたぞ。この人数の、三倍以上じゃないか。さっきは二十一人いた。数えたのだ。いなくなった男たちは、恐くなって逃げたのか」

部屋にいる若い衆は、怪我を負って包帯を巻いている多吉を入れても十七人で、ほかに老僕の雁平と、小僧の文五だった。

しかし、周助は青に言った。

「数が勝負を決めるんじゃねえ。喧嘩は気力と性根だ。気力と性根のねえやつはいらねえ。気力と性根じゃあ、負けねえ」

「そうだ。文蔵の手勢が三倍なら、あっしらひとりで三人倒しゃあいいんだ」

若い衆の間から声が飛んだ。

「相手の数が多くて恐えなら、引っこんでなよ」

別の若い衆が軽い口調で言い、ほかの者がおかしそうに笑った。

「お高姉さん、戦に勝てないと思ったら、斬り合いが恐くなり、男たちはみんな逃げる。逃げきれなかった女たちはひどい目に遭わされ、殺される。それが戦だ。それでも、戦をするのか」

「冗談じゃねえぜ。おれは逃げたりしねえ。とことんまで、姉御につき合うぜ。今残っている者はみんなそうだ。なあ、みんなそうだろう」

「おう、やってやるぜ」

周助が言い、若い衆が応じた。すると、青が言った。

「おまえ、人を斬ったことがあるのか」

うぐ、と周助は一瞬つまった。が、すぐに威勢よくかえした。

「斬ったことはねえが、斬り方ぐらい、知ってらあ。あんたこそ偉そうに、女のくせに人を斬ったことがあるってえのかい」

「そうだ。人を斬って、こそこそ逃げてきたのかい」

また、若い衆の間から声が飛び、失笑が上がった。

「よしな」

お高が、若い衆をたしなめた。

「お青さん、心配してくれてありがとう。でもね、沢山、許せないやつらがいるのがわかったんだよ。文蔵は、お父っつあんの仇だった。だから、元々生かしちゃおけなかった。その文蔵が金次郎まで殺して、この喧嘩をあたしらに売ってきたんだ。あたしら渡世人は、売られた喧嘩を買わなきゃ渡世の顔がたたないのさ。あたしら渡世人は、もう退《ひ》きさがれないんだよ」

お登茂とお由が、お高の言葉に大きく頷いた。

「市兵衛、どうして黙っている。策を出せ。おまえは頭がいい。文蔵に勝てる策が、あるだろう。策を出せ」

青が、市兵衛へ向いていきなり怒鳴った。

この女は、何を怒っているのだ。始終、腹をたて怒っている。こういうところが、弥陀ノ介は気に入ったのか。そのとき、

「唐木さん、策があったら教えてくだせえ」

と、若衆の一番後ろから、包帯を巻いた多吉が言った。

「あっしと文五は、江戸川の土手で唐木さんに助けられやした。唐木さんが文蔵の子分や蝦蟇《がま》寺の虚無僧らを、あっという間にやっつけたのを見ていやす。あっしはのびていやしたけど、あのとき、神さまが助けてくれたんだと思った」

「そうだ。あっしだって多吉兄いと同じだ。本当に、たったひとりで、神さまみてえだった。胸がすかっとした。あっしらに、文蔵に勝てる策を聞かせてくだせえ。唐木さんが策を授けてくれりゃあ、あっしは、文蔵の子分らがどんだけ束になってかかってきても、勝てる気がしやす」

文五が言った。すると、雁平までが言い添えた。

「あっしも聞きてえ。あの人でなしの文蔵から、姉御と姉さんとお嬢を、守ってもらいてえんでやす。できりゃあ、亡くなった親分と代貸の金次郎さんの仇を、とってもらいてえんでやす……」

「あっしの命なんぞ、捨てても惜しくはねえ。けど、どうせ死ぬなら、せめて文蔵と相討ちにしてえ。唐木さん、どうすりゃあ、いいんでやすか」

多吉が、なおも言った。

お高ら三姉妹と若い衆が、いっせいに市兵衛へ向いた。

若い衆の目は、何かを求めているかのように血走っていた。通夜の疲ればかりではなく、いきりたつものと恐ろしいものが、腹の底で沸騰しているのだろう。

市兵衛とお高の目が合った。

お高は冴《さ》え冴《ざ》えとした眼差しを向け、短い間をおいてから、市兵衛という男に何かを感じたかのように言った。

「唐木さん、この若い衆たちは、みなお父っつあんの吉三郎を慕って子分になった者ばかりです。吉三郎が亡くなって跡目を継いだあたしがだらしないばっかりに、文蔵にこんなに追いつめられ、それでも逃げずに残ってくれたんです。うちの若い衆が望むなら、それはきっと吉三郎の望むことなんです。わたしたち姉妹は、若い衆と心はひとつです。唐木さん、力を貸してください」

お登茂とお由が、市兵衛をじっと見つめている。

市兵衛はお登茂とお由へ向けた目を、お高へ戻した。

お高さん、できるかできぬかではなく、何をするかだ。

それから、若い衆へ向いた。

「多勢が有利なのは、明らかですが、多勢が無勢に必ず勝つとは限りません。戦国の世の織田信長《おだのぶなが》は、三千足らずの家臣を率い、今川義元《いまがわよしもと》の二万の軍勢を破りました。唐の国では、昔、曹操《そうそう》という将軍が袁紹《えんしょう》という将軍の、六倍の軍勢を官渡《かんと》の戦いで破ったと伝わっています。時の運、人の運が、勝敗を左右します。周助さんが言ったように、戦う気力、性根がなければ、数が多くても勝つことはむずかしい」

「ですよね。だからおれは言ったんだ。やる気のねえやつらがいなくなったって、痛くも痒《かゆ》くもねえ。おれたちが性根を据えて一丸となって突き進みゃあ、文蔵の子分が幾らきたって、蹴散らしてやるぜ」

周助が威勢よく言った。

「だが、周助さん。文蔵の子分らが、気力がない、性根が据わっていないと決めてかかるのは間違いだ」

「そうだよ。兄いは黙っててくれよ。唐木さんの話を聞こうぜ」

ひとりが言うと、ほかの若い衆がざわついた。

市兵衛は若い衆を見廻し、若い衆のざわめきはすぐに鎮まった。

「数が多いか少ないかを言うのは、よしましょう。今ここに、これだけの人がいる。これだけのみながいる。それだけを考えましょう」

若い衆がいっせいに頷いた。

「織田信長が世に出る前の天文《てんぶん》と永禄《えいろく》の世に、小田原《おだわら》の北条《ほうじょう》氏と安房《あわ》の里見《さとみ》氏が、この葛西三万石の領有をめぐり、江戸川を挟んで国府台《こうのだい》の合戦を、二度繰り広げました。青戸に葛西城があり、北条方が陣を張り、里見方は江戸川の東の国府台に陣をかまえたのです。二度にわたる合戦はいずれも北条方が勝利を収め、葛西の地は里見ではなく、北条方になったのです」

　おお、と静かなどよめきが起こった。

「二度にわたる合戦で、北条方が勝利を収めたわけは、二度とも北条方から先に戦をしかけたことと、二方面から渡河したことにあります。まず北条方の本陣が江戸川を渡って一戦におよび、もう一方より江戸川を渡った北条の軍勢が、里見方の背後より包囲し攻めかかったのです。北条方の渡河は、一戦目は金町付近と柴又村付近、二戦目は、やはり柴又村付近と小岩村付近です。この戦が、手本になります」

　若い衆が、こくこく、と頷いた。

「お高さん、出入の場は下矢切村の河原ですね」

「はい」

　お高が言い、お登茂とお由が一緒に頷いた。

「わたしの策をとり入れてくださるなら、この勢力を二手に分けます。こちらから先に文蔵へ仕かけること。そして二手の渡河が勝敗の要《かなめ》になります」

「ええ？　ちょ、ちょっと待ってくだせえ、唐木さん。あっしら、ただでも無勢なんですぜ。無勢をさらに二手に分けたりしちゃあ、もっと無勢になって、たちまち大勢に囲まれて、ひねり潰されちまうんじゃありやせんか。子供にだって、それぐらいの理屈はわかりやすぜ」

周助が、身を乗り出した。

「文蔵の子分は五十人以上。そこに大急ぎで集めた助っ人が加わるとして、六十人を超えると覚悟していたほうがいい。この十数人が六十人以上に正面から戦いを挑んでも、こちらは間違いなく、多くが疵つき命を失い、生き残った者は散り散りに逃げることになるでしょう。だから、二手に分けて包囲するのです。文蔵も、こちらが二手に分けるとは、子供でも分かるそんな下手な手を打つとは、思わない」

「二手に分けるたって、ますます小勢になるだけだろう」

「そんな、昔の合戦どおりに、いくのかな」

若い衆が、小声で言い合った。

「みんなの心配は、わかります。しかし、そこを周助さんの言った、気力と性根で堪えるのです」

と、市兵衛は周助から若い衆へ笑みを投げた。

「この中から、もっとも腕がたち度胸のある者を五人選びます。青は、そちらに加わってくれ」

「任せろ」

「残りは十二人、わたしを入れて十三人、お高さんを中心に守りを固め、まず下矢切村の河原へ渡ります。青と五人は、それより先、小岩村から江戸川を国府台の南麓《なんろく》へ渡り……雁平さん、国府台の崖下の土手は通れますか」

「通れやす。崖の藪《やぶ》に覆われた土手に細道が通っておりやす」

「ふむ。国府台を越えるより都合がいい。国府台の崖下を抜けて、下矢切村の土手にひそんでくれ。河原で出入りが始まり、本隊は、正面から文蔵らへ仕かける。だがすぐに押しかえされるだろう。本隊が川縁まで退いたときを合図に、土手を駆け下り文蔵らの横から一気に突く、という手はずです」

「腕がたつったって、たった五人と女のお青さんだけでやすか」

「それじゃあ、なんだかな……」

若い衆の間から、不安げな声が飛んだ。

「あたしに任せろ。五人はあたしについてくればいい」

青が言うと、若い衆は首をすくめて、ため息まじりに黙った。

「青は腕がたつ。斬り合いも知っている。青の言うとおりに動いてほしい。それに少し考えもあるので……」

「唐木さん、五人と十二人じゃあ、あっしは頭数に入ってねえんでやすか。あっしだって、戦えやすぜ。形は小さくとも、度胸は誰にも負けやせん」

文五が多吉の隣から立ち上がった。

「あっしにもやらせてくだせえ。唐木さん、老いぼれだが、竹槍で二、三人は冥土の道連れにしてやりやす。文蔵にお高一家が潰されちまえば、あっしはどっちにしても野垂れ死になんでやす」

雁平が笑いながら言った。すると、

「唐木さん、わたしたちもお高姉さんと一緒に、戦いますからね」

「お高姉さんとは、離れませんからね」

と、お登茂とお由が懸命に言った。

「なるほど……」

市兵衛は言った。

濡れ縁の腰障子が白み、夜が明けかけていた。若い衆がそばの障子戸を開けると、庭を包んだ真っ白な霧が見えた。

「やあ、凄え霧だ。真っ白で庭が見えねえ」

七

金次郎の葬儀は、霧の晴れた朝から村の正心寺で行なわれ、昼すぎには滞りなく終わった。誰にも知らせず、身内だけの葬儀のはずだった。しかし、やくざ渡世ながらも、金次郎の人柄を偲《しの》ぶ会葬者が次々と訪ねてきた。

葛西の親分衆や、近在の名主らまで焼香に現われたため、お高ら三姉妹を始め、葬儀を仕きる若い衆はその応対に大童《おおわらわ》のあり様だった。

ただ、会葬者のみなが焼香を済まし、喪主を務めたお高に悔《くや》みを短く述べるとすぐに帰っていったのは、お高一家と松戸の文蔵一家の今宵《こよい》の出入りが、夜が明けたときにはすでに葛飾郡に広まっていたからだった。

会葬者の間では、「とうとう始まるね」「どうなるんだろう」「どう考えたって無理さ」「無謀だよ」と、ひそひそとささやかれた。

金次郎の遺骨は、正心寺の墓地の、吉三郎の墓の隣に埋葬した。

葬儀のすべてを終えたその戻り道で、市兵衛は金次郎の位牌《いはい》を携えたお高と、偶然、肩を並べた。二人の前を、お登茂とお由が青を挟み、若い女たちらしく、早や華やかな様子で言葉を交わし、後ろのほうには、周助の率いる若い衆が、張りつめた顔つきで従っていた。

唐木さん――と、お高が赤く潤んだ目を市兵衛に投げ、ためらいを見せつつ言った。

「お青さんが疵ついてうちへ頼ってきたとき、厄介な事に巻きこまれるかもしれないと、金次郎はずいぶん気をもんでいたんですよ。じつはあたしも、内心は心配でした。でも、お父っつあんは、任侠をなくしたらやくざはお天道さまの下を歩けなくなって仕舞うって、言っていたことを思い出しましてね。お父っつあんがいなくなった今だからこそ、お青さんを助けないといけないと、決めたんです」

「ありがたいことです。吉三郎さんの志が、お高さんの心を通して、青の命を救ってくれたのですね」

市兵衛は、お高を見つめた。

その目を恥じらうようにそらし、お高はかえした。

「違うんです。あたしらが、お青さんを厄介な事に巻きこんでしまったんです。まったくかかわりのない唐木さんまでも……謝らないといけないのは、あたしのほうなんです」

「あなたは、青のために充分してくれました。今度は青がお高さんのためにする番です。わたしは青に雇われました。ただではありません。報酬を得るのです。その報酬のためになすべきことをなす。それだけです。お気遣いは無用です」

「本当に、いいんですか？」

「いいのです」

「ありがとう、ありがとう……」

お高は、呪文を唱えるように繰りかえした。

「うちの者はみんな、唐木さんがいてくださるお陰で、どれほど力強く思っているか、わたしにはよくわかります。お登茂もお由も、とても怯えていたのに、すっかり落ち着きをとり戻して。あたしだって、同じです……」

お高は、お登茂とお由、そして青に向けていた目を伏せた。そしてなおも言った。

「お父っつあんが言っていました。苦しいときもつらいときも、心配はいらない。きっと誰かが助けてくれる。おまえの力になってくれるって。お青さんと唐木さんは、お父っつあんが呼んでくれた。そんな気がして、ならないんです」

「お高さん、青は吉三郎親分を頼って葛西へきたのです。吉三郎親分が呼んだのです」

市兵衛は、お高から澄んだ青空へ目を遊ばせた。

「お高さん、今宵は十五夜です。綺麗な月が、見られるでしょう」

市兵衛が言うと、お高はこくりと頷いた。

昼下がり、市兵衛は文五の道案内で、小岩村から百姓渡しを頼み、江戸川を国府台の南麓へ渡った。そこから崖下の細道を抜け、下矢切村の河原まで下検分をした。

昨日と打って変わって、真っ青な午後の空が、果てしなく広がっていた。

矢切の渡し場から柴又村へ渡る渡し船で、船頭と乗り合わせた行商の客が、今宵の出入りの噂をしていた。

「……八幡《やわた》宿でも、けっこうな評判になっていましたよ。松戸宿じゃあ、どっちが勝つか、賭けが行なわれているって聞きました。お高一家に賭けるのは、物好きと馬鹿しかいないでしょうがね」

「お高一家は無理でさあ。蒲寺に雇われている用心棒らが、文蔵の助っ人に加わる噂も流れていやす。あいつら、やくざより性質が悪いからね」

「ああ、松戸の文蔵と蒲寺の看主の巡景がつながっているという、れいの噂ですね。聞いています、聞いていますとも……」

と、船頭と客が話していた。

西利根村へ戻る土手道で、文五が市兵衛に言った。

「唐木さん、ずい分と噂になっていやすね」

「そうだな。噂話は、自分の身に降りかからない他人事《ひとごと》だからね」

市兵衛は、日射《ひざ》しを照りかえす江戸川の水面を眺めて言った。

「蒲寺の用心棒の浪人らが、文蔵の助っ人に加わるって、言っていやしたね。先だって、多吉兄さんとあっしを襲った虚無僧より、恐ろしいやつらかな」

「文五さんは、幾つだい」

「へい。もう十三の若衆でやす。前髪はまだ残してやすが」

十三歳か――と、市兵衛は呟《つぶや》いた。そして、文五へふり向いて言った。

「恐ろしかったら、文五さんは逃げるかい」

「逃げねえ。絶対逃げねえ。万が一、万が一にも、怖気《おじけ》づいて逃げ出したら、唐木さん、かまわねえから、あっしをばっさりとやってくだせえ」

「文五さん、逃げても進んでも、人は何かを失い、何かを得るのだ。どちらを失わないほうがいいのか、どちらを得たほうが大事なのか、それを考えておくといい。逃げるか進むか、そのときがきたら、自分を信じて成りゆきに任せたらいい」

「へえ？　どっちを失わないほうがいいのか、どっちを得たほうが大事なのか……」

文五は、首をかしげて繰りかえした。

西利根村の店に戻ると、包帯を巻いた多吉が主屋から走り出てきた。

「唐木さん、恐ろしい風貌のお侍が、唐木さんがきてはいねえかと、訪ねてきてやすぜ。背は低いけど、とに角不気味な顔つきで、岩みてえな身体つきをしていて、長え刀を腰にさげて……」

「岩みたいな？」

「へえ。台所で姉さんやお嬢らと話をしてやす。そう、それと、お青さんのことも、訊いてたみてえでやす」

「では、青も一緒にいるのか」

「いえ。お青さんは、なんだかそのお侍が気に入らねえみてえで、二階へ上がったまま、おりてこねえようで。姉御が、二階へいってお青さんに何か話してやす。唐木さん、大丈夫でやすか」

二階の窓の障子戸が開いていた。

「そうか。わかった。顔は恐いが、心は多吉さんのように優しい男だから、心配はいらない。わが友だ。よきときにきた」

内庭に入ると、勝手の方からお登茂とお由らしい笑い声と、弥陀ノ介の愉快そうな大声が店中に響きわたった。雁平と、下働きの女たちの笑い声もまじった。

弥陀ノ介の声を聞いただけで、思わず頬がゆるんだ。

「おお、市兵衛」

市兵衛が勝手の土間に入った途端、台所の板敷に坐った弥陀ノ介が、長く大きな手をかざした。そして、瓦をも嚙《か》みくだきそうな白い歯を見せた。

お登茂とお由が弥陀ノ介と向き合っていて、二人は弥陀ノ介の仕種がおかしそうに笑いながら、市兵衛の方へ向いた。勝手で立ち働いている雁平や女たちも、
市兵衛へ笑顔を向けた。

「唐木さん、お客さまです」

お由が言った。

「はい。この男は、わが友です。弥陀ノ介、いつきたのだ」

市兵衛は、台所の間に上がり、弥陀ノ介の傍らに着座した。弥陀ノ介の前には、湯呑がおいてある。どうやら、酒らしい。

「四半刻ほど前だ。どうしようかと迷ったが、くよくよと思い悩むなら、いっそいこうと、お頭にわけを話し、しばし休みをもらった。今朝、江戸を出たのだ。すまん。おぬしの帰りを待てなかった」

弥陀ノ介は、膝の前の湯呑をとり、ぐっとあおった。

「昼間から、呑んでいるのか」

「座敷にあがるように勧めていただいたが、葬儀が行なわれたばかりと聞いていたし、こちらを訪ねる途中で、いささかとりこみ中の噂も聞いた。だから、市兵衛が戻ってくるまで、みなさんの邪魔にならぬようにこちらで待たせていただくことにした。ただ少々喉が渇いたので、この大きな湯呑で、一杯、冷を甘えて馳《ち》走《そう》になった。と言いながら、じつはもう三杯目なのだがな」

弥陀ノ介と、お登茂、お由が、賑やかに笑った。

「呆《あき》れたやつだな」

「市兵衛の友だと言うと、こちらのお美しい姉妹やみなさんに、歓迎していただいたのだ。おぬしは相変わらず、人受けがいいな」

「唐木さんも、お呑みになりますか」

お登茂が言った。

「いえ、わたしはけっこうです。まだやらねばならぬ事が、ありますので。おぬしもそれでやめておけ」

「では、お茶をお持ちしましょう」

立ち上がりかけたお由を、「いえ」と止め、

「ところで、お高さんは、どちらに……」

と、お登茂とお由に訊いた。

「姉さんは上に。返さんが見えたら、お青さんがまた二階にこもっちゃったんで、姉さんが気にかけて、事情を訊きにいったんです。まだ話しているようですね」

「どうしたのかしら、急に。唐木さんが初めてこられたときみたいに……」

お由が、ちょっと怪訝そうな顔つきを見せた。

「おりてきませんか。困ったな」

市兵衛と弥陀ノ介は、顔を見合わせた。弥陀ノ介は「あ、はあ」と、ため息まじりに困惑を浮かべ、顔を伏せた。

お登茂とお由は、弥陀ノ介の急な変わりようにそろって噴き出した。

「弥陀ノ介、庭に出よう。少々、頼みがある」

「ああ？　そうか。よかろう」

「なら、部屋を使ってください」

お登茂とお由が気遣うのを、

「外がいいのです。天気がよくて、気持ちがいい」

と、二人は刀をつかんで勝手の土間へおりた。


「わけを話したとは、兄上に青のことを伝えたのか」

「青のことは、ここまで出かかったが、言えなかった。何もかも包み隠さず、というわけにはいかなかった」

「兄上はどう言っていた」

「おぬしの決めることだと、仰られた。お頭は、どういう事か、よくわかっておられぬようだった」

「まずは、青の気持ちを確かめてからだ。兄上には、わたしのほうからも話してみるつもりだ。無事、江戸へ帰れたならの話だが、弥陀ノ介、腕を借りたい」

うん？　と弥陀ノ介はうな垂れた顔を持ち上げた。

弥陀ノ介の、窪《くぼ》んだ眼窩《がんか》の底に光る目や、胡坐をかいた獅子《しし》鼻や大きな口や骨張った顔に、糸瓜棚へ降る日射しが、光と影のやわらかなまだら模様を描いた。

市兵衛と弥陀ノ介は、庭の糸瓜畑に踏み入り、実や葉にさえぎられた日が、きらきらと光る粒のようにこぼれる、糸瓜棚の下の草地にかがんでいた。

心地よく、瑞々《みずみず》しい息吹きが、二人を包み、のどかな静けさが、空と大地の間を覆っていた。

「ここへくる途中、噂や評判をいろいろ聞いた。貸元の吉三郎は、亡くなっていたのだな。風雲急を告げる成りゆきに、いささか驚いた。おぬしと青はどうしているのかと、気が気でなかった。頼みとは、この雲ゆきにかかわることか」

「そうだ。しかもこれは、青がわたしを巻きこんだ。だが、元は弥陀ノ介が青に会えと言ったことが始まりだ。だから、おぬしが巻きこんだとも言えなくもない。わたしは、女貸元のお高ではなく、青に雇われてここにいる。つまりこれは、青の頼みでもある」

「ならば、頼みを聞かぬわけにはいかぬな。事情を聞こう」

市兵衛は、きらきらと光る粒のように日がこぼれる中へ目を遊ばせた。

「葛西へきた最初の日に、葛飾の蒲寺へ向かう途中、ここを訪ねた。疵ついた青が貸元の吉三郎を頼って、本当にいるのか、それを確かめるためだった」

四斗樽《しとだる》を積んだ荷車が庭に入ってきたのが、糸瓜棚の下から見えた。

若い衆が土蔵から出てきて、四斗樽を主屋に運び入れた。身支度を調え、いざ喧嘩場へ出立のとき、鏡割りをする。そのために、用意されたのだろう。それに合わせたかのように、土蔵の中から若い衆たちが、ぞろぞろと出てきた。

約束の刻限までには、まだ間がある。みな仮眠をとっていたが、長くは眠れぬらしく、早や目が覚めた様子だった。

弥陀ノ介が、糸瓜棚の実と葉の間に見える青空を見上げた。やがて、

「今宵は十五夜だ。いい月がのぼるだろう」

と、市兵衛に言った。

「委細承知した。いい策だ。それしか手はなかろう」

「搦め手《からて》は、青とおぬしに任せたい。かまわぬか。そうすれば、若い衆の全力を正面に廻せる。文蔵らをぎりぎりまで引きつけて、青と弥陀ノ介の一撃を待つ」

「いいとも。道案内さえいれば、大丈夫だ。青の命を救ってくれたお高一家への恩と、青を守るために、戦える。おれにも、ここで戦う理由がある」

「それと、道具を用意している。雁平と多吉という男が道案内をし、道具を運ぶ。雁平は老僕で、多吉は怪我をしていて、二人は戦えない。いいな」

「ふむ。青と二人で蹴散らしてやる。それにしても、青はおりてくるのかな」

弥陀ノ介が主屋へ見かえった。

「おりてくるとも。命を救ってくれた三人姉妹の恩に報いるため、と言ったのは、青なのだ。翠と楊の仇を討つために、あの女は執念深く生き長らえ、われらに戦いを挑んできた。青はそういう女だ」

「ああ、そうだ。そうだったな……」

と、茅葺屋根の主屋をじっと見上げ、弥陀ノ介は応じた。

八

まだ青い空に、十五夜の満月がかかった。

それから夕六ツの鐘が、葛西の田野に鳴りわたった。

土蔵から竹槍、長どすが主屋の内庭へ運びこまれた。

内庭の土間には、四斗樽が鏡割りのときを待ち、勝手では女たちが忙しくたち働き、店《たな》の中は騒然とした気配に包まれていた。表の障子戸を両開きにした庭先に、総勢を見送る二台のかがり火が、勢いよく焚《た》かれていた。

だが、青と弥陀ノ介、雁平と多吉の四人は、すでに店を出発していた。

その刻限がきて、内庭に身支度を整えた若い衆が勢ぞろいした。

手甲脚絆《きやはん》、黒足袋の草鞋《わらじ》履き。尻端《はしょ》折りの腰に長どす。鉢巻き襷《たすき》がけ。両腕に味方の目印の白い紐《ひも》を巻き、先に十分焼きを入れた竹槍《たけやり》を手にしている。

若い衆のあとから、お高、お登茂、お由、若衆を束ねる周助、そして市兵衛と続いて、四斗樽の周りに現われた。

お高は朱に白く抜いた小桜の小紋、お登茂は橙《だいだい》に松葉模様、お由は萌葱《もえぎ》に鈴の模様の小袖。そして、三姉妹共に白襷に白鉢巻、白の股引、手甲脚絆、白足袋の草鞋にきりりと拵《こしら》え、髷を解いてひとつに束ねて背中へ垂らして腰に黒鞘《くろざや》の長どすを佩びた勇ましさは、いっそうの艶姿《あですがた》だった。

お高は勢ぞろいをした若い衆を見廻し、一文字に結んだ真っ赤な紅の唇を開いた。

「みんな、よく残ってくれた。礼を言うよ。果たし状はこちらから出したが、喧嘩を売ってきたのは文蔵だ。売られた喧嘩は買ってやる。吉三郎親分から継いだこの縄張り、誰にもわたしはしない。死んでも守って見せる。みんな、ついておいで」

するると、若い衆がいっせいに喚声を上げた。

三人姉妹と周助が、木槌をとって、威勢よく鏡を割った。それぞれが群がって清めと景気づけの酒を含み、「いくぞ」と周助のかけ声を合図に、竹槍を並べ、いきりたち、肩を怒らせ、お高を先頭に、ざっざっざ、と草鞋を鳴らした。

見送りの女のひとりが、先頭にたつお高へ、ちゃ、ちゃ、と切火をかけた。

江戸川の土手に出ると、東の空に十五夜の満月が輝いていた。

月明かりが、蘆荻《ろてき》の覆う河原を、銀色に染めていた。

河原へくだり、川縁《かわべり》に前もって用意しておいた二艘《そう》の船に乗りこんだ。

冴え冴えと輝く月光を浴びて、江戸川を漕《こ》ぎのぼった。

目指すは、矢切の渡し場近くの河原である。

所定の河原に上がったとき、刻限には間があった。文蔵らの姿は見えなかった。あとからくる花を、文蔵らに持たせてやることにした。

と言っても、総勢はお高ら三姉妹、周助を頭に若い衆が十五人、文蔵らの人数と動静の物見に出したひとりを入れて十六人。そこへ、市兵衛と小僧の文五である。

ただ、文五は長どすではなく、鋲《びょう》打ちの小太鼓を縄で肩から吊るしていた。

市兵衛は、襷も鉢巻もつけておらず、まるで十五夜の月見をするために、河原を散策する風情である。

「唐木さん、じ、陣形を作りやすか」

周助が、勢いこんで言った。

「周助さん、まだ早い。物見の知らせを待ってからです」

しかし、お高ら三人の姉妹も、銀色の月の光の下でさえわかるほど、顔が青ざめていた。市兵衛は三姉妹へも、

「お高さん、お登茂さん、お由さん、今宵は十五夜です。月見でもして待ちましょう」

と、のどかに言った。それから、文五に声をかけた。

「文五さん、十五夜を愛《め》でて、太鼓を打ってみてくれ」

「へ、へい」

文五は小太鼓をわきに抱え、どんどど、どんどど……と、軽い調子で打った。

「上手《うま》いぞ。文五さん、その調子だ。みな、文五さんの太鼓が聞こえているうち

は、お高一家は大丈夫だと思っていてください。どんなに追いつめられて苦しくても、諦めずに堪え我慢し、搦め手が文蔵一家を崩すときを待つのです。そのときがきたら、わたしが叫びます。みなもわたしの叫ぶとおりに叫んで、攻勢に出るのです。そのとき、文蔵たちはひと溜りもなく崩れるでしょう」

市兵衛の言葉に励まされたのか、若い衆はいっせいに頷いた。

「文五さんは、腕がちぎれても太鼓を鳴らし続けなければならないぞ。周助さん、気力と性根で持ち堪えろ」

「承知だ」

周助は声をはずませた。

どんどど、どんどど……

文五が市兵衛を見上げ、太鼓を鳴らした。

そのとき、河原の一方を指差して、ひとりが言った。

「あ、帰ってきた」

見ると、蘆荻をかき分けてくる物見の若い衆が、「おおい」と手をかざした。

「どうだった」

ひとりが、大声で訊きかえした。

見る間に駆け寄ってきた物見が、息を荒らげて言った。

「きやしたあ……」

「文蔵らは、どれくれえだ」

周助が質した。

「す、凄え数だ。六十人以上はいるぜ。三十人ぐれえまで数えたが、あとはわからなかった」

「六十人？　くそう、やっぱり集めやがったな」

「わたしは、七、八十人はそろえるかと恐れていました、存外少ない。助っ人はあまり集まらなかったようですね」

市兵衛は、お高へ向いてさらりと言い、物見に訊ねた。

「文蔵らは、二手に分かれましたか。それとも、一方からだけですか」

「二手には、分かれちゃいやせん。束になって、土手をこっちへ向かってきやす」

「よし、それなら、こちらの推測どおり事が進んでいます。周助さん、文蔵らはあの土手に現われる。陣形は、江戸川を背に組んでください」

「え？　か、川を背に、でやすか」

「そうです。川を背にすれば、退路はないが、後ろに廻られる恐れもない。後ろをとられては束の間も持たない。こちらが文蔵らの後ろをとるのです」

「ああ、あれだ」

声が上がった。下矢切村の土手に、粛々《しゅくしゅく》とやってくる文蔵らの隊列が、土手にとてつもなく長い人垣を作る光景を、月の光が明々《あかあか》と照らした。

それを見て、ほお、と低いどよめきが起こった。

「よし。みんな、いよいよだぜ。川を背に手はずどおりの陣形を作れ」

周助が声を張り上げ、指図した。もたつきながらも手にした竹槍が交錯し、若い衆は三手に分かれて陣形を組んだ。

正面に頭になる周助と五人、後ろの左右に五名ずつの二組の三手で、お高ら三姉妹がその中に遊軍として備え、正面と左右が、互いに補い合いながら、三方より攻めかかり、かつ防ぐ陣形だった。

太鼓を打つ小僧の文五は、三姉妹の後ろにつく。

同じく、文蔵らの長い人垣が、河原を見おろす恰好で土手に勢ぞろいした。

市兵衛は、その威圧する堂々とした様子を眺めつつ、下げ緒を襷にかけ、荒縄の鉢巻を結んだ。袴の股《もも》だちをとりつつ、陣形を組んで固唾を呑んでいる若い衆の前へ進んで、両手を左右に広げた。

「わたしが前に出る。みなは、わたしが進めば進み、退けば退く。竹槍は突くのではなく、相手に思いきり叩きつけるのです。倒した相手は放っておけ。こちらの狙いは搦め手が文蔵一家を崩すまで、川を背に我慢の戦だ。お高さん、お登茂さん、お由さん、周助さん、みなさん、いいですね」

「おお」

と、市兵衛の力強い言葉に喚声がこたえた。

「文五さん、いいな」

どんどど、どんどど、と文五が太鼓を打った。

市兵衛は、軽々と反転した。腰の刀を半ばまで抜き、ぱちん、と鞘に戻した。

そのとき、土手の人垣がいっせいに雄叫びを上げた。堤上の雄叫びは、河原の蘆荻をゆるがし、江戸川の流れを越えて響きわたった。

それを合図に、人垣がいっせいに土手をくだり、銀色の蘆荻の中に半身を埋めた。

お高一家の川縁の陣形を、三方より囲みを狭めるように、男らが肩を寄せ合って迫ってくる。男たちの殆《ほとん》どが竹槍を手にしており、踏み締める蘆荻がざわざわと乱れ、そこかしこで、かん、かん、と竹槍が打ち鳴らされた。

松戸宿の往来で見た文蔵の、高い頰骨と角張った顔が、降りそそぐ月光の下に、次第に見分けられた。

およそ十間（約十八メートル）ほどを空け文蔵が止まると、総勢が倣《なら》った。

右手のほうに、袴の股だちを高くとり、革紐の襷と鉢巻を締めた十名ほどの侍風体が見えた。蒲寺の用達・西平段造の姿がある。

西平は、市兵衛を認めて、訝しげな顔つきを次第に嘲笑へ変えた。西平の隣に悠然と立つ坊主頭も、蒲寺で見た侍だった。

あは、と文蔵が顔を歪め、先に喚いた。

「お高、勇ましい形にしては、ずいぶんと小ぢんまりしたお出ましじゃねえか。それだけじゃあ、心細いだろう。おめえが尻尾巻くなら、おめえの器量に免じて見逃してやってもいいんだぜ。そんな恰好より、松戸の飯盛のほうが、おめえにゃあ似合っているぜ」

するとお高が、若やいだ声を投げかえした。

「文蔵、数を恃《たの》んで、それが自慢か。おまえは人でなしだ。おまえの悪行の数々は、天が見ているぞ。地が知っているぞ。しかし文蔵、それも、もう終わりだ。

この十五夜の月の下で、おまえの命運はつきるのだ。おまえに任俠の筋を通してやる。吉三郎親分と金次郎の仇だ。覚悟しろ」

「何が任俠の筋だ。笑わせるぜ。血の廻《めぐ》りの悪さは、親父《おやじ》の吉三郎譲りだな。おめえら、男はみな膾《なます》にしちまえ。けどな、お高ら三姉妹だけは生け捕りにしろ。方《かた》がついたら、葛西一の美人三姉妹を肴に、酒盛りだぜ」

男らの喚声と爆笑が、どっと上がった。竹槍を打ち合って鳴らした。市兵衛は、その賑やかさをかき消すように、

「白葱の文蔵」

と、高らかに呼び捨てた。

「ああ？　なんだ、てめえ。助っ人の痩せ浪人かい」

「おまえ、生まれは小金の百姓らしいな。三日ばかり前、松戸の往来でおまえを見かけた。おまえは子分らと、松戸で高利貸しを営む津志麻屋へ入っていった。隠居の知左衛門の、手下だと聞いた。知っているか。知左衛門は人から元手を募って、それを江戸で為替手形相場につぎこんでいる。為替手形が何かも知らぬおまえが、知左衛門のなんの役にたっているのだ」

「何を、乞食《こじき》侍が。癇《かん》に障《さわ》る野郎だ。真っ先にてめえから膾にしてやるぜ」

「真っ先に膾か。文蔵、膾が好きだな。そんなに好きなら、どうだ。十五夜の月見の余興に、おまえの子分の中の一番の腕利きとわたしの、一対一の試合をしてみぬか。この喧嘩の誰が最初の膾になるかを決めるのだ。おまえたちも試合を見たくないか。それとも、数は多いが、文蔵の子分はみな腰抜けばかりか」

市兵衛は、文蔵の子分らを指差して挑発した。

「見てえ」

と、後ろから文五が叫んだ。

「おお、見てえぜ」

周助が大声を上げたが、囲みから進み出てくる文蔵の子分はいなかった。

市兵衛は、右手の西平の方へゆっくりと向いた。

「そこにいるのは、蒲寺の用達役の西平段造だな。蒲寺の用達役は、施物の代銭のたかりを働くばかりでなく、文蔵の助っ人までやるのか。忙しいことだ。ところで西平、昨日の夜、松戸の丸鉄と京太という破落戸に襲われた。襲われたわたしが、ここにいるのは不審か。だが、死んだのは丸鉄だ。京太も大怪我をした。丸鉄と京太に襲わせたのはあんたの差金か。それとも看主の巡景か」

そう言って、文蔵のほうへ向きなおった。

文蔵の子分らが、ざわついた。丸鉄と京太の新宿の一件は、当然、松戸宿にも知れわたっているが、あの怪力の恐ろしい丸鉄を殺《や》ったのが、このやせっぽちの侍らしいと、たった今、子分らは知ったからだ。

「三月前、西利根村の吉三郎親分を襲ったのは、丸鉄と京太だった。それは巡景の差金だな。丸鉄と京太を巡景に引き合わせたのは、文蔵、おまえだと聞いた」

文蔵は、ふん、と鼻先で笑った。

「それがどうした。古い話を持ち出しやがって。三月も前の話なんぞ、一々覚えちゃいねえぜ。しゃらくせえ。野郎ども、乞食侍から血祭りに上げてやれ」

「慌てるな、文蔵。ときはまだたっぷりある」

市兵衛は再び西平を睨み、言った。

「西平、おぬしが試合をせぬか。誰が最初に、十五夜の月見の供え物になるか、みなが見たがっているぞ」

「唐木、要《い》らざる首を突っこみおって。さっさと江戸へ戻っておれば、助かったものを、おまえは生かしておけん」

「心配無用。方がついたら、江戸に戻るさ。そこの坊主頭、おまえが余興の試合をせぬか。それとも、一対一ではいやか。大勢で束にならぬと、恐いか」

「よし。相手になってやる」

と、西平の隣から坊主頭の侍が、蘆荻を分けて踏み出した。大柄で屈強な身体つきを、月の光が不気味に浮かび上がらせた。

うおお、と文蔵の子分らがどよめく中、坊主頭が言った。

「初めて見たときから、おまえはなんか気に入らん。どうも好かん」

坊主頭は市兵衛へ真っすぐ歩み始めた。かつ、と鯉口《こいぐち》をきり、柄をにぎった。

ゆっくりした歩みが、次第に早くなった。

すっと一刀を抜き放った。

大きく上段へとって、白刃を月光に照り映えさせた。

「あいやああっ」

と、腹の底から暴虐《ぼうぎやく》が噴き出したかのようだった。

一方、市兵衛は身がまえもせず、平然と佇んでいる。まるで、なおも月見をぶらりぶらりと楽しむかのようにだ。

ざっざっざ……

と、坊主頭は河原を駆け、速力が増し、市兵衛に迫ってゆく。

たちまち間が消えた。

刹那、ばん、と鳴った。市兵衛と坊主頭が衝突した。衝突したかに見えた。

二つの刃《やいば》が光を放ち、月光が交錯して翻った。

そのとき、衝突したかに見えた市兵衛と坊主頭は、すり抜け、立ち位置を入れ替えていた。

いつの間にか抜いた刀を、市兵衛は空へかざしふりかえった。

同時に坊主頭も市兵衛へ身をかえした。そして再び上段へとった。

あいやああ……と、叫んだ声がかき消えた。

わき腹から血が、ぼっ、と噴き出た。かけ声がうめき声に代わり、身体が折れ曲り、仰のけに倒れていった。

勝負は、一瞬のうちに終わった。凍りついた河原の中で、坊主頭の断末魔のうめき声だけが聞こえた。

市兵衛は、陣形の正面に立ち位置を移した。

啞然《あぜん》としている文蔵へ向きなおり、両腕を左右に広げた。

「みなゆくぞ。文五、太鼓を鳴らせ」

おお——と、若衆の声が上がる。

文五の太鼓が、どんどど、どんどど、と鳴り、市兵衛は両腕を左右に広げたまま、先に仕かけた。

「やっちまえ。打《ぶ》ったぎれえ」

わずかに遅れて、文蔵が喚いた。

双方の喚声が湧き上がり、突進が始まった。男たちは駆け、十間の間は見る見る縮まり、正面から衝突した。

九

怒号と雄叫びが飛び交い、竹槍を激しく打ち合い、突き合い、白刃がふり廻され、身体をぶつけ、押し合い、蹴り飛ばし、罵り合った。

衝突が始まっていきなり、ひとり、二人、三人と先頭が早くも倒れてゆく。疵つき倒れた男が、悲鳴とうめき声を上げてのた打った。

倒れた男を踏み越え、わけのわからぬ怒りに捉えられた者たちは、竹槍が割れてばらばらになるまで叩き合った。

火花を散らして、白刃を打ち合った。

若い衆を率いる周助の働きは、凄まじかった。

最初にぶつかった相手の竹槍を払い上げ、額へ力いっぱい打ち落とした。相手は悲鳴を発し、頭を抱えてうずくまった。その男を蹴り飛ばし、乗り越えるところへ、右から左からと打ちかかってくる。右を払い、左を受け止め、身体をぶつけ激しく押し合った。すると、払われた右のほうより、

「喰らえ」

と、周助に竹槍を突きこんでくる。

「ええいっ」

その途端、突きこんだ男は、悲鳴と共に身体をぐにゃりとよじらせた。悲鳴を上げて、くるくる舞って横転した。

正面の一手の後ろから進むお高が、男の肩を打ち割った。お高の甲高い喚声と艶姿が、乱戦の中でひときわ異彩を放った。

お高を狙って、新手が次々と襲いかかってゆく。

周助は押し合う相手に足をかけ、押し倒し、倒れた相手に竹槍をしたたかに見舞った。わあっ、と転げて逃げるのを捨て、反転してお高に襲いかかった男の脾《ひ》腹《ばら》へ、竹槍を突き入れた。

お高は襲いかかった男の長どすを、ちゃりん、と受け止めた。

受け止めたが、相手の力は強く、お高はたちまち押しこまれた。身体を撓《しな》らせ、踏ん張るのが精一杯だった。男がお高に覆いかぶさっていく。

そこへ、周助の竹槍が脾腹を貫いたのだ。

ぎゃっ、と叫んだ男の首筋へ、お高は長どすを見舞い、引き斬った。月光の中で、銀色の血飛沫《しぶき》がお高へ降った。

草の中に力なく坐りこんだ男から竹槍を引き抜く間もなく、二人、三人、と新手が迫ってきた。

周助は、竹槍を諦めて長どすを抜き放つと、正面から襲いかかる竹槍を払い上げ、胴を抜いた。しかしそれは浅手で、相手は素早く体勢をなおし、竹槍で突きこんできた。

その突きを躱しきれず、周助の左肩を抉《えぐ》っていた。

だが同時に、周助の長どすは、相手のこめかみを打ち割った。

続いて、長どすを揮ってくる次の男と、互いの手首をつかんでの、押し合いと蹴り合いになった。ほかの新手は、周助よりもお高を狙い、三方よりお高へ襲いかかっていくのがわかったが、周助は身動きがとれなかった。

「姉御っ」

周助は叫ぶと、押し合い蹴り合う相手の、手首をつかんでいる腕に咬《か》みつい
た。
「痛い痛い……」
先に手を放した相手へ柄頭を打ちあて、顔をそむけたところへ、一歩引いて袈
裟懸けを浴びせた。渾身の一撃だった。
相手は身をくねらせ、ゆっくりと崩れ落ちていった。
「姉御っ」
再び叫んでお高へふりかえったとき、周助は一瞬見惚れた。
唐木市兵衛が、お高へ襲いかかる三方の新手を瞬時に斬り伏せていた。
お高の鮮やかな朱の着物は、男らが襲いかかる恰好の的《まと》になった。それを承知
で、拵えた扮装《いでたち》だった。みんなかかっておいで、と言っているのだ。
大きな図体が、長どすをふり廻した。竹槍が襲いかかってきた。
お高は竹槍を薙《な》ぎ払い、一方の長どすを掬《すく》い上げた。
そこへ、大きな足が飛んできて、どん、と蹴られた。
お高は体勢を崩し、よろけた。かろうじて片膝をつき、転倒を堪えた。
「女《あま》っ子、容赦しねえぜ」

大きな図体が喚き、浴びせた上からの一撃を、ぎりぎりに受け止めた。

巨体がのしかかり押し潰されそうになるのを、身体を撓らせ、必死に耐えた。

さらに、竹槍がお高の横から突っこんできた。

「それえっ」

男が牙を剝いて突進してくる。

押し潰す重圧を撥ねかえす力と、竹槍を躱す間は、お高にはなかった。身動きがとれなかった。も早や、これまでだった。

お父っつあん、助けて……

お高は歯を食い縛り、目を閉じ、最後に思った。

その一瞬、うなる風が吹いた。押し潰す重圧を撥ね退けた。目を開けると、竹槍を真っ二つにし、男を吹き飛ばし、もうひとりの大きな図体は草むらを転がっていた。

見上げた夜空に、市兵衛の血まみれの顔があった。市兵衛はお高の腕をつかみ、引っ張り上げた。

「お高さん、いくぞ」

と励まされ、お高は「はい」と、童女のようにこたえた。

すかさず市兵衛は、折り重なって襲ってくる男らへ突進する。左右縦横に揮う一刀が、竹槍を断ち斬り、長どすを払い、身を躱し、くぐり抜けながら、まるで荒れ狂う嵐のように、男らを打ち倒し、薙ぎ払い、斬り捨てていく。

悲鳴と絶叫が乱舞し、血が噴き、腕が飛び、長どすや竹槍が散乱し、倒木のように人が倒れ、群がった男らは、市兵衛を恐れて逃げまどう始末だった。

お高はそのあり様に、釘づけになった。

「お父っつあん、あれは何……」

お高は初めて、鬼神を見たのだと思った。

どんどど、どんどど……

文五が太鼓を打ち鳴らしている。

「お登茂、お由、大丈夫かい」

髪をふり乱して、お高が叫んだ。

お登茂とお由の懸命な声が、後ろでこたえた。

「いくぞおっ」

お高は突き進んだ。

しかしながら、突き進んだ正面の一手を押し包むように、右からも左からも新手が斬りこんできた。

お高一家の仕かけは、数合までは文蔵一家の圧倒するほどの多勢を押した。先頭に立つ市兵衛が、挑みかかる相手を、二人、三人と、あっという間に斬り伏せて、文蔵一家の先陣を怯《ひる》ませた。

市兵衛を先頭に仕かける一手へ、相手は横の二手から攻めかかって、包みこむように押し潰しにかかる。すると、左右の五人ずつの二組が身を転じて攻勢をかけ、左右からの攻めを乱していく、という狙いだった。

横からの攻めは、意外な攻勢に一旦押し戻された。

だが、押し戻されかけた男らは、即座に、数を恃んで再び攻勢をかけてきた。

三方より囲みが縮まってゆく。

市兵衛は、一転して退き始めた。双方が入り乱れての乱戦をさけ、お高ら三姉妹を囲んでまとまらなければならない。

お高一家は、市兵衛の指図の下、じりじりと川縁へと退いていった。

退きながら、右や左から打ちかかる男らを、若い衆たちは懸命に防いだ。お高とお登茂とお由も、長どすを勇敢にふるった。

市兵衛は右へ左へと駆け廻り、男らを蹴散らした。そして、お高一家は川縁まで退き、江戸川を背に踏み止まった。

ただそれは、川縁に追いつめられたと言ってよかった。疵つき、倒れた者もいて、お高らの周りには、もう十名ほどしか残っていない。

市兵衛が先頭に立って指図し、自在に駆け廻り、それだけで、お高一家はどうにか持ちこたえていた。後ろは江戸川で、退路はない。船はあっても、くずれ去るときに船に乗りこみ逃げる間などなかった。

「やっちまえ。ひねり潰せ。みな殺しだあ」

文蔵が喚き続けていた。

一方、市兵衛は刀をふって血糊《ちのり》を払い、またしても大きく手を広げた。

「まだまだ。始まったばかりだ。喧嘩はこれからだぞ。文五、太鼓を鳴らせ。お高さん、いきますぞ」

市兵衛は、疲れも見せず、高らかに言った。

「みんな、いくぞ」

お高が甲高い声を上げた。

おお、とこたえる若い衆の声と、文五が打ち鳴らす太鼓の音は、周りに湧き起こった歓声にかき消され、三方からのいっせい攻撃が始まった。

青は、四ツ目の左与吉がそろえた着物を尻端折りに、手甲脚絆、素足に草鞋、菅笠をかぶり引き廻し合羽を羽織った、地獄宿から逃げるときと同じ拵えだった。

得物は、若い衆と同じ長どす一本を腰に佩び、手拭にくるんだ匕首を懐に呑んでいた。

月明かりの下の江戸川を、小岩村から国府台の麓へ渡り、国府台崖下を江戸川に沿って藪に囲まれた土手道を抜けて、下矢切村の土手に出るまで、弥陀ノ介と青は殆ど言葉を交わさなかった。眼差しすら交わさなかった。

弥陀ノ介は一度、江戸川を渡る百姓船の中で、青に言葉をかけた。

「おまえの身を案じていた。市兵衛に安否を訊ねるように頼んだのだ。もっと早く、くればよかった」

しかし、青は菅笠の下に顔を隠し、引き廻し合羽に身を固く包んで、船縁に凭れ沈黙の殻に閉じこもっていた。

道案内をする雁平と多吉は、そんな弥陀ノ介と青のわけありな様子をうかがい見て、顔を見合わせ首をひねるばかりだった。

下矢切村の土手から、銀色に輝く蘆荻の河原が、江戸川の川縁まで、なだらかにくだっていた。

土手の上に支度を整えてほどなく、二艘の船が江戸川をのぼって、お高一家が出入り場の河原に上がった。広々とした河原の中で、お高一家は、ほんのひとにぎりの頼りない小勢に見えた。

それに引き替え、北の松戸のほうより、しばし遅れて悠々と現われた文蔵一家は、圧倒するほどの多勢だった。

土手の上に勢ぞろいした男らの竹槍が不気味に林立し、怯える獲物を前にした昂奮が、荒々しい吐息に漲《みなぎ》っているかのように見えた。

月明かりの降る河原に雄叫びが響きわたり、出入りが始まったのは、弥陀ノ介ら四人が土手に待ち受けて半刻がたってからだった。

圧倒する多勢へ、わずかな手勢を率いる一隊が、錐《きり》をもみ入れるように突き進む衝突だった。太鼓が打ち鳴らされ、喚声が上がり、勇敢に得物を打ち合った。

弥陀ノ介は、小勢の先頭に立って縦横に駆け廻り斬り結ぶ市兵衛を見やり、思わず呟いていた。

「風の市兵衛、凄いな」

するとそのとき、青が初めて弥陀ノ介に言った。

「弥陀ノ介、いくぞ」

「まだだ」

弥陀ノ介は、河原の乱戦を見おろしたまま、ひと言かえした。石のように動かなかった。

戦いは、先に攻勢をかけたお高一家が一旦押しこんだが、文蔵一家の多勢にたちまち押しかえされ、じりじりと後退し始めていた。青が立ち上がり、

「弥陀ノ介っ」

と、激しく促した。しかし弥陀ノ介は、土手の上に坐って動かなかった。

「まだだ」

松明《たいまつ》を提げて身をかがめていた雁平と多吉も、河原のあり様を見やって気が気でなかった。

岩塊のような風貌の恐そうな返弥陀ノ介とか言う侍と、所詮は女にすぎないお青を、唐木市兵衛の指図でここまで導いてきたのに、二人はまだ河原を見おろしているからだ。

「やべえ」

「ああ、やべえぞ」

多吉と雁平は、そわそわして言い合った。

じりじりと後退を余儀なくされたお高一家は、いっそう小勢となり、川縁まで追いつめられていた。

と、文蔵の「……みな殺しだあ」と喚き声が聞こえ、わああ、という喚声と共に三方より川縁のお高一家に襲いかかった。

途端、弥陀ノ介が立ち上がった。そして言った。

「青、おれの女房になってくれるか」

青は弥陀ノ介を睨み、言いかえした。

「弥陀ノ介、あたしの後ろに、ついてこい」

菅笠を月光の中へ、くるくる、と投げ捨て、引き廻し合羽を落とした。

「心得た。火をつけろ」

弥陀ノ介は、土手の雁平と多吉に合図を送った。

二人は、すぐさま身を起こし、土手の上にたて並べた竹竿《たけざお》にとりつけた松明に火をつけて廻った。

二十本の松明に、次々と火が灯されていった。

それから二人は、月下の河原で太鼓が鳴り、得物を打ち合い、喚声を上げて群がり戦う光景を見おろし、松明をふり廻しながら叫んだ。

「加勢がきたぞお、お高一家に、加勢がきたぞお……」

「もう大丈夫だぞお。加勢がきたぞお」

叫び声と土手の明かりに気づいたのは、文蔵の周りにいた子分らだった。

「なんだ、加勢だと」

子分らは、土手へ見かえった。

文蔵は、「やっちまえ」と喚き続けていたため、それには気づかなかった。

「弥陀ノ介、離れるな」

「承知だ」

駆け出した青が「けええええ」と、魔物のような奇声を発した。

弥陀ノ介は、青の奇声の後ろから、「うおおお」と、獣の雄叫びを、江戸川の流れの彼方までとどろきわたらせる。

二人の不気味な叫び声と凄まじい突進は、お高一家を川縁へ押しこんだ文蔵一家の斜め後方より、集団へ楔《くさび》を打ちこむ形で襲いかかった。

奇声に気づいた数人がふりかえったとき、物《も》の怪《け》が河原に降り立ち、人を食い破ろうとしているのが見えた。

その物の怪は男の扮装だったが、まぎれもなく女で、長い髪を衣のようになびかせ、長どすと匕首の二つの牙と爪を縦横にふり廻していた。

二体の物の怪の急襲に気づいた男らが、前から三人、左右から四人、五人、と物の怪を押し包むように攻めかかった。男らは、乱戦が川縁の一画で行なわれているため、後詰めに控え、まだ一合も交わしていなかった。

しかし、男らがそのすぐあとに見たものは、長い髪をなびかせ、不気味な微笑みを浮かべた美しき物の怪が、撥ね飛ばした首と戯れるように、踊るように、月光の中を飛翔する様だった。

それを見た男らの間から、恐怖の絶叫が悲鳴が湧き上がった。

三人がたちまち首を飛ばされた。

続くもう一体は岩のようにごつい物の怪で、美しき物の怪が打ちもらした男らを、右へ左へと打ち飛ばしていく。

青と弥陀ノ介は一直線に突進し、立ちはだかる男らや攻めかえす男らを、容赦なく薙ぎ倒し、蹴散らした。

楔を打ちこまれた集団は、言葉にならぬ恐怖にとり憑かれ真っ二つに割れた。

しかし、文蔵はまだ喚き続けていた。

集団が乱れ、喚声ではなく悲鳴に包まれたとき、文蔵はようやく「うん？」と、味方の異変に気づいた。二匹の物の怪に気づいた。一瞬、青に追われ悲鳴を上げて逃げまどうひとりの首が、ばん、と飛んで蘆荻の中を毬《まり》のように跳ねた。

文蔵は肝を潰した。逃げようとして足を草にとられ、転倒した。

市兵衛は、土手に灯った明かりを見つけ、叫んだ。

「見ろ、明かりが見えるぞ。加勢がきた。みな叫べ。加勢がきたぞ」

そして、目の前の男らの得物を右や左へ、勢いよく打ち払った。そのとき、市兵衛の横から浴びせかかる一撃を、上体を畳んで空を打たせ、半歩わきへ身を躱し肩から腕へ、ざん、と斬り落とした。

「あ痛ぅぅ」

男はうなり、腕を抱え、草むらへ横転した。転げ廻って懸命に逃げた。

西平段造だとわかった。だが、追いかけている暇はない。ここは一気に、最後の反撃に出るときだった。

「加勢がきたぞ」

と、若衆らが叫び続け、文五の太鼓が打ち鳴らされていた。

「文五、もっと激しく太鼓を打て。加勢と文蔵一家を挟み打ちだ。押し潰せ」

「挟み打ちだあ」

「おお、挟み打ちだあ」

太鼓が鳴り、若衆らの叫び声が、お高一家を今にも押し潰そうとしていた文蔵一家の男らを動揺させた。

「あの明かりは、加勢か」

ひとりが土手の明かりを見つけて叫び、「まずい、逃げろ」と、別のひとりが身を転じると、瞬時のうちに怯えが男らの間に伝播《でんぱ》していった。

囲みが急にさがり、いっせいに河原を松戸のほうへ走り始めた。

ここで文蔵が、ひと声かけて男らを叱咤《しった》すれば、乱戦はまだ続いただろう。けれども、そのとき文蔵は青と弥陀ノ介の急襲に慄《おのの》き、草むらへ転倒したのだった。

「逃げる者らは追うな。文蔵を倒せ」

市兵衛とわずかに残ったお高一家が突き進むと、それまで獰猛に襲いかかっていた男らは臆病風に吹かれ、たちまち左右に逃げ散ったのだった。

大勢は一気に逆転した。

文蔵が起き上がると、周りには数名の子分しかいなかった。

「何があったあ」

と、喚いて見廻し、月明かりの下の河原を逃げ散っていく子分らが見えた。

「おめえら、ど、どうしたんだよぅ」

文蔵の喚き声がしぼんだ。

「親分、逃げろ。お高がきた」

そのひと言を残して、数名の子分らも脱兎《だっと》のごとく走り去った。

「待ってくれ」

遅れて駆け出した文蔵の背中へ、周助がひと太刀を浴びせかけた。

「これまでだ」

浅手だったが、文蔵は、「くわあ」と叫び、つんのめって蘆荻の中へ頭から突っこんだ。すぐ後ろに迫る気配に、蘆荻の間からふり仰いだ。

満月が夜空にかかり、その月を背に周助が長どすをかざしていた。

「ああ、やめろ。やめてくれ。見逃してくれ」

文蔵は、後ろへ這いずりながら、周助へ手をかざした。

「てめえ、吉三郎親分と金次郎のとっつあんの仇だ。覚悟しやがれ」

「違う。違う違う。おれじゃねえ。巡景だ。蒲寺の巡景が、勝手にやったんだ。やつが吉三郎さんに恨みを持っていたからよ。まさか殺すたあ思っていなかった。ほ、ほんとだ。嘘じゃねえ」

「この野郎、往生際が悪いぜ。喰らえ」

周助がふりおろし、文蔵のかざした手の指が飛んだ。

「くわあ」

文蔵は悲鳴を上げた。助けを乞いながら蘆荻の間を這った。

そうして、目の前に黒足袋と草鞋を履いた人の足を見つけ、「た、助けてくれ」と見上げた。

お高が文蔵を見おろしていた。右と左には、お登茂とお由がいて、同じように黙って見おろしていた。

「お、お高さん、悪かった。許してくれ。頼む、許して、くれ」

文蔵は血まみれの掌をかばい、お高の足下にうずくまった。

「お父っつあんと、金次郎の仇、覚悟しろ、文蔵」

お高は、静かに言った。

「すまねえ、すまねえ……」

と、文蔵は咽び泣いていた。

お高は、垂らした長どすを肩まで上げて、そこで止めた。かえり血を浴びて汚れたお高の頬に、涙がひと筋、二筋と伝った。

市兵衛は片膝づきになって、お高ら三姉妹と周助、小太鼓をわきに抱えた文五一家の若い衆が文蔵を囲む様子を、見やっていた。

刀を地に突きたて、荒い息を繰りかえした。傍らに弥陀ノ介と、弥陀ノ介よりはるかに背の高い青が並んで佇み、やはりお高らのほうを見ていた。

「みんな、よく耐えた。今にも江戸川へ、追い落とされそうだった。何があんなに頑張らせたのだろう。所詮は、やくざ渡世なのにな」

弥陀ノ介が、お高らを見やって言った。

「同じ人なのだ。そういう者もいるし、そうでない者もいる。やくざ渡世だろうと侍だろうと。人は志だ」

「ふむ。やくざ渡世だろうと侍だろうと、男だろうと女だろうと、か」

それから弥陀ノ介は河原を見廻し、

「大勢、怪我人や死人が出たぞ」

と言って、大きな口をへの字に結んだ。

「すまん。弥陀ノ介にかかわりのないことをさせてしまった」

「いいさ。そういう事もある。それに、おれにはかかわりがある」

市兵衛は起き上がった。刀を袖でぬぐい、ぱちん、と鞘へ納めた。

「弥陀ノ介、仕事が残っている。先に江戸へ帰っていてくれ」

「これからか。どこへゆく」

「蒲寺へゆく。巡景に会い、仕事を終わらせねばならぬ」

「ああ、看主の巡景か。よし、おれもつき合う。最後まで手伝ってやる。元はと言えば、おれがおぬしによけいな事を頼んだのが、始まりだからな」

弥陀ノ介は、あとの言葉は声をひそめた。

「いいのか」

訊きかえした市兵衛を、青の鋭い目が見かえした。

「青、市兵衛と出かける。おまえはどうする」

弥陀ノ介が訊くと、青は何もこたえず、弥陀ノ介から顔をそむけた。

土手の上では、巳吉と多吉が長どすをにぎって身がまえ、睨み合っていた。

巳吉は、文蔵一家が総崩れになって、誰よりも早く喧嘩場を逃げ出していた。

後ろに気を奪われて闇雲に土手へ駆け上がり、竹竿にくくりつけた松明が何本も並んで燃えているところで、多吉と出くわした。

多吉は頭に包帯を巻き、痛めた足を引きずっている。だが、巳吉の前に立ちふさがり、長どすを抜き放った。

「どけ。てめえなんぞ、相手にしている暇はねえ。邪魔すると、叩っ斬るぞ」

巳吉は頰を引きつらせ、多吉に凄んだ。巳吉は、先代の吉三郎の存命中より、代貸の金次郎に次ぐ若頭だった。多吉とは貫禄が違った。

それが、お高を落ち目と見限って文蔵の子分になった。多吉は、元は若頭だろうと、任侠の道に背くそんな野郎は許せねえ、と思った。

「巳吉、ここは通さねえ。おめえは任侠の道をはずれた犬畜生だ。たとえ姉御が許しても、あっしは許さねえ。覚悟しやがれ」

多吉は、震えながら言った。

河原のほうで、「勝ったぞお」と、歓声が上がっている。

「どけえ、三下あっ」

巳吉は、多吉に斬りかかった。大きく踏み出し、長どすを叩きこんだ。

多吉は長どすをかざし、あと退《じさ》りながら、かちん、とどうにか受け止めた。

巳吉は多吉を押しこみ、「それ」と蹴り飛ばした。

怪我をしている多吉は堪えきれず、仰のけになった。巳吉は顔を不敵に歪め、

「てめえ、邪魔すると叩っ斬ると言ったろう」

と、長どすをふり上げた。

途端、「ぐぐっ」とうめき、身体を後ろへ仰《の》け反らせた。

ふりかえろうとするが、背中に深々と突きたった竹槍が食いこみ、ふりかえることができなかった。

「だ、誰だ……」

うめきながら言った。

「巳吉、おめえは許せねえ」

雁平がその竹槍をにぎっていた。

雁平はさらに突きこみ、どす声で言った。

「ここは、おめえの三途《さんず》の河原だ。とっとと失《う》せやがれ」

十

真夜中の八ツ（午前二時頃）をすぎていた。

市兵衛と弥陀ノ介は、月明かりが境内を照らす蒲寺の山門をくぐった。

本殿の片側に、渡り廊下でつながる僧房と庫裡《くり》が並んでおり、庫裡の表戸が開いて、中の明かりが境内へもれていた。

庫裡の土間へ入ると、数人の普化僧と思われる男たちが手燭《てしょく》をかざし、土間に倒れた男を囲んでいた。土間には血が、点々と落ちていた。

普化僧らは市兵衛と弥陀ノ介に気づき、うろたえて、倒れた男の周りから、ばらばらと散った。市兵衛と弥陀ノ介を遠巻きにした。

ただ、事の成りゆきがわかっているのか、問い質すことはなかった。

市兵衛は、土間に俯せた男、西平段造の傍らにかがんだ。

西平は血にまみれ、目の下から顎までの疵跡が、土色の顔に痛々しい筋を浮かべていた。江戸川の河原から国分寺山麓の蒲寺まで、疵ついた身体で逃れてきたのだ。

「西平段造、唐木市兵衛だ。西平……」

朦朧《もうろう》とした目を市兵衛へ向け、西平は血の気を失った唇を震わせた。しかし、意識は途ぎれかけて、言葉にならなかった。

市兵衛は立ち上がり、周りの普化僧らに言った。

「用達役の西平に何があったか、おぬしら、知っているな。すべては、看主の巡景の差金だ。巡景も蒲寺も、このままでは済まされない。もはやこれまでだ。巡景の部屋に案内してもらいたい」

普化僧らは、ためらいを浮かべる者もいれば、市兵衛と弥陀ノ介を睨みつける者もいた。誰も何もこたえなかった。

弥陀ノ介がひとりの普化僧の前へ、肉の盛り上がった肩をゆらし近づいた。

「おぬし、案内を頼む」

「知らん」

普化僧は弥陀ノ介から顔をそむけた。

すると弥陀ノ介は、長い腕を伸ばして普化僧のうなじをつかみ、「案内を頼む」と怒鳴って、片手一本で西平の傍らへ放り投げた。

土間に叩きつけられた普化僧は、「あぐう」と、苦痛に身をよじらせた。

「おのれっ」

と、つかみかかったもうひとりの普化僧の顔面へ、瓦のような掌の張り手を見舞った。普化僧は土間の壁まで吹き飛んだ。

さらにふりかえり様、腰の大刀を鞘ごと抜きとり、後ろから弥陀ノ介につかみかかった普化僧の顎を掬《すく》い上げた。

普化僧が顔を仰け反らせ、がくりと膝を折った首筋へ、ばん、と鞘ごとの大刀をひとあてした。

普化僧は絶叫を上げ、横転した。

「やめろ。乱暴はよせ。ここは清浄なる寺ぞ」

別のひとりが言った。

「清浄なるとは笑止。われらを止める前に、なぜ西平段造を止めなかった。西平と蒲寺にいた浪人たちは、今宵、松戸の貸元・文蔵に加勢し、お高一家との出入りの場で剣を揮っていた。浪人たちは逃げた。なぜ、それを止めなかった。看主・巡景の差金と知って、なぜ巡景を諫《いさ》めなかった。巡景が、西利根村の貸元・吉三郎を亡き者にするのを、真景を亡き者にするのを、なぜ阻まなかった」

市兵衛は、平静を保って言った。

「知らん。すべては、巡景さまがなさったことだ。われらの口出しできる、ことではない……」

「有髪《うはつ》とはいえ僧の身にありながら、自分らに、罪はないと言うか。よかろう。巡景の部屋に案内せよ。真景の、いや三宅辰助の身柄を確かめねばならぬ。清浄なる寺の僧らしく、ふる舞ったらどうだ」

普化僧は、ためらった。

しかし、これ以上はとりつくろえない。それは誰の目にも、明らかだった。ほかの普化僧らも庫裡に集まっていて、土間に転がる三人を介抱し始めた。西平の様子を見たひとりが、「だめだ」と言って、首を横にふった。もはやこれまで、と観念した普化僧は、「こちらへ……」と、市兵衛と弥陀ノ介に言った。

巡景は、純白の下着に紫の袖なし羽織を着け、部屋にひとり端座していた。庫裡のほうの騒ぎに気づき、休んでいた布団から出て、誰かが知らせにくるのを待っていた。市兵衛と弥陀ノ介を認めると、事態を察したかのように、市兵衛から弥陀ノ介へ薄笑いを投げた。

「あんたか。唐木市兵衛、だったな。この夜更けに、いたずらに御仏のおわす寺の静寂を破り、何用だ」

市兵衛は巡景の前へ進み、見おろした。

「巡景、御仏のおわす寺などと、おまえの戯れに、つき合う気はない。おまえの重ねてきた罪と偽りは、すべて潰《つい》えた。三宅辰助を埋めた場所へ案内せよ。自らの罪を、詳《つまび》らかにせよ」

「真景は寺から逃亡した。行方知れずだ。何度も申したであろう」

「御仏のおわす寺で、まだ戯言《ざれごと》を言うか。理景からすべて聞いた。この寺で修行している弟子の墨田久弥だ。おまえは松戸の丸鉄と京太に、西利根村の吉三郎を始末させた。そのうえ、おまえの指図で手引きをした辰助が、罪を悔いて事を表沙汰にするのを阻むため、辰助を始末した。辰助を生き埋めにした場所だ」

「何を言う。知らん。理景は、墨田久弥は逃げた。もうこの寺にはおらん」

「なんだと？　おまえ、もしや墨田まで……」

市兵衛は、廊下に控えている普化僧へ見かえった。普化僧は黙ったまま、顔をそむけていた。なんということだ。腹の底から、熱いものがこみ上げた。

市兵衛は巡景へ向きなおり、巡景の喉首をつかみ、顔を仰向けた。

巡景は喉から手をはずそうと、激しく抗《あらが》った。

しかし、満身の力をこめた市兵衛の片腕一本にも敵わなかった。喉首を締め上げられ、顔を真っ赤にして、「く、苦しい……」と喘いだ。

市兵衛は、すっと脇差を抜いた。

「おまえの嘘は、二度と聞かぬ。おまえを斬りもせぬ、だが、普化宗法中の仕置きにする。右の耳を削《そ》ぎ鼻を削ぐ。おまえは耳と鼻の削がれたおのれの姿を鏡に映し、おのれの犯した罪の証を見つめて、このちも生き続けるがいい」

喉首を締め上げ、顔を仰向かせて鼻に刃をあてた。

巡景は慌てて、脇差をにぎった手をつかんだ。市兵衛はそれをふり払い、「まず鼻を削ぐ」と、刃を巡景の鼻へ押しあてた。

巡景はうめきながら、ますます赤くなった顔を少しでもそらそうとした。

鼻のわきから、ひと筋の血が伝った。

「やめて、おやめください。わたしが、真景の埋められた場所に、ご、ご案内いたします。わたしが存じております。この寺の者は、みな存じております」

廊下の普化僧が、「どうか、どうか……」と、顔を伏せて合掌した。

市兵衛は巡景を投げ捨てた。

巡景は部屋の隅へ転がり逃げ、鼻を押さえて激しく咳《せ》きこんだ。

境内裏の樹林の中で、普化僧らの手によって、真景、すなわち三宅辰助の亡骸が掘り出された。手燭の明かりが、棺に入れられた亡骸を照らした。

亡骸は、見る影もなく腐乱していた。

その近くに埋められた墨田久弥の、むごたらしく斬殺された亡骸も掘り出された。

「これが、事の顚末《てんまつ》か」

弥陀ノ介が、ぼそり、と言葉をかけた。

だが、市兵衛は黙っていた。言うべき言葉が、思い浮かばなかった。

終　章　愛しき者

その日、市兵衛は兄・片岡信正の諏訪坂の屋敷を訪ねた。その日は、信正の登城日ではなかった。三宅庄九郎の倅《せがれ》・辰助の一件の顚末《てんまつ》を、報告するためだった。

れいによって、奥方の佐波《さなみ》が、この春生まれたばかりの信之助《しんのすけ》を抱いて、

「市兵衛叔父《おじ》さまですよ」と、見せにきた。ひとしきり談笑してから、信之助を抱いて佐波がさがろうとするのを止め、辰助の一件の報告を、信正と佐波にした。

信正と佐波は、市兵衛の報告を聞き終えると、「それは大変だったな」「本当に、お疲れさまでした」と、市兵衛をねぎらった。

「どのような顚末であれ、何もわからぬままではつらい。三宅どのも、重荷をひとつおろされたと言うことはできるのだろうな」

信正はしみじみと言った。

「それほどの事があったのに、弥陀ノ介は、何も言わぬ。市兵衛がお知らせしますので、と言うばかりでな。どうも、弥陀ノ介の素ぶりが気にかかる」

はい――と、市兵衛は信正にこたえた。

「それにつき、兄上と義姉《あね》上に、引き合わせいたしたい者がおります。目通りをお許しいただけますか」

「目通りなどと、勿体《もったい》ぶった言い方をして、一体、誰だ」

「どなたですか?」

では――と、市兵衛は座を立ち、書院の障子戸を両開きにした。

縁廊下の外の、手入れのいき届いた庭に、秋の日射しが降っている。

「弥陀ノ介」

庭に向かって声をかけた。

弥陀ノ介が、いつもの小人目付の黒羽織で現われた。どういうわけか畏《かしこ》まり、縁側の手前で片膝《ひざ》をついた。

「あら、返さん?」

佐波が、訝《いぶか》しげに呟《つぶや》いた。信正は黙っていた。

「弥陀ノ介、おぬしから兄上と義姉上に……」

市兵衛は縁側に端座して、弥陀ノ介を促した。

弥陀ノ介は頷《うなず》き、だが、しばしためらった。

「返さん、どうなさったの。どうしてお庭からなの。お上がりになれば」

佐波が、先に言った。

「お頭、奥方さま、本日は、ある者をわが手先として、こののち、使うことにいたしたいため、お願いに上がったのでございます。その者の名は青。生国は海の彼方、唐《から》の国でございます」

「まあ、唐の……」

佐波が、思わず声を上げた。信之助が驚いて泣き、佐波は「おやおや、信之助、ごめんね」と、あやした。

「お頭のお許しも得ず、勝手な真似《まね》をして、とお叱りを受けるのは覚悟のうえでございます。お頭、わが身勝手を、何とぞお許し願います」

弥陀ノ介は垂れた頭《こうべ》を、上げなかった。

市兵衛は信正へ顔を向けたが、普段と変わりない顔つきを少しも動かさず庭へ向け、何も言わなかった。

「あなた」

と、佐波が弥陀ノ介と後ろのほうへ、人の姿を探すように眼差しを投げた。

むろん佐波は、青がどういう女かを知らない。なぜ、唐の国の女がこの江戸にいるのか、弥陀ノ介の言い出した事情が、佐波は呑《の》みこめない。

ただ、驚きもせぬし、訝しげでもない夫・信正の様子が、佐波にはかえって不審に思われた。

すると、信正は佐波の呼びかけにこたえるかのように、庭を向いて「ふむ」と言った。そして、やおら、座を立ち、縁側に出た。

「弥陀ノ介、この前、おぬしが好いた女の話をしたとき、なぜかはわからぬが、翠と楊と青の三人の女を思い出した。なぜかはわからぬが、ふとな、よぎったのだ。むろん、あり得ぬことだと、すぐに忘れたが、この不届き者め」

言いながら、信正の語調は静かだった。穏やかで、そしてどこか、のどかにすら感じられた。

弥陀ノ介は頭を垂れている。

「青のことを、忘れたことはない。翠も楊のこともだ。あの恐ろしい女たちを忘れはせぬが、ひとり生き残った青を追ってはおらぬ。わたしは、翠も楊も青も、罪を負わされた者ではあっても、罪人と思ったことはない。憎んだこともない。

青は、わたしや市兵衛や弥陀ノ介を、翠と楊の仇《かたき》として、恨んでおるのだろうがな」

弥陀ノ介も市兵衛も、黙っていた。

「弥陀ノ介、青は恨みを捨て、憎しみを忘れ、おまえを亭主とするか」

「はい」

弥陀ノ介はこたえた。

「わたしと市兵衛への憎しみと恨みを、青はどうする」

「市兵衛はわが友。わが夫の友はわが友。お頭はわがお頭。わが夫のお頭はわがお頭。それで全部と、青は申しております……」

「捨てられるのか。青は恨みや憎しみを忘れられるのか」

「はい。時が、道しるべ。きっとできるとも、申しております」

「時が道しるべか。弥陀ノ介、市兵衛、凄《すさ》まじいな」

まことに――と、市兵衛は信正へかえした。

「よかろう。青と会おう。弥陀ノ介、青をここへ……」

弥陀ノ介は、垂れた頭を小さく頷かせ、素早く踵《きびす》をめぐらせた。

だが、木陰に隠れた庭の隅のその場所に青の姿はなかった。

「あっ、青……」

弥陀ノ介は、あたりを見廻した。戸惑いを覚えながらまた、

「青っ」

と、呼びかけた。

庭は静かで、人の声はかえってこなかった。座敷のほうを見かえると、縁廊下に、信正と市兵衛、そして赤ん坊を抱いた佐波が端座し、弥陀ノ介が再び庭先に現われるのを待っていた。

ふと、黒い笄《かんざし》が捨ててあるのを見つけた。弥陀ノ介はそれを拾い上げた。弥陀ノ介と共に江戸へ戻るとき、青がお高からもらい、束ねた髪に挿していた笄だった。

ああ、と声がもれた。

そのときやっと、青が姿を消し、二度と自分の元に戻ってこぬことがわかった。

何も変わらぬときが流れ、そしてときがすぎ去っていったことが、弥陀ノ介にはわかった。

「青……」

堪《たま》らず、弥陀ノ介は獣のように叫んだ。

市兵衛は、その声を聞いて、それを察した。市兵衛に言葉はなかった。

「そうか……」

と、信正は呟いた。

信之助が佐波の腕の中で泣き、佐波があやしながら、

「可哀そうに……」

と、ぽつりと言った。

・

それから、秋の穏やかな日が続いた。

残暑の厳しかった八月もあと二、三日で終わるというある日の昼下がり、西利根村のお高の店の庭に面した部屋で、お高、お登茂、お由の三人姉妹がそろって裁縫の運針にいそしんでいた。

明障子《あかり》を開け放った濡《ぬ》れ縁の先の庭に、糸瓜《へちま》棚が見え、糸瓜棚の裏手の雑木林で、ひよどりが心地よさそうにさえずっていた。

そして、濡れ縁には、黒猫の《くろ》がちょこんと坐《すわ》って、三人姉妹と同じように、うららかな秋の庭の景色を、ぼんやりと眺めていた。

「ああ、なんだか気持ちよくて、ぼうっとする感じ」

お由が、裁縫の手を止めてあくびをした。

「あたしも疲れたわ。姉さん、少し休みましょう」

お登茂がお高に言った。お高は運針の手を止めず、

「じゃあ、きりのいいところで。お茶にしましょう。お茶を淹《い》れてちょうだい」

と、お由へ笑みを向けた。

はい——と、お由は裁縫物をおいて茶の支度を始めた。

「姉さん、いろんなことがあったわね」

お由が茶の支度をしながら言うと、お登茂が相槌《あいづち》を打った。

「今年は、あたしたちの一生分ぐらいの、いろんなことがね」

お登茂とお由は、顔を見合わせ、肩をすくめた。

お高はなおも手を止めず、「そうだね」と頷いた。

十五夜の江戸川河原であった出入り以来、お高一家をとり巻くあり様は、大きく変わっていた。

その出入りで大怪我《けが》を負ったが、かろうじて命をとり留めた松戸宿の貸元・白葱の文蔵は、普化宗蒲寺の看主・巡景と共謀し、西利根村の吉三郎の殺害にかか

わり、なおかつ、金次郎を殺害した罪に問われ、小菅の陣屋に捕えられた。

遠からず、文蔵の身柄は江戸の御用屋敷へ護送され、牢屋敷にて裁きを待つ身となる。これは、葛東並びに葛西の顔役の談合によって、村々の名主仲間にかけ合い、名主仲間を通して江戸のお代官へ訴え出た結果であった。

同じく、江戸の旗本三宅庄九郎の訴えによって、寺社奉行より小金の総本山一月寺へ指図がくだされ、蒲寺の看主・巡景は、吉三郎殺害の共謀、普化僧・真景こと三宅辰助、理景こと墨田久弥殺害の廉《かど》で捕えられたのだった。

巡景の身はすでに、江戸の牢屋敷へ護送されていた。

勘定所に寺社奉行と裁きの場は違っていたが、文蔵も巡景も、打ち首は間違いなかった。

しかし、文蔵と裏で結び文蔵の強引で荒っぽいふる舞いに手心を加えていた、と評判のたっていた小菅陣屋の手附・波岡森蔵には、証拠はなく風評にすぎず、ということで咎《とが》めはなかった。

そして、じつは強引に縄張りを広げてきた文蔵は、松戸の高利貸し《津志麻屋》の隠居・知左衛門に裏で操られていたのではないか、という噂《うわさ》もあったが、これもなんら確かな事ではなく、知左衛門に勘定所より沙汰があったわけではなかった。

ただし、手附の波岡は、津志麻屋の知左衛門より賄《まいない》を受けとり、何らかの手心を津志麻屋に加えたとかで罪を問われ、この二人ものちに江戸の牢屋敷へ入牢《じゅろう》となった。

裁きによっては、波岡も知左衛門も、斬首もあり得たし、松戸宿の津志麻屋には、財産没収、所払いの噂が絶えなかった。

三人の姉妹は、十五夜の出入り以来、わずか半月足らずの間に、次々に起こった出来事や、聞こえてくる噂や評判に、驚きと感心を覚えるばかりだった。

これらの一連の出来事や噂が、公儀において、ある目付役より勘定奉行並びに寺社奉行への、強い働きかけによってもたらされたとは、姉妹は知る由もない。

「でも、お天道さまは、ちゃんと見てるわね」

「そうよ、何もかもお見とおしよ。そうでなきゃあ、おかしいわよ」

「きっと、お父っつあんが、あたしたちを守ってくれたのよ」

と、三人姉妹は、運針の手を止め、お由の淹れた茶を喫しつつ、それからあれこれと噂話に花を咲かせた。

その話の中で、お由とお登茂が気楽に言い出した。

「ところで、姉さん、お婿《むこ》さんのことはどうなるの。早く決めなきゃ、いけないんじゃない。いつまでも独り身じゃあ、おかしいんじゃない」

「そうよね。まず姉さんがお婿さんを迎えてくれなきゃあ、あたしたちも安心して嫁入りできないものね。姉さん、誰かいい人はいないの」

お高は、ふふ、と笑い、庭の糸瓜棚へ目を向けていた。

「周助はどうなの。まだ若い代貸だけど、このごろ、急に人が変わったみたいに大人びてきたものね」

「そうそう。ちょっと貫禄が出てきたわね」

「周助のほうも、姉さんの事がまんざらでもないんじゃない。前からそう思っていたの。周助が姉さんを見るときの目が、ちょっと違うって」

「ちょっと、おっちょこちょいだけど。でも、そういうところがちょっと可愛《かわい》いし、気だてはいい」

お登茂とお由が勝手に言い合って、けらけらと笑った。

「そうよ、姉さん。周助にしたら。周助に決めちゃいなさいよ」

「決めちゃいなさい、決めちゃいなさい」

と、二人はふざけて面白がった。

お高は、馬鹿ばかしい、というふうにとり合わない。

文蔵が捕えられてから、文蔵一家は散り散りとなった。縄張りだった松戸宿の賭場は、お高一家が仕切ることになった。そのほかの在郷の縄張りは、葛東の周辺の貸元が、話し合いの末に分割が決まった。

そのため、周助はこのところ、毎日、松戸宿へ出かけていた。

ひよどりが、糸瓜棚の向こうの雑木林で、お登茂とお由に合わせて笑っていた。

お高は何も言わず、うっとりと庭の糸瓜棚を眺めている。

と、不意にお由が笑い顔の中にも目を真剣にした。そして言った。

「もしかしたら姉さん、好きな人が、いるんじゃない」

「あら、そうなの。姉さん、思っている人がいるの。誰？　誰だれ……」

「あたし、わかった。そうなのね。姉さん、あの人に惚《ほ》れちゃったのね」

「ええ？　誰なのよ。教えて、姉さんの惚れた人」

「わからないの、お登茂姉さん。お高姉さんが惚れるなんて、あの人しかいないじゃないの」

「あの人しかいない？」

お登茂は束《つか》の間、首をかしげた。それからすぐに、「あ、そうか」と頷いた。

「そうだったね。あの人しか、いないわね」

お登茂とお由は、ふんふん、とほんの少し寂しげに頷き合った。

「でも、あの人じゃねえ。身分の違いとか、お侍とか、そんなんじゃなくて、生きていく場所が、あたしたちとは違っているものね。風みたいに、いきなり吹いて、吹きすぎていっちゃったわね」

「ああ、風みたいに……そう、あの人にぴったりね」

お登茂もお由も、もう笑えなかった。ふざけなかった。ただちょっと、ため息が出ただけだった。そのとき、お高も、ほのかに目が潤むのを抑えられなかった。だが、お登茂とお由は、そんなお高の様子に気づかなかった。

すると、濡れ縁にちょこんと坐っていたくろが、何かに気づいたのか、お高のほうへふりかえり、「にゃん……」とひと声、小さく鳴いたのだった。

同じころ、市兵衛は永代橋《えいたいばし》を深川へ渡っていた。

やわらかな日射しが大川を照らし、心地よい川風が感じられた。

まだ日盛りで、だいぶ早い刻限だった。

けれども、仕事はなかったし、だから、深川油堀《あぶらぼり》の喜楽亭《きらくてい》へいき、北町奉行所の同心・渋井鬼三次と手先の助弥、柳町《やなぎちょう》の町医者・柳井宗秀《やないそうしゅう》がくるまで、瘦せ犬の《居候《いそうろう》》相手に、ちびりちびりとやっていよう、と思いたった。

その永代橋の、半ばまできたとき……

市兵衛は、ふと、後ろ髪を引かれた気がしたのだった。歩みを止めてふりかえり、周りをふらりと見廻した。

「なんだ?」

市兵衛は呟いた。大川の流れへ目をやった。冷たく寂しい川風が、市兵衛のこめかみをなで、ほつれ毛をなびかせた。すぐに、気のせいだとわかった。

夕影

一〇〇字書評

切り取り線

購買動機（新聞、雑誌名を記入するか、あるいは○をつけてください）	
□（　　　　）の広告を見て	
□（　　　　）の書評を見て	
□ 知人のすすめで	□ タイトルに惹かれて
□ カバーが良かったから	□ 内容が面白そうだから
□ 好きな作家だから	□ 好きな分野の本だから

・最近、最も感銘を受けた作品名をお書き下さい

・あなたのお好きな作家名をお書き下さい

・その他、ご要望がありましたらお書き下さい

住所	〒				
氏名		職業		年齢	
Eメール	※携帯には配信できません		新刊情報等のメール配信を 希望する・しない		

この本の感想を、編集部までお寄せいただけたらありがたく存じます。今後の企画の参考にさせていただきます。Eメールでも結構です。

いただいた「一〇〇字書評」は、新聞・雑誌等に紹介させていただくことがあります。その場合はお礼として特製図書カードを差し上げます。

前ページの原稿用紙に書評をお書きの上、切り取り、左記までお送り下さい。宛先の住所は不要です。

なお、ご記入いただいたお名前、ご住所等は、書評紹介の事前了解、謝礼のお届けのためだけに利用し、そのほかの目的のために利用することはありません。

〒一〇一－八七〇一
祥伝社文庫編集長　坂口芳和
電話　〇三（三二六五）二〇八〇

祥伝社ホームページの「ブックレビュー」からも、書き込めます。
http://www.shodensha.co.jp/bookreview/

祥伝社文庫

夕影《ゆうかげ》　風《かぜ》の市兵衛《いちべえ》

平成27年6月20日　初版第1刷発行
平成30年8月15日　　　第3刷発行

著　者　辻堂《つじどう》 魁《かい》
発行者　辻　浩明
発行所　祥伝社《しょうでんしゃ》
東京都千代田区神田神保町3-3
〒101-8701
電話　03（3265）2081（販売部）
電話　03（3265）2080（編集部）
電話　03（3265）3622（業務部）
http://www.shodensha.co.jp/

印刷所　堀内印刷
製本所　ナショナル製本
カバーフォーマットデザイン　中原達治

 ISBN978-4-396-34126-8 C0193